실제 여행루트

NORTH

Gulf of Mexico
아바나
칸쿤
과달라하라
안티구아
멕시코시티
BAHAMAS
CUBA
DOMINICAN REP.
HAITI
JAMAICA
CARIBBEAN SEA
CARACAS
시우닷 볼리바르
ATLANTIC
OCEAN
보고타
COLOMBIA
VENEZUELA
SURINAME
GUYANA
FRENCH
GUIANA
키토
ECUADOR
Galapagos Islands
(Ecuador)
BRAZIL
나탈
Amazon
와라스
쿠스코
리마
PERU
BOLIVIA
라파스
살바도르
우유니
PARAGUAY
산 페드로
푸에르토 이과수
리우데자네이루
TROPIC OF CAPRICORN
SOUTH
산티아고
부에노스아이레스
URUGUAY
SOUTH
PACIFIC
ARGENTINA
OCEAN
바릴로체
CHILE
ATLANTIC
OCEAN
Falkland Islands
(UK)
칼라파테
Cape Horn
South Georgia
(UK)

추천 여행루트(소요시간, 교통편 포함)

CARIBBEAN SEA

산타 마르타
카르타헤나
메데진
마니살레스
칼리
산아구스틴
이피알레스

투카카스
카라카스
발렌시아
산힐
메리다
보고타

푸에르토 라 크루즈
시우닷 볼리바르
카나이마
산타 엘레나
보아비스타

바뇨스
리오밤바
쿠엔카
로하
우라
트루히요

와라스
리마
이카
나스카

쿠스코
루레나바케
푸노
라파스
우유니
산 페드로

산타 크루즈
BOLIVIA
수크레
살타
아순시온

마나우스

벨렘
상루이스
바헤이리냐스
제리코아코아라
포르탈레자
나탈
헤시피
마세이오
살바도르

선박 4박 5일
항공 2

(포르탈레자~상루이스)

포르토 데 가리냐스
렌소이스

오우루 프레토
상파울루
리우데자네이루

푸에르토 이과수

코르도바
멘도사
산티아고

부에노스아이레스

URUGUAY

푸콘
발디비아
푸에르토 몬트
바릴로체

푸에르토 마드린

(바릴로체~
칼라파테)

(칼라파테~
푸에르토 마드린)

항공 4
버스 50

엘 찰튼
칼라파테
푸에르토 나탈레스
푼타 아레나스
우수아이아

버스 기준. 현지 사정에 따라 달라질 수 있음.

남미, 나를 만나기 위해 너에게로 갔다

남미, 나를 만나기 위해 너에게로 갔다

박재영 지음

황소자리

진짜 나를 만나기 위해 남미로 떠났다

"너 미쳤니? 나이가 몇 살인데? 쓸데없는 말 그만하고 얌전히 회사 다녀."

2008년 여름, 6년간 다니던 SK에너지에 사표를 내고 일년 동안 여행을 떠나겠다는 말을 꺼냈을 때 대부분의 사람들이 제게 보이던 반응입니다. 서른다섯, 적지 않은 나이에 미래에 대한 계획 없이 무작정 대기업을 그만두겠다는 말에 걱정과 우려가 섞인 대답 말고 다른 표현들은 없었을지도 모르지요.

그러나 누구나 가슴 한구석 채워지지 않는 무언가를 안고 삽니다. 눈뜨자마자 출근하고 늦게까지 야근에 시달리는 답답한 삶을 탈출하고 싶다는 욕망. 삼면은 바다, 북쪽은 철조망에 가로막힌 이 좁은 땅덩어리를 벗어나 넓은 세상을 경험하고 싶다는 꿈. 전 오랫동안 억눌렸던 진짜 제 자신과 마주하고 싶었습니다. 남들이 좋다고 생각하는 길만을 따라온 삶에서 벗어나, 단 한 번이라도 마음이 이끄는 대로 해

보고 싶었지요. 그래서 직장을 그만두고, 전셋집을 빼고, 자동차를 팔고, 모든 짐을 정리한 후 제 위치에서 가장 멀리 떠날 수 있는 곳, 남미로 향했습니다.

이 책《남미, 나를 만나기 위해 너에게로 갔다》는 제가 가본 여행지 중 가장 긴 시간을 보낸 곳이자, 제 영혼이 묻힌 땅 남미에 대한 기록입니다. 대한민국의 '보통남자'가 뜻밖에 배낭여행자가 되어 230일이라는 시간 동안 겪은 솔직담백한 이야기들이 담겨 있지요. 천국 같은 카리브해와 가슴을 뛰게 만드는 파타고니아의 대자연, 눈부시게 빛나던 우유니 소금사막, 장엄한 안데스산맥……. 그곳은 '아름다움'에 대한 기준을 바꿀 정도로 눈부셨습니다. 이렇게 찬란한 세상을 보지 못했다면 제 삶이 얼마나 공허했을까요. 지구 반대편 남미에서 온몸으로 보고, 듣고, 느끼고, 생각하고, 배운 것들이 한 권의 책에 고스란히 녹아 있습니다.

사람들이 일컫는 좋은 직장을 다니면서도 고백하건대 제 삶은 늘 어딘가 불안하고, 쓸쓸하며 이유 모를 허전함에 가득 차 있었습니다. 그러나 남미를 만나고서 제 가치관은 조금씩 달라졌습니다. 궁핍함 속에서도 충만한 삶을 살 줄 아는 그곳 사람들을 통해 저는 늦게나마 주체적으로 살아보고 싶어졌습니다. 무엇보다 고난이나 슬픔에 의연하게 대처할 수 있는 지혜를, 소소한 것에 기뻐하고 만족할 줄 아는 삶의 자세를 배웠지요.

물론 여행지에 대한 평가는 성별이나 동행한 사람, 시기와 방법 등에 따라 달라집니다. 같은 장소에 대해서도 전혀 다른 감상을 갖는 것이 여행이자 바로 이 지점이 그가 갖는 매력 중 하나이겠지요. 부디 여행지에서 제가 받은 인상들을 '아, 이 사람은 이렇게 느꼈구나.' 정도로 여겨주시기 바랍니다.

갑작스레 먼 이국땅을 떠도는 저를 위해 많은 분들이 응원해주셨습니다. 정태윤, 이헌섭, 이성호, 김현수, 송재용 등 여러 선배님들과 후배 상윤, 준호, 경윤은 늘 저를 염려하고 도와주셨습니다. 사진에 눈을 뜨게 해준 광호 형, 남미사랑의 덩헌과 멜라니, 린다비스타 사장님 부부, 대한항공 김용욱 형님, 우성, 태나, 한동, 진영은 여행이 맺어준 잊지 못할 인연입니다. 무엇보다 항상 못난 후배를 챙겨주시는 송제훈 선배님과 저에게 과분한 호의를 베풀어주신 장근호 형님, 푸른역사 박혜숙 대표님과 황소자리 출판사에 깊은 감사를 드립니다. 제 블로그를 찾아와 격려해주신 이웃들과 사랑하는 2003년 SK에너지 입사 동기, 그리고 항상 든든한 버팀목인 제 형도 빼놓을 수 없겠지요. 이분들 덕분에 책을 출간하기까지의 모든 발걸음 하나하나가 가능했습니다. 다시 한 번 진심으로 감사드립니다.

박재영

차례

에콰도르 EQUADOR

페루 PERU

볼리비아 BOLIVIA

칠레 • 아르헨티나 CHILE | ARGENTINA

브라질 BRAZIL

외로이, 혼자 떠나야 할 시간

넓은 공항에 혼자 앉아 LA로 가는 비행기를 기다리고 있다. 떠들썩하게 배웅해주는 친구도, 눈물 흘리는 여자친구도, 격려하는 가족들도 없다. 뭐, 언제는 누가 있었나. 열아홉 살 때 부산에서 서울로 올라와 16년째 혼자 살았더니 이런 일은 익숙하다. 심지어 군대 훈련소에 들어갈 때도 혼자 머리 깎고 갔는데, 뭐…….

"박 대리, 그 보고서 수정해서 월요일 아침에 다시 들고와."

역시 이번 주도 '월화수목금금'이다. 늘 밤늦게 퇴근하고, 주말에 출근해서 일하는 것이 익숙해 이젠 이상하지도 않다. 해군장교로 제대하고 대학원을 졸업한 후 취직한 회사. "아, 거기 다녀? 좋겠다."라고 사람들이 부러워하는 곳에 입사했지만 '과연 저 사람들이 내가 어떻게 살고 있는지 알고도 부러울까?'라는 생각이 든다.

난 한 번도 집을 가져보지 못한 가난한 가정의 막내로 태어났다. 고등학교 때 아버지가 돌아가신 후 시장에서 조그만 과일 가게를 혼자 하시는 어머니를 떠나 올라온 서울의 대학생활. 과외로 모든 생활비를 스스로 벌어야 하는 내게 한창 유행하던 유럽 배낭여행은 먼 세상 이야기였다. 그렇게 시간이 흐른 후 서른 살이 다 되어서야 처음으로 가본 외국. 하지만 바쁜 직장생활과 짧은 휴가는 나에게 많은 시간을 허락하지 않았다.

"이 부장님, 저 회사 관둘 생각입니다."

순간 회의실에 흐르는 침묵. '올해 목표 어떻게 달성할래? 이래서 가능하겠어?'라고 다그칠 생각에 으슥한 회의실로 날 호출했던 부장님의 눈빛에 당황한 기색이 역력하다.

"관두고 뭐 하려고?"

이럴 땐 '유학가서 공부를 좀더 하려구요.'라든가 '다른 회사로 옮깁니다.'가 일반적인 대답이지. 아니, 설사 사실이 그렇지 않더라도 다들 그렇게 대답을 한다.

"여행 가려구요. 한 일년 정도."

일순 당황하던 부장님의 눈빛이 어처구니없다는 표정으로 바뀐다.

"흠! 네가 미쳤구나. 헛소리 말고 회사 다녀."

월급에 보너스까지 꼬박꼬박 잘 나오는 대기업을 그만두고 무작정 일년간 여행을 떠나겠다고 말했을 때 사람들의 반응은 한결같았다. 게다가 내 나이 벌써 서른다섯 살. 2년 전에 어머니까지 돌아가셨고 물려받을 재산은 당연히 없고 여행을 다녀와 다시 취직을 한다는 보장도 전혀 없다. 가진 것이라고는 월급을 아껴 모은 돈이 전부.

그래, 나도 안다. 보너스 팍팍 주는데다 복지혜택 빵빵한 직장 때려

치우고 미래에 대한 아무런 계획도 없이 배낭 하나 둘러메고 떠나는 일이 미친 짓이라는 걸. 하지만 회사를 다니면서 늘 마음속에 품었던 의문에 대한 해답을 찾고 싶었다.

'이렇게 사는 것이 진짜로 행복한 삶일까?'

아침이면 눈뜨자마자 피곤이 채 가시지 않은 몸을 이끌고 출근한다. 매일 밤늦게까지 이어지는 야근과 더 늦은 밤까지 이어지는 술자리. 몇 년째 변함없이 똑같은 생활의 반복. 어느 순간부터 매일같이 나를 괴롭히는 불면증과 편두통, 위장장애와 일년 내내 떨어지지 않는 감기 때문에 병원에 가는 것이 일상처럼 되어버렸다.

다시 한 번 나에게 묻는다.

'네가 원하는 삶은 어떤 거니? 네가 꿈꾸던 삶은 지금 여기에 있니?'

내 꿈이 뭐였더라? 회사를 다니면서 타성적인 생활을 하다보니 예전에 무슨 꿈을 꾸고 살았는지 기억나지 않는다. 넓은 집과 비싼 외제차? 그런 것은 가져본 적 없고 가지고 싶지도 않은 것들이다. 회사에서 승진하고 인정받는 것? 회사생활하면서 단 한 번도 그 안에서 성공하는 것에 대해 관심을 가졌던 적이 없다. 이젠 결혼해서 정착해야 한다고 주변 사람들이 입버릇처럼 말하는 30대 중반의 나이지만, 매일매일 쳇바퀴 도는 이런 직장생활이 나에게 무슨 의미가 있을까? 회사를 좀더 오래 다녀서 늘 스트레스에 지쳐 있는 과장님, 부장님처럼 되면 나는 행복할까? 내가 바라는 것은 딱 하나. '좀더 행복해지고 싶다.'

난 언제 행복했었지? 보너스 받았을 때? 연봉 올랐을 때? 여자친구 생겼을 때? 아니다, 내가 가장 행복했을 때는 낯선 곳으로 여행을 갔을 때다. 처음 마주친 사람들, 처음 마주친 도시, 처음 마주친 음식, 처음 마주친 공기. 여행을 떠날 때마다 느껴지던 그 떨림과 설렘. 그리고 돌아올 때가 되면 항상 절실해지던 짧은 여행에 대한 아쉬움.

'그래, 여행 한번 제대로 떠나보자. 더 나이 들기 전에. 그동안 열심히 일한 나에게 하고 싶은 것들을 실컷 해볼 시간을 주자.'

지난 여름, 어느 무더운 날에 결심을 했다. 여행 다녀와서 먹고살 일? 어떻게든 되겠지. 튼튼한 몸뚱이가 있는데 뭐라도 할 수 있잖아.

그럼 어디를 가볼까? 이런 기회가 아니라면 내가 절대 갈 수 없는 곳, 전혀 알지 못하는 곳, 한 번도 경험하지 못한 새로움이 기다리고 있을 곳. 그런 곳으로 떠나고 싶었다. 세계지도를 찬찬히 보자 한 군데가 눈에 확 들어온다. 그곳은 바로 지구 정반대편에 있는 남미. 전혀 알지 못하고 근처에도 가본 적 없지만 그곳에서라면 이 우물 안 개구리 생활을 벗어나 완전히 새로운 세계를 만날 수 있을 것 같다. 그래, 한번 멀리 가보자. 멀리 가서 새로운 세상을 보고 새로운 사람들을 만나고 새로운 삶을 찾아보자.

결심을 한 나는 준비를 시작했다. 매일같이 이어지는 야근과 술자리 속에서도 새벽엔 수영을, 일주일에 두 번씩 저녁이면 선배들의 따가운 눈총을 받으며 일찍 퇴근해 스페인어와 사진을, 주말이면 살사를 배웠다. 내 평생 단 한 번밖에 없을지도 모르는 기회. 가능한 모든 준비를 해서 후회하지 않을 여행을 하고 싶었다.

"부장님, 비행기표 벌써 샀습니다. 죄송합니다."

다시 돌아온 회의실. 이미 모든 준비를 마쳤다는 내 대답에 부장님은 더 이상 말씀을 하지 않으셨다.

"선배님! 여행 가신다면서요? 완전 부러워요!! 꼭 선물 사가지고 오세요!"

"박 대리, 도움 필요하면 연락해. 몸 조심하고."

쏟아지는 인사, 몇 주간 매일같이 이어진 환송회식. 정신이 하나도 없다. 그리고 혼자 살다보니 정리할 것이 너무 많다. 전셋집을 빼고 차를 팔고 건강보험과 국민연금을 정리하고 여행에 쓸 물건들을 준비하고……. 출발 이틀 전, 모든 짐을 컨테이너박스에 싣고 나자 내게 남은 것은 달랑 배낭 두 개뿐. 이젠 집도 절도 없는 신세가 된 것이다.

"LA로 가는 승객은 지금 탑승해주시기 바랍니다."

벌써 이륙 시간이 됐나? 묵묵히 비행기에 오른다. 이젠 휴대폰도 없고, 마지막으로 통화하고 싶은 사람도 없다. 늘 그랬듯이 나 홀로 떠나는 것이다. 어느새 활주로를 달려 서서히 떠오르는 비행기. 발밑으론 일년간 돌아오지 않을 한국 땅이 점점 멀어지고, 나는 조용히 눈을 감은 채 생각에 잠긴다.

'자, 이제부터 시작이다.'

멕시코 · 과테말라

정신없는 여행의 시작! 멕시코시티 역사와 전통, 예술의 향기가 숨쉬는 곳 | 죽음의 산악자전거! | 커피향 가득한 안티구아 | 불타는 용암 위를 산책하다 | 나의 사랑, 아티틀란 호수 | 유쾌한 히피들의 파티 | 밀림 속의 티칼 | 천국의 해변 툴룸 | 코즈멜의 즐거운 나날들 | 고래상어와 수영을!

MEXICO

수도 멕시코시티Ciudad de Mexico

인구 약 1억 명

화폐 페소Peso, 1페소 = 약 90원

치안 사람들의 생각과 달리 멕시코는 다른 남미 국가에 비해 여행자에게 크게 위험하지 않다. 물론 기본적으로 항상 조심해야 하지만 치안문제 때문에 여행이 힘든 수준은 아니다.

Must See 멕시코시티, 테오티우아칸 유적, 툴룸 해변.

GUATEMALA

수도 과테말라시티 Ciudad Guatemala
인구 1,300만 명
화폐 께찰 Quetzal, 1께찰 = 약 160원
치안 과테말라는 중미에서 치안이 가장 나쁜 국가. 도시에 따라 다소 차이는 있지만 밤에는 외출을 피하고 귀중품은 가능한 휴대하지 않는 것이 좋다.
Must See 아티틀란 호수, 안티구아의 커피, 티칼 유적.

정신없는 여행의 시작!

정신이 하나도 없다. 속사포처럼 쏟아지는 스페인어의 폭풍. 지난 9개월간 매일같이 스페인어를 공부했는데도 도저히 알아들을 수가 없다. 미국 LA를 거쳐서 도착한 곳은 멕시코 제2의 도시, 과달라하라Guadalajara. 비행기 안에서부터 공항에서 말할 스페인어를 계속 생각했지만 쏟아지는 스페인어는 내가 알던 스페인어가 아닌 것만 같다.

"센트로Centro 가려는데 택시를 어떻게 타나요?"

"XXXXXX 사서 XXXXX 갈 수 있어."

제길! 도저히 못 알아듣겠다. 내가 계속 알아듣지 못하자 한 아저씨가 내 손을 잡고 조그만 부스 앞으로 데려가서는 딱 한마디 한다.

"딱시Taxi."

그러면서 가격표를 보여준다. 아, 알겠다. 돈을 미리 내고 택시를 타라고? 처음부터 힘드네. 휴!

새벽이 되어서야 겨우 누운 호스텔의 침대. 생전 처음 와보는 호스텔, 그것도 군대 막사처럼 이층침대가 줄줄이 늘어선 도미토리에 들어서는 순간 다시 한 번 긴장감이 확 몰려온다. 얇은 스펀지로 만든 낡은 매트리스는 허리 부분이 푹 꺼져 불편하고, 옆 침대의 백인 남자는 엄청나게 코를 골고 있다. 퀴퀴한 냄새가 풍기는 도미토리 안의 모든 것이 낯설고 어색하기만 하다. 한국에서만 살았고 여행이라고 해봐야 회사 다니면서 휴가로 갔던 짧은 여행이 전부인 내가 일년이란 긴 시간을 혼자 버틸 수 있을까? 좀처럼 잠이 오지 않는다.

제대로 자지 못했는데도 아침이 되자 어김없이 눈이 번쩍 떠진다. 순간 머릿속에 스치는 생각. 지각인가? 그때 옆 침대 여행자의 코 고는 소리가 들린다. 아, 맞다. 여긴 멕시코지. 아침에 눈뜨자마자 출근 생각부터 하다니……. 그놈의 관성이란 게 참 무섭다.

대충 아침을 먹고 시내로 나섰다. 멕시코는 어떤 곳일까? 할리우드 영화를 보면 납치 같은 온갖 범죄가 일어나고 엄청 낙후된 나라처럼 나오던데. 하지만 그런 긴장감은 거리를 나서자 순식간에 사라졌다. 뭐야, 너무 평온하잖아?

일요일이라 거리는 조용하고, 사람들은 벤치나 공원에 앉아 이야기를 나누며 여유를 즐기고 있다. 잘 정돈된 거리, 중심가의 화려한 성당과 극장, 수십 미터 높이의 웅장한 조각이 있는 분수대는 유럽의 웬만한 도시보다 훨씬 멋있어 보인다.

거리에는 멕시코 전통요리인 타코Taco, 과일 등 온갖 먹을거리들이 가득하고 시장은 상인들과 손님들로 활력이 넘친다. 영화나 신문기사를 보고 상상했던 멕시코와 몹시 다른 모습이다.

그런데 이곳엔 동양인이 드문가? 거리와 광장에서 마주친 멕시코

지구 정반대편
가장 멀리 올 수 있는 곳
처음 만나는 도시
낯선 사람들
나는 행복해질 수 있을까?

사람들이 나를 뚫어지게 바라본다. 호기심 가득한, 전혀 위험해 보이지 않는 눈빛이지만, 한 번도 겪어보지 못한 좀 과한(?) 관심이라 부담스럽다. 음, 그러고 보니 회사에서는 가능한 튀지 않으려고 노력했는데 이곳에선 존재 자체만으로도 튀는구나.

거리를 걷는데 갑자기 진동이 느껴진다. 전화가 왔나? 습관적으로 주머니 속에 손을 넣어보지만 아무것도 없다. 바보, 휴대폰 안 가지고 왔잖아. 쓴웃음을 짓고 한참을 걷다가 또 진동이 느껴져 주머니를 뒤진다. 아, 나 진짜 바보 아냐? 게다가 휴대폰이 있어도 어차피 전화해줄 사람도 없는데. 넌 항상 혼자였잖아.

"에르네스또Ernesto. 나 제이Jay야. 어제 과달라하라에 도착했어."

다행히 과달라하라에 아는 사람이 한 명 있었다. 외국 여행자들을 위한 홈스테이 인터넷사이트인 호스피탈리티 클럽Hospitality Club에서 알게 된 에르네스또. 과달라하라에 오면 에르네스또 집에 머물기로 했던 것이다. 그런데 막상 갈 생각을 하니 귀찮다. 인터넷은 될지, 마음대로 행동할 수 있을지, 괜히 눈치 보이지는 않을지, 혹시나 짐을 도둑맞지나 않을지. 이런저런 걱정을 하다가 결국 호스텔에 머물기로 마음을 먹었다.

약속을 깨서 미안한 마음에 밥이나 한 끼 함께하러 에르네스또의 집을 찾았다. 하지만 집앞까지 가서도 막상 초인종을 누르려니 다시 주저된다. 얼굴도 본 적 없는 사이인데 무슨 말을 하지? 시시콜콜 연락을 주고받다가 결국 약속을 깬 나를 이상한 놈으로 생각하지는 않을지. 머릿속을 스쳐가는 온갖 걱정을 다독이며 초인종을 누르자, 까무잡잡한 피부의 잘생긴 남자애가 문을 열고 나타나더니 나를 보자마자 환하게 웃음 짓는다.

"제이? 어서 와. 기다리고 있었어."

에르네스또의 꾸밈없이 환한 웃음을 보고 있자니, 내가 가졌던 어색함과 쓸데없는 걱정들이 부끄럽게 느껴지기까지 한다.

"과달라하라 어때? 괜찮지 않아? 음식 맛있고 도시도 멋있잖아. 필요한 일 있으면 언제든지 연락해."

배웅해주는 사람 하나 없이 떠나온 여행. 그런데 지구 반대편에서 나를 반갑게 맞아주는 누군가가 있다니, 참 신기하다. 공대를 다니다가 음악이 좋아 대학을 그만두고 음악가로 활동하고 있는 에르네스또. 공대를 나와 마케팅 분야에서 일하다가 여행을 다니는 나. 우린 죽이 잘 맞아 금방 친구가 되었다.

이틀 뒤, 밤늦은 시간 에르네스또와 함께 시내로 나갔다. 에르네스또가 멕시코 친구들의 파티에 나를 초대한 것이다. 파티가 시작되자마자 사람들은 내 주변으로 모여든다. 유일한 동양인인 내가 신기한 모양이다. 잘 됐다, 이 기회에 스페인어 연습 좀 해야지.

"너 이름이 뭐니Como te llamas?"

"내 이름은 제이야Me llamo Jay?"

"어디서 왔니De donde eres?"

"한국 사람이야Soy Coreano."

"무슨 일로 왔어 Para que viniste?"

"일년 동안 세계 여행을 하려고 Voy a viajar el mundo durante un año ."

똑같은 문장을 몇십 번 반복하다보니 나중에는 첫마디만 꺼내도 말이 자동적으로 나온다. 어학연수가 따로 필요 없네.

그런데 술을 마시다보니 슬그머니 딴 생각이 든다. 영화에서 보면 이런 파티에선 여자와 로맨스도 생기고 그러지 않나? 그런데 이 동네 애들은 어찌된 일이지 모두 커플로 다닌다. 에이, 분위기 왜 이래?

그때 파티에 뒤늦게 온 키 작은 아가씨 한 명이 인사를 한다. 오, 예쁘다. 그녀의 이름은 아나Ana. 콜롬비아 출신으로 멕시코에 일하러 왔는데 남자친구는 없고 혼자 산다고 한다. 남자친구가 없어서 그럴까? 다른 사람들은 나와 이야기를 하다가도 금세 자리를 옮기는데 아나는 내 곁을 좀처럼 떠나지 않는다.

"제이, 살사 출 줄 아니?"

술이 얼큰하게 취한 사람들이 여기저기서 춤을 추기 시작하자 아나가 내게 춤을 제안한다. 오호라, 이젠 춤까지.

"응. 한국에서 살사 조금 배웠어."

여행 전에 열심히 살사를 배운 보람이 있으려나. 그런데 한참 동안 나와 춤을 추던 아나는 새벽 3시쯤 갑자기 집에 가야 된단다. 왜?

"난 내일도 일해야 돼. 여행 잘 해!"

전화번호도, 이메일도 주지 않고 쿨하게 떠나는 그녀. 나는 그녀의 뒷모습을 그저 멍하니 바라볼 수밖에. 그런 내 모습을 보고 에르네스또가 피식 웃는다.

"그만 가자. 호스텔에 데려다 줄게."

첫 여행지인 과달라하라의 마지막 밤이 이렇게 지나간다. 나는 에르네스또와 굳게 악수를 하며 헤어졌다. 언젠가 다시 만나자는 약속과 함께.

과달라하라. 멕시코의 전통술 '테킬라'의 본고장이자 전통악단 '마리아치'가 탄생한 곳, 타코가 멕시코에서 가장 맛있는 곳으로도 유명하다. 하지만 그 모든 것보다 외롭게 여행을 시작한 나를 오랜 친구처럼 따뜻하게 맞아준 에르네스또 덕분에 이곳은 오래 기억될 것 같다. 앞으로도 수없이 좋은 사람들을 만날 수 있겠지?

배낭여행자를 위한 무료 숙소 제공 사이트

- 대표적인 곳은 호스피탈리티 클럽(www.hospitalityclub.org), 카우치 서핑(www.couchsurfing.org).
- 미리 현지에서 숙소를 제공하는 호스트와 이메일로 연락해 허락을 받아야 한다. 무료인 반면, 통금시간 등 여러 가지 조건이 있는 경우가 많다.
- 호스트의 허락을 받으려면 정성이 담긴 이메일과 오픈 마인드는 필수!

멕시코시티
역사와 전통, 예술의 향기가 숨쉬는 곳

"멕시코시티에서는 절대 지하철 타지 말래요. 대낮에도 강도들이 여행자들 덮친다고 들었어요."

"저녁엔 밖에 나가면 안 돼요. 외국인들을 마구잡이로 납치한다고 하더라고요. 납치한 사람들 장기를 꺼내서 팔기도 한대요."

멕시코의 수도 멕시코시티 Ciudad de Mexico. 인구 2,000만 명에 이르는 초거대 도시이자 범죄율 세계 1위라는 악명이 드높은 곳이다. 직접 오기 전에 한국 여행자들을 통해 얻은 정보들은 그야말로 무시무시했다. 긴장감 때문일까? 과나후아토 Guanajuato에서 멕시코시티까지 버스를 타고오는 내내 잠이 오지 않는다. 바짝 긴장한 채로 버스터미널에 내리자, 어라? 우리나라와 전혀 다르지 않다. 수많은 사람들이 바쁘게 오가며 자기 일에 몰두하고 있다.

숙소가 모여 있는 소깔로 Zocalo 광장까지 가는 택시는 50페소. 그런데 지하철은 겨우 2페소(200원)란다. '여기도 사람 사는 동네인데 별 일 있겠어?'라는 생각에 그냥 지하철을 탔다. 그렇게 위험하다던 지하철은 막상 타보니 전혀 위험하지 않다. 역마다 경찰이 깔려 있고 객차 안에 빽빽한 승객들은 내게 관심조차 없다.

소깔로에 도착해 숙소를 잡고 밖으로 나가자 광장 주변은 관광객과 현지인들로 발 디딜 틈이 없다. 기념품이나 음식을 파는 노점상들은 목청 높여 손님을 부르고 흥정을 한다. 일반적인 도시 풍경과 별다를 바 없는 일상적인 모습이다.

역시 여행자들의 '카더라' 통신은 반만 믿고 반은 흘려들어야 한다. 물론 범죄가 많기 때문에 다른 도시들보다 조심해야 하는 건 사실이지만, 결국 여기도 사람 사는 동네다. 지하철도 못 타고 거리도 못 걸을 정도로 위험하다면 사람들이 어떻게 살 수 있겠나. 납치? 나같이 말도 제대로 안 통하는 여행자를 납치해서 누구한테 돈을 받아내겠어.

게다가 막연히 음산하고 낙후되었을 거라 상상했던 멕시코시티는 너무나 잘 꾸며져 있다. 시내에는 아름다운 건물, 박물관, 미술관이 즐비하고, 곳곳에 넓고 쾌적한 공원들이 있다. 우와, 유럽 여느 도시 못지 않은데. 특히 멕시코시티에서 가장 유명한 공원인 차풀테펙 공원Bosque de Chapultepec의 규모는 상상 이상이었다. 엄청난 규모의 공원엔 10개 가까운 박물관과 미술관이 밀집해 있고, 잘 정돈된 공원 안에는 시민들이 휴식을 즐기고 있다. 내가 차풀테펙 공원에 온 목적은 세계 3대 박물관 중 하나라는 멕시코 인류학 박물관Museo Nacional de Antropologia 을 보기 위해서다. 그동안 봐온 유럽이나 아시아 문명과 전혀 다른 아즈텍, 마야와 같은 고대 문명의 흔적을 보고 싶었다.

박물관에 들어서자 천장을 지탱하고 있는 거대한 기둥이 눈길을 끈

소깔로 광장(위), 예술궁전(아래)

길거리에서 마주친 공연단(위), 멕시코 인류학 박물관(아래)

다. 마야 문명의 '생명의 나무'를 형상화한 것이라는데 우선 그 규모
가 사람을 압도하는 힘이 있다. 박물관 내부에는 시대와 문명으로 구
분된 12개의 전시실이 있는데 유물 하나하나가 정말 놀랍다. 지금으
로부터 이미 수천 년 전에 우주의 움직임 하나하나를 알아내 거대한
석판에 기록했고, 치과 수술과 뇌 수술을 위한 수술 도구까지 있었다
니. 이런 수준 높은 문명의 존재를 왜 우리는 학교에서 배우지 못했을
까? 그리스나 로마, 이집트에 대해서만 배웠단 말이지.

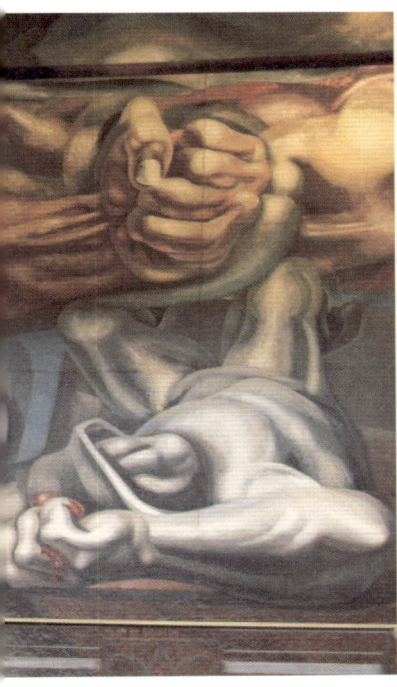

멕시코 벽화(왼쪽), 마야 문명의 유물(오른쪽)

　인류학 박물관에서 놀라운 유물들을 본 후 찾아간 곳은 예술궁전 Palacio de Bellas Artes이었다. 하얀 대리석으로 지어진 고풍스러운 건물이 진짜 멋있다. 내부는 또 어떨까? 전시된 예술품들을 천천히 둘러보다 3층에 올라선 순간, 나는 그 자리에 멈춰서고 말았다. 건물 벽면 전체에 거대한 멕시코 벽화들이 가득 차 있는 게 아닌가! 강렬한 색채, 그리고 그보다 더 강렬한 메시지가 도저히 눈을 뗄 수 없게 만든다. 스페인군에 화형을 당하고 있는 아즈텍 최후의 황제, 고문으로 고통받는 사람들, 온몸으로 자유를 부르짖으며 독립전쟁에서 죽어가는 사람들……. 그저 보는 것만으로도 전율을 느끼게 하는 벽화들이 나를 압도한다.

서양 문명 속의 그림과 멕시코 벽화는 그 느낌이 전혀 다르다. 유럽에서 본 그림들은 '기법이 특이하네. 멋있게 잘 그렸네.' 정도의 느낌이라면, 멕시코 벽화는 멕시코인들의 분노, 열정, 고통이 보는 이에게까지 고스란히 전달된다. 과달라하라에서 〈일어나라, 이달고〉라는 유명한 벽화를 봤을 때도 그랬지만, 멕시코 벽화에는 그린 이들의 감정을 그대로 전달해주는 묘한 힘이 있다.

"어느 나라에서 왔어 De donde eres?"

너무나 많은 멕시코시티의 볼거리를 둘러보다 허기가 져서 현지인들이 이용하는 허름한 식당에 앉아 밥을 먹고 있노라면 어느새 슬그머니 멕시코 사람들이 다가와 웃으며 말을 건다. 그러면 나도 유쾌하게 웃으며 대답한다.

"한국에서 왔어요. 지금은 멕시코 여행중이구요 Soy Coreano. Ahora, estoy viajando por Mexico."

처음 멕시코에 도착했을 때는 나에게 말을 거는 사람들이 혹시 강도나 사기꾼이 아닐까 싶어 경계를 많이 했다. 하지만 지난 열흘간 멕시코 사람들과 어울리면서 나는 스르르 경계심을 풀었다. 낯선 이에 대한 멕시코인들의 관심과 친절, 낙천적인 성격에 반해버린 것이다. 짧은 스페인어로 웃음 반, 대화 반 섞어가며 얘기를 하다보면, 나도 모르게 그들처럼 낙천적이고 긍정적인 사람이 되어가는 것 같아 기분이 좋다. 관광객들이 가는 뻔한 루트만 도는 것이 아니라 현지 사람들과 함께 먹고 이야기하고 생활하는, 이런 맛에 다들 배낭여행을 하는 것이겠지?

멕시코시티. 범죄율 1위의 도시라는 악명에 가려진 그곳의 실제 모습은 여러 차례 나를 놀라게 했다. 아름다운 도시 풍경, 훌륭한 박물관과 미술관, 그리고 도심 곳곳에서 느껴지는 전통과 예술의 향기까지……. 이제 나는 사람들에게 자신 있게 말할 수 있다. 과거의 역사와 문화가 응축된 도시, 현대사회의 분주하고 세련된 일상이 살아숨쉬는 도시를 동시에 보고 싶은 사람이라면 멕시코시티에 가보라고. 그곳이야말로 도시가 갖는 모든 매력을 품고 있는 여행지라고.

죽음의 산악자전거!

우! 미칠 것 같다. 가파른 산길을 오르는 버스는 급정거와 급출발을 반복하며 끊임없이 흔들린다. 주변을 보니 승객들의 얼굴이 하얗게 질려 있다. 그렇게 몇 시간이 지나자 마침내 여자 한 명이 버스 화장실로 돌진. 이를 시작으로 사람들이 쉴 새 없이 화장실을 들락거린다. 나는 구토를 겨우 참았지만 배를 움켜잡고 끙끙거릴 수밖에 없다.

여기는 마야 유적으로 유명한 팔렌케^{Palenque}에서 치아파스^{Chiapas} 주의 수도인 산크리스토발^{San Cristobal}로 가는 버스. 저지대 밀림지역인 팔렌케에서 해발 2,200미터 고지대인 산크리스토발로 단숨에 올라가려니 이런 생고생을 하는 것이다. 아, 멀미약 먹을 걸. 다섯 시간이면 간다고 해서 안 먹었는데, 죽을 맛이다.

겨우 도착한 산크리스토발. 그런데 성수기 주말이라 숙소를 구할 수 없다. 빈 침대를 찾아 시내 끝에 있는 호스텔까지 걸어갔더니 그곳 역시 만원이다. 이게 무슨 일이야. 온종일 굶어 힘들어 죽겠는데.

"대신 '테라스'에 자리가 있어. 거기서 잘래?"

가장 멕시코적인 색,
보는 이마저 열정에 가득 차게
하는 힘이 있다.

테라스? 그게 뭐지? 직원이 안내한 곳은 지붕 밑 다락. 그곳에 매트리스 하나 깔고 자는 것이다. 에라, 모르겠다. 피곤해 죽겠는데 여기서라도 그냥 자자.

다음날 아침 일어나자 몸이 천근만근이라, 하루 푹 쉬어야 할 것만 같다. 호스텔에서 주는 아침을 먹고 있는데 기욤이라는 키 큰 곱슬머리 프랑스 애가 인사를 한다. 얼마 안 있어 튼튼해 보이는 피터라는 독일 애도 등장. 이런저런 이야기를 하다 피터가 오늘 산악자전거를 타러 간다고 하자 기욤이 난리를 친다.

"산악자전거를 60킬로미터 탄다고? 제이, 우리도 하자. 남자라면 이런 거 꼭 해야 돼!"

프랑스 애들의 이 오버란. 난 건드리지 마. 피곤해 죽겠거든. 게다가 웬 산악자전거? 산크리스토발이 그런 것으로 유명하다는 이야기는 들어본 적 없는데. 하지만 기욤이 계속 '뽐뿌질'을 하자 슬슬 객기가 발동한다. 한번 도전해볼까? 산악자전거는 한 번도 타본 적 없는데 이럴 때 아니면 언제 하겠어. 결국 나는 기욤과 함께 자전거를 빌리러 나섰다.

수다쟁이 기욤과 함께 걷는 것은 쉬운 일이 아니었다. 아가씨만 보면 말을 걸고, 지나가는 동네 아저씨들에게 인사하고. 정말 정신 사나운 애다. 그런데 막상 자전거 대여소에 가자 꽁무니를 쏘옥 뺀다.

"자전거가 나한테 좀 작아. 이런 것 타면 불편해. 난 안 갈래."

뭐야, 아침부터 그 난리를 치더니. 내가 보기엔 하나도 안 작은데. 결국 피터와 나만 자전거를 타고 거리로 나섰다. 이제 스물네 살인 피터는 독일에서 산악자전거를 자주 탔었단다. 나야 진해에서 해군장교로 근무할 때, 그리고 대덕연구단지에서 일할 때 자전거로 출퇴근한 것이 전부다. 거기에다 30대 중반. 내가 이걸 할 수 있을까? 내 불안감을 눈치챘는지 피터가 한마디 한다.

"걱정 마. 그냥 작은 언덕 하나 올라갔다 오는 거야. 안 힘들어."

그래, 어려운 코스면 설마 날 데려가겠어? 걱정 붙들어매자. 자전거를 타고 산크리스토발 시내를 달리자 기분이 상쾌하다. 주로 파스텔 계열인 거리에는 전통의상을 입은 인디오 아저씨 아주머니들이 환한 웃음을 짓고 있고, 새파란 하늘 속엔 하얀 구름이 떠다니고 있다. 아름다운 거리와 하늘……. 이 동네 정말 마음에 든다. 야호, 이제부터 산악자전거 시작.

피터 녀석, 힘도 좋지!

하지만 나의 즐거움은 딱 거기까지였다. 시내를 벗어나자 초반부터 오르막길이 계속되는 것 아닌가! 입에서 단내가 팍팍 날 정도다. 30분 동안 힘들게 페달을 밟아 겨우 오르막을 다 올라와 잠깐 쉬고 있는데 피터가 하는 말!

"자, 이제 본격적으로 시작이야."

뭐라고? 이게 시작이라고? 에이, 설마! 농담이지? 그런데 제길, 농담이 아니다. 아주 살짝 내리막이 있는 듯하더니 또다시 오르막이 시작된다. 미칠 것 같다. 두 시간 동안이나 오르막을 오르고 나서야 산 정상에 도착해 한숨을 돌렸다. 알고보니 피터가 말한 '작은 언덕'의 정체는 해발 2,600미터인 산꼭대기!! 오르막길을 무려 15킬로미터 올라온 것이 아닌가! 저 녀석을 그냥 아우, 마음 같아선 뒤통수라도 한 대 때리고 싶지만 그럴 기운조차 없다. 한동안 숨을 헐떡거리고 있는데 표정 하나 변하지 않은 피터가 곁에 오더니 말한다.

"원래 산 아래 테네하파Tenejapa라는 마을까지 갈 생각이었는데 오후에 비가 올 수 있대. 가까운 마을로 내려가서 점심 먹고 돌아오자."

"그래? 진짜지? 여기서 포기할까 싶었는데 가까운 곳이면 뭐, 한번 가보지."

"그럼 내가 먼저 내려갈게. 따라와."

피터는 그 말만 남기고 쏜살같이 내리막을 달린다. 나도 그 뒤를 따라 달리기 시작. 포장도로를 빠르게 달리자 바람이 상쾌하다. 그런데 이 내리막길, 끝이 없다. 시원한 건 좋은데 등에는 식은땀이 흐르는 것 같다. 왜냐고? 내려가면 다시 올라와야 되니까. '이제 설 때가 된 것 같은데.'라는 생각이 드는데 피터는 계속 내려간다.

"피터!! 스톱! 스톱!"

아무리 소리 질러도 피터는 내달리기만 한다. 하긴 자전거를 타는 도중에 소리친다고 들릴 턱이 있나. 피터 녀석, 어찌나 빠른지 따라잡을 수조차 없다. 그만 내려갈까, 생각했지만 같이 시작한 일인데 여기까지 와서 빠질 수도 없다. 한참을 내려간 피터가 멈춘 곳을 보니 표지판에 마을 이름이 적혀 있다. 한데 '테네하파'라는 글씨가 떠억~ 하니 적혀 있는 것 아닌가!! 이 자식아, 여기까지 안 온다며! 이놈이 산 정상에서 무려 15킬로미터를 내려온 것이다. 아, 열 받어. 하지만 어쩌겠나. 이미 내려온 것을. 내가 여기서 화내봐야 싸움밖에 더 되겠

나. 하기야, 싸울 힘조차 없다. 조그만 식당에 들어가자 관광객이 없는 동네라 그런지 사람들이 우르르 몰려와 우리를 구경한다. 힘들어 죽겠지만 이미지 관리상 방긋방긋 웃으면서 점심을 먹은 후 산크리스토발로 되돌아가기 위해 다시 오르막을 오르기 시작했다. 하지만 나는 이미 체력의 한계에 다다른 상태. 엉금엉금 기어서 올라가기 시작했다. 피터는 빨리 오라고 독촉하지만 몸은 이미 만신창이고, 엉덩이가 너무 아파 자전거에 앉을 수도 없고, 다리는 부들부들 떨린다. 자전거를 끌다시피 하며 몇 시간 동안 겨우 10킬로미터 정도를 올라갔을 무렵, 나는 쓰러지고 말았다.

"그만 포기할래?"

피터는 엉금엉금 기어가는 내가 딱한지 그만 포기하라고 한다. 그래, 더 이상은 무리. 지칠대로 지친 다리는 이제 경련을 일으키고 자전거를 끌 힘도 없다.

"알았어, 난 택시 타고 갈게. 호스텔에서 봐."

사람 하나 보이지 않는 산길에서 한참을 기다리다 겨우 택시를 타고 시내로 돌아왔다. 돌아오는 길은 왜 이렇게 먼지. 이 먼 길을 내가 달렸단 말이야? 각자 돌아온 호스텔 옥상에서 피터와 나는 기념으로 맥주 한잔을 기울였다. 산송장 신세인 나와 달리 피터는 멀쩡하다. 이 자식아, 난 오늘 너 때문에 죽는 줄 알았다.

이렇게 내 생애 첫 산악자전거 도전은 아픈(?) 기억으로 막을 내렸다. 산악자전거, 만만하게 볼 것이 아니구나.

커피향 가득한 안티구아

가로등 하나 제대로 없는 음산한 밤, 거리엔 폭우가 퍼붓고 있다. 가게는 모두 문을 닫았고 거리엔 사람 하나 보이지 않는다. 여기가 도대체 어딘지도 모르겠고 어디로 가야 할지도 모르겠다. '저 모퉁이에 강도가 있지 않을까?' 하는 걱정에 발걸음이 떨어지지 않는다.

여기는 과테말라 안티구아^{Antigua}. 이곳에 온 것은 스페인어 공부를 하기 위해서다. 여행을 떠나기 전 저렴한 학생항공권을 사기 위해서 국제학생증이 필요했다. 직장인인 내가 학생 신분이 될 수 있는 방법은 단 하나뿐. 안티구아에 있는 스페인어학원에 등록해 일주일치 강습비를 내고 입학허가증을 받아 국제학생증을 만들었다. 뭐, 어차피 돈도 냈고, 부족한 스페인어도 더 공부하고 싶어서 여기까지 온 것이니까.

하지만 산크리스토발에서 아침 일찍 출발했는데도 밤늦은 시간이 되어서야 안티구아에 도착했다. 사람과 차가 뒤엉킨 혼란스러운 국경을 통과하고, 꼬불꼬불한 과테말라의 산악도로를 지나면서 예상보다 매우 늦어진 것이다. 스페인어학원 앞에서 내렸더니 이미 문을 닫은 상태. 오갈 곳 없는 신세가 되고 말았다. 게다가 이곳은 최악의 치안으로 유명한 과테말라 아닌가. 과테말라에 비하면 멕시코는 천국이다. 매년 총기 살인으로 4,000~5,000명이 죽는 나라니까. 이런 나라에 처음 도착해 길도 모르고 목적지도 없는 상태에서 밤거리를 헤매야 한다. 등골이 오싹하고 불안감에 심장이 쿵쾅거린다.

어쩔 도리가 없어 가까운 호텔로 갔다. 숙박비가 비싸더라도 일단 살고봐야지. 호텔 방에 배낭을 내려놓으니 이젠 당장 다음날부터 시작되는 학원 수업과 홈스테이가 문제다. 안티구아 시내에 있다는 한국식당에 가면 도움을 받을 수 있을 것 같지만 밖에 나가기조차 무섭다. 궁리 끝에 동전 몇 개만 가지고 길을 나섰다. 강도 당해도 뺏길 게 없으면 되지 뭐. 인기척도 가로등도 없는 거리를 한참 헤매다 겨우 '베로니카 하우스'라는 조그만 한국식당을 찾았다. 한국에서 오신 누님 한 분이 운영하는 곳이었는데 늦은 밤이라 그런지 과테말라 사람 한 명만 앉아 있다.

"씨마 델 문도Cima del Mundo에 등록했어요? 아, 오늘 멕시코에서 온다고 했던 그분이군요."

이런 우연이! 식당에 앉아 있던 사람은 내가 등록한 어학원의 매니저 아닌가! 그는 학원장과 인터넷으로 통화를 하고 있었는데 마침 한국 사람이다. 그것도 나와 같은 부산 출신. 거 참, 신기하네.

덕분에 걱정했던 숙소와 학원 문제가 한 방에 해결돼 다음날 아침부터 바로 스페인어 수업을 듣기 시작했다. 선생님은 푸근한 인상의

일상의 궁핍이 총천연색으로 펼쳐진다.

오래도록 내 눈에 밟히는 또랑한 웃음소리들.

과테말라 아가씨 가비^{Gabi}. 선생님이 영어를 잘 못해서 아쉽긴 하지만 내가 스페인어로 기본 의사소통은 하니까 상관없다. 한 시간 강습비로 겨우 4달러 내면서 많은 것을 바랄 수야 있나. 아침에 일어나면 바로 학원으로 가서 하루에 네 시간씩 쉴 새 없이 스페인어로 대화하는 유학생활이 시작됐다.

수업이 끝나면 안티구아 시내를 돌아다녔다. 과테말라의 수도는 본래 안티구아였는데, 1773년 대지진으로 큰 피해를 입자 수도를 과테말라시티로 옮겼다고 한다. 그래도 오랫동안 한 나라의 수도였기 때문인지 시내에는 고풍스러운 스페인 식민지양식의 건물들이 많이 남아 있다. 또한 물가가 워낙 싸다보니 장기체류하면서 스페인어를 배우는 여행자들이 많다. 덕분에 안티구아는 과테말라에서 제일 잘사는 동네란다. 하지만 안티구아 시내를 조금만 벗어나도 상황은 완전히 달라졌다. 사람들은 다 쓰러져가는 집에서 어렵게 생활하고, 도로는 대부분 비포장이고……. 가난한 사람들의 대다수는 원주민인 인디오였다. 중미에서 가장 잘산다는 멕시코와 가장 가난하다는 과테말라의 생활수준은 그야말로 극과 극이었다.

수백 년 동안 스페인 정복자들에게 착취당한 원주민들은 지독히도 가난하다. 길거리에서 엉성한 기념품이나 싸구려 음식을 파는 원주민을 흔히 볼 수 있고, 구걸하는 인디오 어린이도 부지기수다. 우리네와 비슷한 그들의 외모 때문일까? 남의 일 같지 않은 게 가슴이 아프다.

안티구아는 치안상태가 좋지 않다. 해가 지면 거리 인적이 뚝 끊긴다. 밤에 야식이나 술 한잔 하러 외출하려면 홈스테이에 함께 머물고 있는 여행자들을 끌어모아 큰마음 먹고 나가야 했다. 그뿐 아니다. 요즘 안티구아에서 얼마 떨어지지 않은 과테말라시티행 버스가 잘 안 다닌다고 하는데 그 이유가 기가 막힌다. 갱단이 버스운전사들을 살해하고 있기 때문이라는 것. 버스운전사 노조에 상납을 요구했는데 거부하자 운전사들을 마구 죽인다나? 지금까지 10명이 넘게 살해되었는데도 정부는 갱단을 체포하지 못했고, 사람들은 버스 타기가 점점 힘들어진다고 한다. 아, 정말 살 떨리는 동네다. 그래도 계속 머물다보니, 이곳 역시 사람 사는 동네. 긴장감이 사라지면서 안티구아를 즐기는 수준까지 이르렀다. 거의 매일 들르는 단골가게도 생기고 주인들은 "오늘은 어땠어?"라고 반갑게 인사를 건넨다.

빈둥거리며 하루하루를 보내다보니 갑자기 커피가 마시고 싶어졌다. 화산지역에서 생산된 안티구아의 커피는 세계적으로 유명하다는데 한번 먹어봐야겠지? 어느 가게의 커피가 맛있냐고 물어보자 현지인들이 하나같이 추천하는 곳이 있다.

"또스따뚜라 안티구아Tostatura Antigua에 가봐."

한적한 골목 모퉁이의 작고 낡은 가게였다. 좁은 가게 안에는 나무로 만든 낡은 책상 몇 개와 의자가 아무렇게나 놓여 있고, 몇십 년은 된 듯한 낡은 로스팅기계와 가스레인지 하나가 전부다. 커피 가게가 아니라 시골방앗간 같은데? 메뉴판을 보니 커피 한 잔이 단돈 600원. 일단 싸니까 좋네. 커피를 주문하자 낡은 작업복을 입은 머리 희끗희끗한 주인 아저씨가 다 찌그러진 주전자를 가스레인지에 올리더니 물을 끓인다. 물이 끓자 우리나라 커피전문점처럼 종이필터 위에 커피

가루를 올려 주전자로 멋있게 물을 붓는 것이 아니라, 그냥 시키면 형 겊 같은 것에 커피를 넣고 대충 만드는 듯 보인다. 뭐야, 커피를 이렇 게 건성건성 만들어? 현지인들에게 속은 것 아닌가? 낡고 삐걱거리는 의자에 앉아 아무런 기대감 없이 커피 한 모금을 마셨다.

그런데 커피를 넘기는 순간, 온몸의 힘이 쭈욱 빠지는 것 같다. 세 상에 이런 커피가 있다니! 첫맛은 짜릿할 정도로 강하고, 뒷맛은 부드 럽고 깊은 향이 입안에서 오래도록 감돈다. 커피 한 모금이 감동을 줄 수도 있다는 걸 이제야 알겠다. 이때까지 내가 마셨던 커피는 진짜 커 피가 아닌 것 같다. 이 풍부한 향과 맛. 뭐랄까, 오래도록 양식 물고기 만 먹고살다가 싱싱한 자연산 회를 처음 맛보는 느낌이랄까? 그날 이

후 나는 하루에도 몇 번씩 시간이 날 때마다 이 사랑스러운 가게로 달려갔다. 부족한 스페인어로 주인 아저씨와 이야기를 주고받으며 커피를 마시고 있자니 그 어떤 여행지보다 안티구아가 사랑스러워진다.

시간은 금세 지나 2주가 흘렀다. 안티구아에 정이 담뿍 들었는데, 떠나야 할 때다. 항상 이렇게 이별하는 것이 여행자의 운명. 언제 다시 이곳 안티구아를 찾을지 모르지만 '또스따뚜라 안티구아' 커피의 그 깊고 부드러운 맛을 영원히 잊지 못할 것 같다.

남미에서 스페인어 배우기

- 저렴한 가격에 배울 수 있는 지역이 많이 있지만 여행자들에겐 멕시코 산크리스토발, 과테말라 안티구아, 에콰도르 바뇨스, 콜롬비아 보고타 같은 곳들이 유명하다. 장기간 어학 연수를 오는 사람들은 멕시코 과달라하라, 칠레 산티아고, 아르헨티나 부에노스아이레스 같은 곳을 많이 찾는다.
- 일반적으로 수업은 1:1로 이루어지며 언제든지 시작할 수 있다. 스페인어는 남미 여행의 최고 필수품!
- 또스따뚜라 안티구아는 안티구아의 6ª calle ponient 에 있다. 아주 작고 소박해서 발견 하기 어려울지도!

불타는 용암 위를 산책하다

"오빠, 내일 아침 저랑 화산 투어 갈래요? 저도 좀 움직여야겠어요."

안티구아 홈스테이 집에서 한국 여학생을 만났다. 그녀의 이름은 사라. 정말 반갑게도 대학 후배이기까지 하다. 사라는 아버님이 파라과이 선교사이신 관계로 남미에 오래 살아서, 영어와 스페인어를 잘하고 얼굴까지 예쁜 멋쟁이 여대생이다.

지금은 매일같이 비가 오는 우기. 사라는 한동안 감기로 고생하더니 몸이 회복되자 함께 화산 투어를 가자고 제안했다. 우리가 가기로 한 화산의 이름은 파카야Pakaya. 안티구아 인근에 있는 세 개의 화산 중 화산활동이 가장 활발하고 치안이 안전한 편이라고 한다. 도시 인근에 언제 폭발할지 모르는 화산이 세 개나 있다니. 우리나라에선 상상조차 힘든 일이다.

새벽같이 일어나 콜렉티보(승합차)를 타고 화산을 향했다. 한 시간 만에 산 밑에 도착하자 성수기답게 엄청난 수의 여행자들로 북적거리고, 그런 여행자들을 노리는 삐끼도 가득하다.

"택시 안 타요? 그냥 올라가면 힘드니 택시 타요."

산에 무슨 택시? 알고보니 택시는 바로 '말'이다. 말을 택시라고 하다니 재미있군. 계속 택시를 타라고 보채는 삐끼들의 말에 피식 웃음이 나온다. 가이드와 함께 산을 오르기 시작했다. 길이 험하다는 말을 들어서 각오를 하고 왔는데 웬걸? 동네 뒷산 올라가는 기분이다. 산이 가파르지 않고 무성한 나무 때문에 그늘이 많아서 걷기 쉽다.

한 시간쯤 걸어 올라가자 저만치 파카야 화산의 정상이 보인다. 생전 처음 본 활화산. 시커먼 돌이 산 전체를 뒤덮고 있는데 가까이 가보니 그 시커먼 돌은 바로 용암이 굳은 것. 용암은 흘러내리던 모습 그대로 다양한 형태로 굳어 있다. 지옥이 있다면 이런 모습일까? 가이드는 화산지대로 들어가기 전, 주의사항을 강조한다.

"이제부터 발밑을 예의주시하며 걸어가세요. 용암이 굳지 않아 뜨거운 곳에 발을 디디면 신발 밑창이 녹을 수 있으니 조심해요. 카메라를 떨어뜨려 녹아버리는 일도 자주 생기니 주의하세요."

화산지대에 들어서니 길도 없고 안전설비도 없다. 하긴 매일같이 용암이 흘러내리고 굳는 일이 반복되는 곳이니 길이 있을 리 만무하다. 부서진 바윗조각을 집어들었는데 정말 가볍다. 수증기가 빠져나가면서 안에 구멍이 많이 생겨서 그렇겠지. 안으로 들어갈수록 점점 뜨거워진다. 채 식지 않은 용암 때문에 바위 위로 아지랑이가 피어오르고 바위 틈 곳곳에서 뜨거운 수증기가 솟아오른다. 너무 뜨거워 찜질방 한증막에 들어온 것 같다. 어느 정도 굳어진 용암이 이렇게 뜨겁다면 흐르는 용암은 얼마나 뜨거울까? 그런데 이상하게도 흘러내리는 용암이 보이지 않는다. 지난주에 왔던 사람들은 봤다고 하던데.

"요즘 비가 많이 와서 용암이 굳어버렸어요. 며칠 전부터 흐르는 용암을 볼 수 없네요."

이런, 시뻘겋게 흐르는 용암을 보고 싶었는데 아쉽다. 하지만 바로 며칠 전에 용암이 굳었다는 곳에 오자 와우, 여긴 엄청나다. 발을 조금만 잘못 디뎌도 신발 밑창이 칙- 소리를 내며 녹아내리고, 벌어진 바위 틈으론 시뻘건 용암이 보인다. 용암의 엄청난 열기로 데워진 공기 때문에 땀이 쏟아진다. 혹시 내가 발을 디딘 부분이 부서져 마그마에 빠지면 어떻게 하지? 정말 쓸데기 없는 걱정이라는 것을 머리로는 잘 알지만, 한 걸음 한 걸음 내디딜 때마다 몸은 바짝 긴장한다. 바로 옆에 있던 사람 신발 밑창이 녹는 걸 봤는데 어떻게 얼어붙지 않을 수 있을까?

그때 가이드가 사람들에게 모이라고 하더니 나뭇가지 하나를 마그마가 보이는 바위 틈에 던진다. 그러자 나뭇잎에 있던 수분이 터져나오면서 폭죽 같은 요란한 소리가 나고 나무는 순식간에 불타 재로 변해버린다. 정말 장난이 아니네. 음, 영화를 보면 흐르는 용암 바로 옆에 사람들이 서 있곤 하던데 그거 다 뻥이었구나. 이런 열기 속에 어떻게 가까이 다가갈 수 있겠어?

"'오빠, 마시멜로 가져왔죠? 꺼내봐요."

맞다, 마시멜로. 용암에 마시멜로 구워먹으면 정말 맛있다는 말을 듣고 어제 시장에 들러 사왔다. 요걸 꺼내면 완전 스타가 되겠지? 하지만 난 역시 하나만 알고 둘은 모르는 놈이었다. 이걸 어떻게 구워먹

어? 손으로 용암에 들이밀고 구울래? 아! 이 멍청한 대가리여. 좌절이다. 그때 옆에 있던 백인 여자애 하나가 숲에서 가져왔던 나뭇가지를 내민다.

"이거 써. 대신 나도 구워서 좀 줘."

이것이야말로 진정한 상부상조! 감사하는 마음으로 나뭇가지 끝에 마시멜로를 꽂고 용암이 시뻘건 열기를 뿜어대는 바위 틈으로 살금살금 다가갔다. 우, 그 뜨거움이란. 몸을 뒤로 쭉 빼고 팔만 내밀었는데도 얼굴이 화끈거리고 손은 익어버릴 것 같다. 그런데 마시멜로는 근처에만 가도 순식간에 새카맣게 타버린다. 뭐야, 쉬울 줄 알았는데 여러 번의 시도 끝에 가까스로 노하우를 익혔다. 재빨리 나뭇가지를 내밀어 1초 만에 구워야 하는 것이다. 그래도 고생한 보람은 있다. 용암에 구운 마시멜로는 진짜 맛있다. 겉은 바삭하게 타고 속은 뜨거우면서도 쫄깃쫄깃. 주변에 있던 사람들이 전부 모여들며 나도 하나만 달라는 애절한 눈빛으로 쳐다본다. 훗, 1,000원짜리 마시멜로 한 봉지로 완전 스타됐네.

맛있는 용암표 마시멜로 구이를 즐기다 내려오는 길. 흐르는 용암을 못 본 것이 아쉽지만 다시 기회가 있겠지. 그러고 보니 안티구아 사람들은 이런 화산을 지척에 두고 살고 있네? 용암이 조금씩 흘러나오는 모습도 이렇게 엄청난데 이곳이 폭발하면 어떤 지옥이 될까? 갑자기 그동안 거리를 걸으며 무심코 봤던, 지진과 화산으로 파괴된 안티구아의 건물들이 각별하게 느껴진다. 한국에서 이런 엄청난 자연의 힘을 못 느끼고 살아온 것은, 행운일까?

파카야 화산 투어

- 안티구아 시내 여행사에서 예약할 수 있다. 오전/오후를 선택할 수 있고 비용은 8~10달러 정도로 저렴하다.
- 보통 5~10월이 우기이고 나머지 기간이 건기다. 하지만 건기에 간다고 흐르는 용암을 본다는 보장은 없다! 자연이 사람 마음대로 움직여줄 리가 없다.

나의 사랑, 아티틀란 호수

과테말라는 내게 굉장히 생소한 나라였다. 나는 여행을 떠나기 직전까지 과테말라가 어떤 나라인지, 무슨 볼거리가 있는지에 대해 거의 아는 바가 없었다. 심지어 멕시코 밑에 있는 나라라는 사실도 몰랐으니까. 그런 내가 과테말라에 와야겠다고 결심한 이유는 한 장의 사진 때문이었다. 그것은 바로 아티틀란^{Atitlán} 호수의 사진이었다. 구름 낀 거대한 화산으로 둘러싸인, 푸른 물이 가득한 호수. 그 사진을 보는 순간 나는 과테말라에 가야겠다고 결심했고 스페인어학원도 멕시코 대신 과테말라에 있는 곳을 선택했다.

안티구아에서 콜렉티보를 타고 아티틀란 호숫가에 있는 파나하첼^{Panajachel}로 가는 내내 가슴이 두근거렸다. 오늘이 바로 그토록 보고 싶던 아티틀란을 만나는 날이기 때문이다. 콜렉티보가 높은 산마루를 넘자마자 사진에서 본 그 아티틀란 호수가 눈앞에 펼쳐진다. 해발 1,500미터에 자리잡은, 영국의 작가 헉슬리가 '세상에서 가장 아름다운 호수'라고 극찬을 한 그곳이다.

아티틀란은 내가 상상한 그대로였다. 해발 3,000미터가 넘는 웅장한 화산들이 구름을 머금은 채 병풍처럼 호수를 둘러싸고, 짙은 코발트빛 물은 드넓은 호수를 가득 채우고 있다. 이 아름다운 곳에서 다른 무엇이 필요할까. 멍하니 호수를 바라보며 주변을 거니는 것만으로 무척 행복하다. 호숫가에서 수영을 즐기던 과테말라 사람들은 보기 드문 동양인 여행자에게 웃으며 말을 건넨다.

"올라Hola(안녕), 어느 나라에서 왔니?"

"여기 정말 아름답지? 과테말라에서 여기가 최고야."

안티구아에서 만났던 사람들은 뭔가 위축되어 내게 거리를 두려는 것처럼 보였는데 이곳 사람들은 더할나위 없이 쾌활하다. 수영하는 아이들, 낚시하는 아저씨들, 햇빛 쬐며 수다 떠는 아주머니들, 손님을 기다리는 식당 종업원들 모두 거리낌 없이 말을 걸어온다. 파나하첼의 밤 역시 안티구아와 달리 활기차다. 거리에는 사람들이 넘치고 맛있는 음식을 파는 포장마차들이 즐비하다. 안티구아는 저녁이 되면 인적이 없어 돌아다니기 무서웠는데 여기는 여러모로 마음에 든다.

아티틀란 호수에서 꼭 하고 싶은 것이 하나 더 있었다. 바로 패러글라이딩! 패러글라이딩을 한 번도 해본 적이 없어서 이번 여행 중에 꼭 체험해보고 싶었는데 아티틀란 호수야말로 가장 완벽한 장소일 것 같다. 하늘에서 바라본 아티틀란은 얼마나 아름다울까? 호수 옆에 있는 패러글라이딩 학교에서 작은 키에 약간 허술해 보이는 인상의 강사 마리오Mario를 만나 조그만 트럭을 타고 산으로 올라갔다. 비포장도로를 한참 올라간 차는 호수 바로 옆 절벽에 도착. 절벽에 서자 호수 전

체의 모습이 보인다. 아, 정말! 봐도봐도 멋지단 말이야.

"자, 내가 신호하면 그냥 열심히 뛰면 돼."

잠깐이라도 교육을 받을 줄 알았더니 그런 것 없다. 그냥 마리오 앞에서 열심히 뛰면 된다니 간단해서 좋네. 다른 사람들이 먼저 출발하고 내 차례가 오자 마리오의 신호에 따라 열심히 달리기 시작. 조금 달리자 몸은 금세 공중으로 떠서 바람을 타고 움직인다. 긴장감 넘치고 짜릿하고 무서워야 정상이겠지만, 나는 그런 느낌이 전혀 없다. 사

실 나에게는 보통 사람이라면 절대 없을 특이한 자격증이 하나 있다.
그건 바로 스카이다이빙 자격증. 2003년, 입사 첫 해 회사에서 쌓이
는 스트레스를 화끈하게 풀기 위해 '한국스카이다이빙학교' 강사님들
과 호주에 가서 자격증을 딴 것이다. 4,000미터가 넘는 하늘에서 뛰어
내려 시속 200킬로미터 가까운 속도로 떨어지는 스카이다이빙을 몇
십 번 했더니 아쉽게도 패러글라이딩은 짜릿하거나 무섭지 않다. 하
긴 스카이다이빙을 배운 뒤로는 롤러코스터를 타건, 자이로드롭을 타

건 심호흡 한 번 안 하고 웃으면서 즐기니까.

비록 짜릿함은 없지만 패러글라이딩은 스카이다이빙과 전혀 다른 느낌이다. 스카이다이빙의 낙하산이 쏜살같이 떨어지는 느낌이라면 패러글라이딩은 바람을 타고 자유롭게 날고 있는 듯하다. 호수 위로 날아가자 멀게만 보이던 아티틀란의 화산이 손에 잡힐 듯 가까이 보이고, 발밑으로는 보트들이 호수를 가로지르고 있다.

아무 생각 없이 공중에 몸을 띄운 채 시원한 바람을 맞으며 아티틀란을 바라보니 마음이 편안하다. 내가 지금 하늘을 날고 있다는 사실을 잊어버릴 정도로. 하늘에서 바라본 아티틀란은 또 어찌나 아름다운지. 그런데 30분 정도 공중에 있다 착지할 때가 다가오자 슬슬 불안해진다. 마리오가 착지 위치를 제대로 못 잡는 것이다. 착지할 때는 흙이나 풀이 깔린 곳으로 가야 하는데 낙하산은 자꾸 호수로 날아간다.

마지막 순간까지도 호숫가를 벗어나지 못하자 마리오가 정말 위험한 짓을 한다. 착지 직전에 낙하산을 옆으로 돌리는 것이 아닌가! 그러면 낙하산의 속도가 줄어들지 않은 채 비스듬하게 땅바닥에 부딪혀 잘못하면 다리가 부러지는 중상을 입을 수 있기 때문이다. 내가 어떻게 그런 것을 아냐고? 호주에서 첫 다이빙을 할 때 내 자신이 그랬기 때문이다. 착륙할 곳의 지형을 제대로 익히지 않고 다이빙했다가 엉뚱한 곳으로 날아갔는데, 마지막 순간에 큰 나무를 피하려고 낙하산을 옆으로 트는 바람에 거의 죽을 뻔했다. 철조망에 정면충돌하면서 온몸이 철조망 가시에 긁히고 비싼 다이빙복이 다 찢어졌던 아찔한 기억 한 편. 결국 우리는 몸이 옆으로 기울어진 채로 호숫가 자갈밭에 처박혔다. 다리가 부러지면 여행이 끝장이기 때문에 나는 최대한 몸을 웅크려 온몸으로 자갈밭에 충돌했다. 충격이 채 가시기도 전에 '혹시 어디 부러지진 않았겠지?'라는 생각이 제일 먼저 난다. 급히 몸 여기저기를 만져보니 휴, 다행히 부러지진 않았다. 옆구리와 팔에 멍이 든 정도다.

"미안해. 나도 이렇게 착륙하긴 처음이야. 왜 이랬는지 모르겠어."

마리오는 멍한 표정으로 혼자 중얼거린다. 이놈의 자식아, 너 때문에 여행 종칠 뻔했잖아. 다행히 다치지 않으니 내가 참고 재미있는 추억거리로 삼는다. 아티틀란과의 첫 만남은 이렇게 행복하게 끝이 났다. 그리고 나는 아티틀란을 좀더 느껴보기 위해 산마르코스라는 작은 마을로 향했다. 아티틀란, 널 보기 위해 이 먼 곳까지 온 보람이 있구나.

아티틀란 호수에서 패러글라이딩 하기

- 파나하첼 시내 여행사 또는 패러글라이딩학교에서 예약할 수 있고 보통 아침 일찍 시작한다.
- 비용은 70~80달러 정도로 남미의 다른 지역에 비해 비싸지만 아티틀란 호수는 돈을 투자할 만한 가치가 충분히 있다.

유쾌한 히피들의 파티

"앗, 요압Yoav!!"

"제이!! 오랜만이야!"

파나하첼에서 보트를 타고 아티틀란 호숫가에 있는 12개의 마을 중하나인 산마르코스San Marcos로 왔다. 마음에 드는 숙소를 하나 찾았는데 그곳에서 만난 사람은 바로 요압. 멕시코 산크리스토발에서 안티구아로 오는 버스에서 처음 인사를 했던 이스라엘 애다. 채식주의자인데다 명상과 요가를 배우면서 여행을 하는 친구였는데 이곳에서 다시 만난 것이다. 거참, 세상 좁아.

아티틀란 호숫가 마을 중 우리나라 여행자들에게 유명한 곳은 산페드로San Pedro. 하지만 파나하첼에서 만난 과테말라 사람들이 하나같이 추천한 곳은 산마르코스였다. 호수 바로 옆에 있는 이 마을은 굉장히 독특하다. 좁은 길이 무성한 나무 사이로 나 있고, 주변을 둘러봐도 온통 나무와 꽃들이다. 마을 안에 나무와 숲이 있는 것이 아니라 무성한 숲속에 마을이 숨어 있는 듯한 느낌이다. 마을 곳곳에는 명상

자유인을 만나러 가는
숲속 작은 길

과 요가, 마사지를 가르치는 장소들이 있고 좁은 골목길에서는 히피
들이 직접 만든 목걸이나 팔찌를 팔고 악기를 두드리며 노래를 부른
다. 과연 '히피들의 천국'이라고 불릴 만한 곳이다. 마을 바로 앞에 있
는 아티틀란 호수도 파나하첼과 완전히 다른 느낌이다. 파나하첼에서
바라본 아티틀란은 넓고 확 트인 느낌이었다면, 마을 옆에 거대한 화
산이 있는 이곳의 아티틀란은 호수가 화산에 포근하게 안긴 것 같다.
물도 파나하첼보다 훨씬 깨끗하고 사람이 적어 한적하다. 작고 아기
자기하고 한갓지게 자연 그대로를 느낄 수 있는 곳, 내가 제일 좋아하
는 분위기인데?

　저녁을 먹으러 식당에 가는 길에 요압이 아는 두 친구가 합류했다.

근육으로 똘똘 뭉친 단단한 몸에 허스키한 목소리, 덥수룩한 수염을 가진 곰 같은 아리엘Ariel은 요압처럼 군대를 제대하고 여행을 나온 이스라엘 여행자. 벨기에에서 온 푸근한 인상과 체형의 티나Tina는 벌써 3년째 여행을 하고 있는데 카메라나 컴퓨터 같은 것 하나 없이 마음 가는 대로 세상을 돌아다니고 있단다. 대단한 애구나.

 '께찰Quezal'이라는 조그만 식당에서 우리 네 명의 저녁식사는 시작되었다. 모두 장기여행자에 자유로운 영혼이라 그럴까? 다른 서양 애들과 달리 음식을 자연스럽게 나눠먹는다. 일반적인 서양 애들은 자기 수프그릇에 남의 숟가락이 들어오면 기겁하지만, 이들은 아무렇지도 않게 서로 맛을 보자며 떠먹는다. 너희들, 한국 오면 바로 적응하겠구나! 식사를 마치고 맥주 한 잔씩 하며 몇 시간 죽치고 앉아 있는데도 '난 히피요.'라고 이마에 써붙인 듯한 레게 머리의 주인 아저씨는 신경조차 쓰지 않는다. 다른 곳과는 차원이 다른 여유로움이 넘쳐나고 있다.

 "응? 파티가 있다고?"

 다음날 티나와 함께 아침을 먹기 위해 식당에 갔는데 옆 테이블에 있던 조니라는 미국인 아저씨가 처음 보는 우리를 파티에 초대한다. 저녁에 멕시코 친구인 마르코의 환송파티가 있으니 오라는 것이다. 마다할 이유가 있나. 즉석에서 티나와 함께 가기로 했다. 참석자들이 알아서 음식을 가져오는 파티라 수박을 사서 파티가 열리는 호스텔로 갔다. 호스텔 정원에는 벌써 수십 명의 히피와 여행자들이 가득하고 파티를 주최한 조니와 마르코는 음식을 준비하느라 정신이 없다. 그런데 가만히 보니 음식 준비를 도와주는 서양 애들은 남자나 여자나

칼을 정말 못 다룬다. 오이 하나 써는 데 부지하세월이다. 다 비켜봐,
내가 한번 보여주지. 자취생활 16년차 솜씨를 발휘해 과일과 야채를
재빠르게 깎고 썰었더니 다들 요리사가 왔다고 사진 찍고 난리가 났
다. 내가 잘하는 것이 아니라 니들이 진짜 못 하는 거야. 내가 칼질하
는 모습을 본 마르코가 말을 건다.

"혹시 구아까몰레 Guacamole 만들 줄 아니?"

구아까몰레? 아, 멕시코에서 먹는 아보카도로 만든 소스! 그거 내
가 제일 좋아하는 소스인데!

"아니, 안 만들어봤는데 나 그거 정말 좋아해. 좀 가르쳐줘."

자취생활을 오래 해서 그럴까? 나는 요리에 관심이 아주 많다. 그래
서 처음 맛보는 음식을 보면 들어가는 재료는 무엇인지, 어떤 향신료
를 쓰는지, 요리는 어떻게 하는지 사람들에게 꼬치꼬치 캐묻는다. 그

런데 이번엔 요리실습까지 할 수 있는 기회! 잘 배워뒀다 써먹어야지.

즉석에서 마르코의 요리강습이 시작됐다. 잘 익은 아보카도를 반으로 잘라 과육을 큰 그릇에 담는다. 양파와 토마토를 잘게 썰어넣고 소금과 후추로 간을 맞춘다. 거기에 멕시코 요리라면 절대 빠지지 않는 리몬(라임)즙을 한가득 넣고 모든 재료를 잘 섞어주면 끝. 정말 간단한데? 상큼한 리몬향과 입에 착착 감기는 아보카도가 어우러진 신선한 구아까몰레에 바삭한 나초를 찍어 먹는 이 맛이란. 캬, 예술이다. 이게 바로 멕시코의 맛이지.

배낭여행자들이 준비한 음식은 뻔하다. 나초와 구아까몰레, 과일이 전부. 그래도 아티틀란 호수 바로 옆에서 시원한 바람을 맞으며 술과 음식을 먹으니 특급호텔에서 열리는 파티가 부럽지 않다. 한 무리는 드럼을 두드리고 기타를 치며 노래를 부르고, 한 무리는 춤을 추고, 한 무리는 마리화나를 피워대며 파티를 즐긴다.

파티는 장소를 옮겨 밤늦게까지 계속됐다. 숲으로 둘러싸인 조용한 마을에서 맥주를 마시며 재밌는 사람들과 함께 하는 밤. 유쾌하고 즐거운 파티와 함께 산마르코스의 밤이 깊어간다.

밀림 속의 티칼

내가 아주 좋아하는 여행기가 하나 있다. 무려 7년 반 동안 자전거로 세계 여행을 한 일본인 이시다 유스케가 쓴 《가보기 전엔 죽지 마라》. 그 어떤 꾸밈이나 거짓없이 오랜 여행에서 느낀 것들을 적은 이 책은, 과장과 자기미화가 판을 치는 여타 여행작가들의 책과는 확연히 다른 느낌이었다.

이시다 유스케가 제일 좋아하는 유적지가 바로 과테말라 밀림 속에 자리잡은 마야 유적지 티칼^{Tikal}이다. 나 또한 그곳을 보고 싶어 파나하첼을 떠나 티칼로 향했다.

밤새 달린 버스는 새벽에 티칼 근처의 작은 마을인 플로레스^{Flores}에 도착했다. 그런데 이 동네, 첫인상부터 별로다. 문을 연 숙소가 없어 한참을 헤매다 겨우 하나를 찾았는데……

"뭐? 싱글룸이 100께찰(1만 6,000원)? 저기 싱글은 75께찰, 더블이 100께찰이라고 적어놨잖아!"

내가 벽에 붙은 가격표를 가리키자 막 잠에서 깬 직원은 졸린 눈을 비비며 귀찮다는 듯 대답한다.

"100께찰. 싫으면 다른 곳으로 가."

아, 더러워서 정말. 이 시간에 딴 숙소 찾기도 힘드니 내가 참자. 방에 짐을 놓고 밖으로 나오자 온갖 새소리와 동물 울음소리가 하늘을 가득 메우고 있다. 이곳이 밀림은 밀림이구나. 옥상으로 올라가자 캄캄하던 동쪽 하늘이 멀리서부터 조금씩 밝아오기 시작하더니 구름을 뚫고 황금빛 태양이 솟아오른다. 그러고 보니 여행을 시작한 이후 일출은 처음이네? 그때 마침 버스에서 만나 함께 숙소를 찾아다녔던 미국인 커플이 옥상으로 올라왔다.

"티칼에서 일출을 보는 선라이즈 투어 sunrise tour가 멋있대. 우린 오늘 쉬고 내일 투어할 생각인데 같이 안 갈래?"

음, 어떻게 하지? 유스케는 티칼에서 일출을 보고 감동받았다고 했지만 투어를 하려면 새벽 3시에 일어나야 한다는데 그 시간에 일어날 자신이 없다.

"난 오늘 다녀올게. 내일은 멕시코로 갈 생각이야."

콜렉티보를 타고 티칼로 가는 길. 숲과 초원이 끝없이 이어지고 시원한 바람은 무더운 날씨를 잊게 만든다. 티칼은 생각했던 것보다 훨씬 넓다. 넓은 밀림 속에 신전과 제단, 집과 왕궁 같은 건축물들이 흩어져 있다. 밀림 한가운데 자리잡은 티칼은 기원전 3세기 정도부터 사람들이 살기 시작해, 한때 이 일대에서 가장 강력한 도시국가였다고 한다. 하지만 8세기경 갑자기 버려진 도시가 되었고, 그 원인은 아무도 정확하게 모른다. 그렇게 잊혀졌던 고대 마야의 도시는 다시 오랜 시간이 지난 지금, 멕시코의 치첸이사^{Chichen Itza}와 함께 가장 거대하고 유명한 마야 유적지가 되었다.

한참을 걸어 티칼의 중심지인 그란 쁠라사^{Gran Plaza}에 도착하자 드넓은 광장 양쪽에 티칼의 상징인 1호 신전과 2호 신전이 거대하게 서 있다. 멜 깁슨이 만든 〈아포칼립토〉라는 영화를 보면 신전 위로 포로들을 끌고가 제물로 바치는 장면이 나오는데 바로 이런 신전에서 일어나던 일이다. 휴, 저 높은 제단 위로 정말 포로를 끌고 갔을까? 이거 발 한번 잘못 디디면 바로 굴러떨어져 죽을 것 같은데. 실제로 1호 신전은 가파른 계단을 따라 위로 올라갈 수 있었는데 몇 년 전에 관광객이 떨어져 죽은 후 올라갈 수 없도록 폐쇄했다고 한다.

다시 밀림으로 들어가자 머리 위로 원숭이들이 울부짖으며 나무 사이를 뛰어다니고, 조그만 도마뱀들은 햇볕을 쬐며 나를 경계한다. 밀림 속에 자리잡은 이끼 낀 유적들은 긴 세월의 무게를 가늠케 해준다.

유적 끝에 가자 4호 신전이 있다. 흙과 나무로 덮여 지금은 그냥 언덕처럼 보이는 신전의 꼭대기에 올라가자 눈길 닿는 모든 곳은 밀림이고 그 사이로 불쑥 올라온 1호와 2호 신전의 꼭대기가 보인다. 유스케는 이곳에 앉아서 보는 풍경이 정말 좋았다던데 나는 뭐, 괜찮긴 하다만 그렇다고 엄청난 감명을 받았다든가 하는 감상은 없다. 여행지에 대한 느낌이야 사람마다 다르니까. 또 언제, 어떤 날씨에, 누구와 함께, 어떤 방법으로 보느냐에 따라 여행지에 대한 감정은 천차만별로 달라질 수 있다. 지금 여긴 너무 더워 정신이 없어.

땀을 뻘뻘 흘리며 유적을 둘러보다 얼마 남지 않은 과테말라 돈으

티칼 *Tikal*

로 빵 한 봉지를 사서 숙소로 돌아왔다. 내일 멕시코에 도착할 때까지는 이걸로 버텨야 하는구나. 덥고, 배고프고, 힘들다. 시원한 안티구아로 돌아가서 커피 한잔 느긋하게 마시고 싶어.

과테말라, 최악의 치안상태와 지저분한 숙소 때문에 여행하기 쉽지 않은 나라였지만 아름다운 자연과 도시, 위대한 유적은 아주 인상적이었다. 아니, 아티틀란 호수 단 하나만으로도 과테말라는 충분히 여행할 가치가 있지 않을까?

천국의 해변, 툴룸

티칼에서 벨리즈^{Belize}를 거쳐 돌아온 멕시코. 중간에 벨리즈 비자가 필요한지 모르고 갔다가 비자비와 출국세로 65달러라는 거금을 썼지만 그래도 국경을 통과해 멕시코 땅에 서자 굉장히 좋다. 왠지 집에 돌아온 듯 마음이 푸근하다. 멕시코는 아주 마음에 들어.

온종일 버스를 타고 밤늦게야 카리브해의 해변도시 툴룸^{Tulum}에 도착했다. 다음날 아침, 피곤함에 침대에서 일어나지 못하고 있는데 버스에서 만났던 영국 미녀 사만다가 날 깨운다.

"호스텔에서 해변까지 가는 무료 셔틀이 있대. 지금 출발하는데 같이 안 갈래?"

아휴, 정말 피곤한데. 그래도 예쁜 여자애가 같이 가자고 하는데 나서야겠지? 하지만 방 밖으로 나가자 백인 남자 세 명이 날 째려보고 있다. '넌 그냥 꺼져라.'라는 눈빛으로.

"난 오늘 피곤해서 그냥 쉴래. 재미있게 놀다와."

여행자 사이에선 인종 편견이 없지 않냐고? 천만의 말씀이다. 외국

인 눈에도 앙증맞고 예쁜 동양인 여자는 어딜가나 인기 폭발이지만, 여행자 사회에서 가장 인기 없는 품목(?)인 동양인 남자는 항상 찬밥 신세다. 오죽하면 동양인 남자들끼리 "우린 지나가는 개도 안 쳐다봐." 라는 우스갯소리를 할까. 동양인에 대한 차별이 유독 심한 유럽 '어린 애'들 틈에 끼여서 다니다가는 하루 종일 무시당하기 딱 좋다.

　모두가 해변으로 떠난 적막한 호스텔. 침대에 누워 빈둥거리자니

오! 천상의 해변 카리브해여……

갑자기 나도 해변에 가고 싶어진다. 그래, 까짓것 오전에 해변 다녀오고 오후에 쉬자. 그런데 밖으로 나오자 해변으로 가는 버스를 못 찾겠다. 해변까지 택시비는 4,000원 정도. 그래, 걷자. 4,000원이 어디야.

그런데 이 동네 더위가 장난이 아니다. 오전 10시도 안 됐는데 내가 가지고 다니는 온도계의 수은주는 벌써 38도. 햇빛이 너무 강해 피부가 바늘에 찔리는 것 같고, 뜨거운 열기는 뼛속까지 파고든다.

게다가 이 길, 끝이 없다. 지도에는 시내에서 해변까지 3킬로미터라더니 무슨, 6킬로미터는 되겠는데? 정말 미칠 것 같다. 어떻게 이리도 더울 수 있을까. 땀에 완전히 절은 몸에선 냄새가 진동하고 머리카락은 뜨끈뜨끈하다 못해 타버릴 것 같다. 한 시간 반 가까이 걸어 겨우 도착한 해변. 그깟 해변 하나 보려고 이 고생을 하다니. 짜증이 마구 치솟는다. 하지만 야자수 숲을 지나 툴룸의 바다를 본 그 순간, 나는 걸음을 멈추고 말았다.

"우와~~~~."

탄성밖에 나오지 않는다. 생전 처음 본 카리브해. 서양 애들이 왜 "카리브해, 카리브해." 하면서 난리를 치는지 이제야 알겠다. 정말로 새하얀 백사장은 무척 부드러워 마치 밀가루를 밟는 듯한 기분이다. 바닷물은 에머랄드색, 하늘색, 짙은 파랑색 등 여러 색깔이 섞여 있어 어디서도 보지 못한, 그야말로 환상적 경취를 만들어낸다. 물은 따뜻하고 해변가로 밀려온 해초에서는 기분 좋은 자연의 냄새가 난다. 바닷속에 발을 담그며 해변을 걷자 부드러운 모래의 촉감과 따뜻한 바닷물이 어우러져 포근함 그 자체다.

사람들은 스노클링을 하거나 애인, 가족들과 바닷물에 뛰어들어 아름다운 카리브해를 즐기고 있다. 하지만 나는 바보같이 해변에 오면서 수영복을 안 가져왔다. 게다가 내 소중한 분신(?)인 카메라를 맡길 곳도 없다. 사만다 일행을 찾아 카메라를 부탁하고 수영을 해볼까 생각했는데, 이 넓은 해변에서 찾을 방법이 없다. 햇빛은 점점 더 뜨거워져 온도계는 44도를 훌쩍 넘기고 있다. 너무 더우니 숙소로 돌아갔다 오후에 수영복을 가지고 돌아올까. 그때 해변가에 '스노클링'이라고 적어놓은 간판이 보인다. 가격을 물어보니 200페소. 2만 원? 호스텔 숙박비보다 비싸잖아! 미련없이 돌아서는데 멕시코 애가 날 부른다.

"아미고^{Amigo}(친구), 이거 정말 좋아. 바다에서 툴룸 유적 사진 찍고 스노클링도 할 수 있어."

"나 돈 없어. 200페소면 너무 비싸."

그러자 그 녀석은 그만 헛다리를 짚는다.

"왜 그래? 너 일본인이잖아. 일본 사람들은 돈 많잖아."

이 자식아, 내가 어딜 봐서 돈 많은 일본인으로 보이냐? 물 빠진 반바지에 축 늘어진 티셔츠. 택시비 아끼려고 한 시간 넘게 걸어서 온몸은 땀범벅이다. 등에는 배낭 살 때 공짜로 받은, '산을 깨끗이'라고 대문짝만하게 씌어진 천쪼가리(?) 같은 간이배낭까지 메고 있는데. 요거 아마 쓰레기 수거용으로 쓰는 걸 거야. 내가 내 모습 봐도 완전 거지 꼴인데 일본인은 무슨……

"나 한국 사람이야. 돈 없어."

그 말에 녀석은 그만 말문이 막혀버린다. 그런데 그때 보트 한 척이 막 출발하려고 한다. 어차피 보트가 나가는 것이니 왕창 싸게라도 한 사람 더 태워야겠다는 생각을 한 모양이다.

"알았어. 그럼 100페소에 해줄게."

반값? 그 가격이면 해볼 수 있지. 막상 100페소를 불렀지만 이 녀석도 너무 싸게 줘서 짜증나는 모양이다. 내가 발에 맞는 물갈퀴를 고르느라 시간이 걸리자 막 짜증을 낸다. 뭐, 100페소면 거의 하루 숙박비를 깎은 셈인데 그 정도 짜증이야 내가 참아줄게.

보트를 타고 바다로 나가 바라본 툴룸 해변과 바닷가 절벽 위 마야 유적은 수려하다. 캬, 이렇게 예쁠 수 있을까? 해변에서 몇백 미터 떨어진 곳에 보트가 멈췄는데도 바닷물은 깊지 않다. 카메라를 배에 두고 반바지를 입은 채로 바닷속으로 풍덩. 아, 정말 기분 좋다.

한참 스노클링을 즐기고 나니 호스텔로 돌아가야 할 시간. 돌아갈 때도 4,000원을 아끼기 위해 역시 죽음의 무더위 속에서 걷는다. 4,000원이면 타코를 10개 이상 먹을 수 있는 돈인데 그게 어디야. 배낭여행자에게 남아도는 것은 시간이요, 부족한 것은 돈. 돈을 아낄 수 있다면 이 정도 고생쯤이야.

살이 지글지글 타는 듯한 햇빛 속에서 숙소로 돌아오는 길. 몸은 벌겋게 익어가지만 마음속에선 아름다운 툴룸의 해변을 본 행복감이 떠나지 않는다. 이곳이야말로 '천국의 해변'이라는 말이 가장 잘 어울리는 곳 아닐까. 툴룸, 이름은 생소하지만 눈부시게 아름다운 최고의 카리브해 해변이 그곳에 있다.

툴룸 찾아가기

- 천국의 해변 툴룸은 칸쿤에서 자동차로 두 시간, 플라야 델 카르멘에서 한 시간 거리 남쪽에 있다. 버스/콜렉티보 등 다양한 교통수단으로 갈 수 있고 수시로 출발한다.
- 환상적인 툴룸의 해변은 마야 유적지에서 안쪽으로 몇 분쯤 더 걸어가야만 있다. 툴룸에 가서 유적지만 보고 해변을 안 보면 바보!
- 툴룸 해변에는 배낭여행자용 숙소가 별로 없다. 하지만 돈을 조금 써서 해변에 있는 까바냐(오두막)에서 바다를 즐겨보시길 추천!

코즈멜의 즐거운 나날들

"안녕, 난 독일에서 온 루카스Lukas라고 해."

"어, 안녕. 난 한국에서 온 제이야."

툴룸을 떠나 도착한 곳은 가까운 해변 도시인 플라야 델 카르
멘Playa del Carmen. 툴룸보다는 조금 못하지만 이곳의 바다도 환상적으
로 아름답다. 하지만 문제는 숙소. 더운 날씨에 지쳐 대충 아무 곳이
나 잡았더니 밤새 엄청난 수의 빈대들이 침대 위를 기어다녀 한숨도
못잤다. 이 최악의 숙소에서 루카스를 만났다. 난 샤워기에서 물이 찔
끔찔끔 나오는 바람에 비눗기도 채 빼지 못한 빨래를 널 곳을 찾기 위
해 숙소를 헤매고 있었고, 루카스는 보통 비위가 아니면 도저히 음식
을 해먹기 힘들 정도로 지저분한 부엌에서 꿋꿋하게 스파게티를 만들
고 있었다.

부엌에 앉아 루카스와 이런저런 이야기를 나누다가 스쿠버다이빙이
화제로 올랐다. '그동안 못 해본 건 다 해보자.'라는 모토로 시작한 이
번 여행에서 스쿠버다이빙은 꼭 한번쯤 해보고 싶은 것이었다. 하지만

이 동네에서 자격증 따는 것이 생각보다 비싸서 고민 중이었다. 여기서 딸까? 아니면 좀더 싸다는 콜롬비아에서 딸까?

"코즈멜Cozumel이 다이빙하기에 좋다고들 하던데. 제이, 혹시 코즈멜 갈 생각 없니?"

코즈멜? 아, 플라야 델 카르멘 앞에 있다는 섬? 멕시코에서 가장 큰 섬인데 섬 전체가 국립공원이라 굉장히 깨끗하고 다이빙하기 좋다고 들었다. 하지만……

"나도 가고 싶은데 거긴 너무 비싸. 플라야 델 카르멘에서 가는 페리도 비싸고 숙박비도 비싸다던데."

루카스는 내 말에 환하게 웃으며 대답한다.

"나랑 같이 갈래? 그러면 숙박비 아낄 수 있잖아. 가서 다이빙 알아보고 너무 비싸면 섬 구경만 하고 나오면 되잖아."

이렇게 뜻하지 않게 이번 여행의 첫 동행을 만났다. 그것도 독일에서 온 스물두 살짜리 대학생을. 무조건 나쁜 일만 생기는 법은 없나 보다. 최악의 호스텔에서 동행을 만나게 되다니.

다음날 아침 플라야 델 카르멘을 출발한 페리는 얼마 안 있어 코즈멜에 도착했다. 페리에서 내리자마자 루카스는 생각해둔 숙소가 있냐고 물어온다. 내가 미리 생각해뒀을 리가 있나. 어디 도착하면 대충 돌아다니면서 숙소를 찾았는데. 고개를 젓자 루카스는 독일 가이드북에서 추천한 숙소가 있다면서 나를 끌고 간다. 같이 다니니까 이런 건 참 편하네. 우리가 묵은 숙소는 일반 가정집을 개조해서 만든 곳이었는데 정말 쾌적했다. 베란다까지 있어 방 안으로 시원한 바닷바람이 살랑살랑 불어온다. 아, 얼마 만에 와보는 깨끗한 숙소냐. 티칼에서부터 계속 지저분한 숙소 때문에 고생했는데 여긴 진짜 살 것 같다. 스쿠버다이빙 배우는 가격을 알아보니 플라야 델 카르멘보다 비싸긴 하지만 조용한 코즈멜 시내와 숙소 모두 마음에 든다. 결국 우린 코즈멜에서 다이빙을 배우면서 한동안 머물기로 했다.

"제이, 오늘 저녁 해먹자. 사먹으면 비싸잖아. 내가 할게."

나는 늘 사먹기만 했는데 루카스는 항상 요리를 했었단다. 그래, 한번 만들어봐. 루카스의 메뉴는 스파게티. 면을 삶더니 통조림에 든 토마토 소스만 부어서 만든다. 어라! 이 녀석 플라야 델 카르멘에 있을 때도 늘 스파게티만 먹더니, 혹시 할 줄 아는 게 이거 하나 아냐? 그 다음날도 스파게티. 이 녀석에게 요리를 맡겼다가는 꿈에서도 스파게티만 먹을 것 같아 닭과 간장을 사서 찜닭 비슷한 요리를 만들었더니 그 뒤로 저녁시간만 되면 "제이, 메뉴는 네가 정해."라며 슬그머니 꽁무니를 뺀다. 귀여운 녀석.

"난 마리오Mario라고 해. 앞으로 사흘간 나와 오픈 워터Open Water 코스를 할 거야."

이 먼 멕시코 땅에 한국인 강사가 있을 리 없다. 그러니 별 수 있나. 멕시코 강사에게 영어로 배울 수밖에. 스쿠버다이빙 자격증을 따는 입문코스인 오픈 워터는 네 번의 다이빙과 이론수업, 그리고 필기시험으로 구성되어 있다.

그런데 생전 처음 보는 내용을 영어로 공부하려니 정말 답답하다. 교재도 영어, 비디오도 영어, 마리오의 설명도 영어. 또 마리오 녀석

은 어찌나 깐깐한지……. 이론수업 대충 하고 시험도 적당히 치고 넘어가는 강사도 많다는데 예습이나 복습을 제대로 안 하면 눈을 부라리면서 야단을 친다. 어쩔 수 없이 매일 밤마다 끙끙거리며 영어로 된 교재를 처음부터 끝까지 몽땅 읽어야 했다. 여행 나와서 이게 무슨 영어공부야. 독일 출신 강사를 찾아내 독일어로 된 교재를 보는 루카스가 몹시 부럽다. 의사소통이 잘 안 되니 바다에서 다이빙을 하는 것도 쉽지 않았다. 나도 마리오도 영어 원어민이 아니니 세세한 노하우를 익히는 데 한계가 있는 것이다. 그냥 한국인 강사가 있는 이집트 같은 곳에 갈 때까지 기다릴 걸 그랬나?

  첫째 날 다이빙은 별 탈 없이 무사히 마쳤다. 그런데 둘째 날 문제가 생기기 시작했다. 이 날 실습과제 중 하나는 수심 18미터에서 물안경을 벗었다가 다시 쓴 후 물안경에 찬 바닷물을 빼내는 것. 전날 수심 8미

터에서 같은 과제를 쉽게 했었기 때문에 별 문제가 없을 거라 생각했는데……. 수압이 높아져서 그럴까? 아무리 해도 물이 빠지지 않고 바닷물이 코로 마구 들어온다. 갑자기 엄청난 양의 바닷물을 먹은 나는 패닉상태가 되어 만류하는 마리오를 뿌리치고 수면으로 탈출하고 말았다. 거기에다 갑자기 조류가 강해지는 바람에 다리를 너무 열심히 움직였던지 오리발에 닿은 발뒤꿈치 피부가 몽땅 벗겨지고 말았다. 완전히 탈진한 상태에서 숙소에 돌아오자마자 그대로 쓰러져 잠들었다.

그래도 하루 심하게 고생했더니 마지막 날엔 다이빙에 익숙해졌다. 실습과제도 모두 문제없이 끝냈고 다이빙하면서 코즈멜의 바다를 즐길 여유도 생겼다. 코즈멜은 바닷속 시야가 좋기로 세계에서 손꼽히는 곳이라고 하더니, 물이 진짜 맑아 마치 수족관에서 다이빙을 하는 기분이다. 다이빙을 끝낸 후 마지막 필기시험도 무리없이 통과하니 이젠 나도 자격증이 있는 다이버. "세상의 70퍼센트는 바다고, 세상의 아름다움의 70퍼센트도 바다 밑에 있다."라는 말처럼 이제 70퍼센트의 아름다움을 즐길 준비가 된 것이다.

"코즈멜 정말 좋은데. 여기 오래 있었으면 좋겠다."

루카스와 함께 시원한 바닷바람이 부는 부둣가 벤치에 앉아 밤바다를 바라보며 맥주를 마신다. 여유로운 코즈멜에 오래 있고 싶지만 여행자는 움직여야 한다. 무한정 시간이 주어진 것은 아니니. 우리는 코즈멜의 안락함을 뒤로 하고 카리브해에서 가장 유명한 관광지인 칸쿤으로 떠났다.

멕시코에서 스쿠버다이빙 배우기

- 플라야 델 카르멘, 이슬라 무헤레스, 코즈멜 같은 곳에는 많은 다이빙숍이 있다. 비용은 오픈 워터가 320~380달러 수준. 코즈멜이 국립공원이다보니 가장 비싸다.
- 또한 한국인 강사가 없기 때문에 영어로 습득하고 시험까지 쳐야 한다는 단점이 있다. 영어가 약하다면 자격증은 동남아나 이집트처럼 한국인 강사가 있는 곳에서 따는 것이 좋다.

고래상어와 수영을!

"우와!! 루카스, 바다 색깔 좀 봐."

"정~~말 예쁘다!!"

코즈멜을 떠난 우리는 번잡한 관광도시인 칸쿤에 도착하자마자 이슬라 무헤레스 Isla Mujeres로 가는 페리를 탔다. 역시 카리브해는 최고. 페리에서 바라본 하늘색 바다는 저절로 탄성이 나올 정도로 예뻤다. 우리는 선실에 들어갈 생각도 않고, 2층 갑판에서 아름다운 바다와 바람을 즐겼다. 한여름의 뜨거운 햇살 아래 흥겨운 음악이 퍼지고 바다는 햇빛에 반짝인다. 캬! 더 이상 뭘 바라겠는가.

하지만 막상 섬의 선착장에 다가가자 실망이다. 낭만적인 카리브해 특유의 바닷물이 아니라 그냥 평범한 바다다. 원래 이랬던 것일까, 망가진 것일까? 게다가 전에는 칸쿤보다 물가가 싸서 '배낭여행자들의 천국'이라고 불렸다는 이슬라 무헤레스는 막상 와보니 이미 비싼 관광지가 되어 있었다. 길거리엔 햄버거, 피자, 핫도그 같은 서양 음식을 파는 식당과 기념품 가게들만 가득하고 온통 백인들뿐이다. 여기가 멕시코라는 생각이 들지 않을 정도다. 정말 실망인데.

무더운 날씨와 매일 새벽까지 호스텔에서 술 마시고 떠드는 서양 애들에 지쳐 이곳을 떠나야겠다고 생각할 무렵 루카스가 나를 꼬드긴다.

"고래상어 Whale Shark 투어가 그렇게 좋대. 우리도 한번 가볼까?"

고래상어? 아, 세상에서 제일 큰 물고기? 고래가 더 크긴 하지만 물고기가 아니니까. 하지만······.

"가격이 100달러라며. 너무 비싸. 우리 코즈멜에서 돈 많이 썼잖아."

"그래도 다들 좋다는데. 잘 생각해봐. 우리도 가보자."

이 녀석. 동행한 지 일주일밖에 안 됐는데 내 특성을 벌써 파악하고 있다. 그렇다, 난 집요하게 꾀면 결국 넘어간다. 끝내 루카스에게 설득돼 거금 100달러를 들여 투어를 가기로 했다. 고래상어는 18미터 정도까지 자라는데 여름철이 되면 멕시코 카리브해 인근에 모인다고 한다. 고래상어를 보기 위한 몇백만 원짜리 투어도 있다나. 그래, 지금 안 보면 또 언제 볼 수 있겠어.

아침 일찍 조그만 쾌속보트를 타고 바다로 나섰다. 고래상어를 보기 위해서는 이슬라 무헤레스에서 쾌속보트로 40분 정도 거리에 있는 올복스 섬 Isla Holbox 근처로 가야 했다. 한참을 달린 보트가 속도를 줄이더니 선장은 사방을 둘러보며 고래상어를 찾기 시작했다. 어군 탐지기를 이용할 줄 알았더니 아니구나. 고래상어가 보이지 않자 선장은 장소를 옮기더니 다시 찾기 시작. 지루한 시간이 이어져 보트 안에서 꾸벅꾸벅 졸고 있는데 갑자기 선장이 소리를 지른다.

"3시 방향! 3시 방향! 빨리 준비해!"

정말 저만치 고래상어의 등지느러미가 보인다. 급히 오리발과 물안경, 구명조끼를 착용하고 바다에 뛰어들 준비를 했다. 보트가 고래상어 근처로 다가가자 선장은 다시 소리친다.

"지금! 들어가!"

가이드 한 명과 함께 세 명이 물속에 뛰어든다. 이곳 규정상 고래상어와 함께 스노클링을 하는 것은 한 번에 세 사람까지만 가능하기 때문에 조를 나눠서 차례대로 나가야 하는 것이다. 하지만 고래상어가 사람을 기다려줄 리 없다. 모두 물속에 고개를 박고 열심히 헤엄쳐서 고래상어를 따라간다.

드디어 내 차례. 다리를 보트 밖으로 내놓고 있다가 선장의 신호가 떨어지자마자 바다로 뛰어든다. 몸은 순식간에 바다 속으로 가라앉고 스노클러를 통해 짠 바닷물이 들어오지만 당황할 겨를이 없다. 거대한 고래상어가 이미 빠르게 지나가니까. 초고속으로 팔다리를 저었지만 도저히 따라갈 수가 없다. 운이 없게도 이번 고래상어는 우리가 뛰어들자 깊은 물속으로 들어가버렸다. 다시 보트로 올라와 다음 기회를 기다려야 한다. 그나마 다행인 것은 사방에 고래상어들이 보인다는 것. 도대체 몇 마리야? 대충 세어봐도 열 마리에 가까운 숫자다. 와, 정말 많네. 스쿠버다이빙하는 사람들은 고래상어 한 번 보려고 며칠씩 물속에서 기다리기도 한다는데.

두 번째는 다행히 수면에서 느리게 움직이는 녀석이다. 다시 바다로 뛰어들어 수영을 하며 사진을 찍기 시작했다. 하지만 사진을 찍기 위해 팔을 멈추고 다리만 움직였더니 고래상어는 벌써 저만치 멀어진

간신히 카메라에 담은 고래상어의 위용.

다. 보기에는 둔하고 꼬리지느러미도 천천히 움직이는 것 같은데 실제로는 아주 빠르다. 사진을 포기하고 힘들게 쫓아가서야 겨우 가까이에 붙을 수 있었다. 가까이서 보니까 우와! 정말 크다. 적어도 10미터는 넘어 보인다. 고래상어의 머리 쪽으로 가자 거대한 머리와 고래상어에 붙어다니는 여러 마리의 빨판상어들이 보인다. 세상에서 가장 큰 물고기라는 명성답게 정말 당당하다.

　그런데 더운 날씨에 지친 탓일까? 몇 분도 지나지 않아 온몸의 힘이 다 빠지는 느낌이다. 팔다리는 마음대로 움직여주지 않고 숨은 점점 가빠온다. 결국 나는 고래상어와 수영하는 것을 포기하고 보트로 돌아왔다. 보트에 올라오자마자 피로와 더불어 배멀미가 나를 덮친다. 몸에 힘이 하나도 없고 머리는 아프고 속은 울렁거린다. 결국 난 더 이상 바다에 뛰어드는 것을 포기하고 보트 안에 쓰러져 있었다. 아, 100달러씩이나 내고 와서 이게 무슨 꼴이래.

한참을 쓰러져 있는 동안 일행들이 각각 네 번씩 고래상어와 수영을 마친 후에야 보트가 다시 이슬라 무헤레스로 향하기 시작한다. 시원한 바람을 쐬자 그제야 컨디션이 회복된다. 더위에 지친 상태에서 갑자기 무리하게 수영을 하는 바람에 순간적으로 탈진이 되었었나보다. 난 언제 쓰러져 있었냐는 듯 선장이 준비한 샌드위치와 맥주를 마시며 다시 힘을 냈다. 더군다나 맥줏값이 투어비에 포함되어 있다는 말에 나와 루카스는 맥주를 물처럼 벌컥벌컥 들이키며 몽땅 마셔버렸다.

고래상어 투어가 루카스와 나의 마지막 동행이었다. 루카스는 이곳에 며칠 더 머물다 멕시코시티 쪽으로 가고 나는 칸쿤으로 가서 쿠바와 남미 여행을 준비해야 한다. 일주일이라는 짧은 기간이지만 함께 추억을 쌓은 우리는 페리 선착장에서 정겹게 포옹을 하고 헤어졌다. 언젠가 다시 만나 이 시간을 추억할 날이 오겠지.

고래상어 투어

- 이슬라 무헤레스, 칸쿤 인근의 여행사나 숙소에서 예약 가능하다.
- 고래상어 투어가 가능한 시기는 5~9월 정도로 우리나라 여름철이 가장 좋다.

쿠바

혼돈 속의 아바나 | 쿠바에서 살사를! | 허리케인 속에서 쿠바를 탈출하다

CUBA

수도 아바나Havana

인구 1,100만 명

화폐 쎄우쎄CUC, 쎄우뻬CUP라는 두 가지 화폐가 동시에 쓰인다. 외국인도 두 가지 모두 사용 가능하다. 1쎄우쎄 = 24쎄우뻬. 잔돈을 줄 때 쎄우쎄 대신 쎄우뻬를 주는 사기가 있으니 주의할 것. 1쎄우쎄 = 약 1,100~1,200원

여행자 카드 Tourist Card 쿠바는 비자가 없고 여권에 도장을 찍어주지도 않는다. 대신 여행자 카드라는 것을 사면 입출국시 도장을 찍어준다. 항공권을 파는 여행사나 공항에서 살 수 있다.

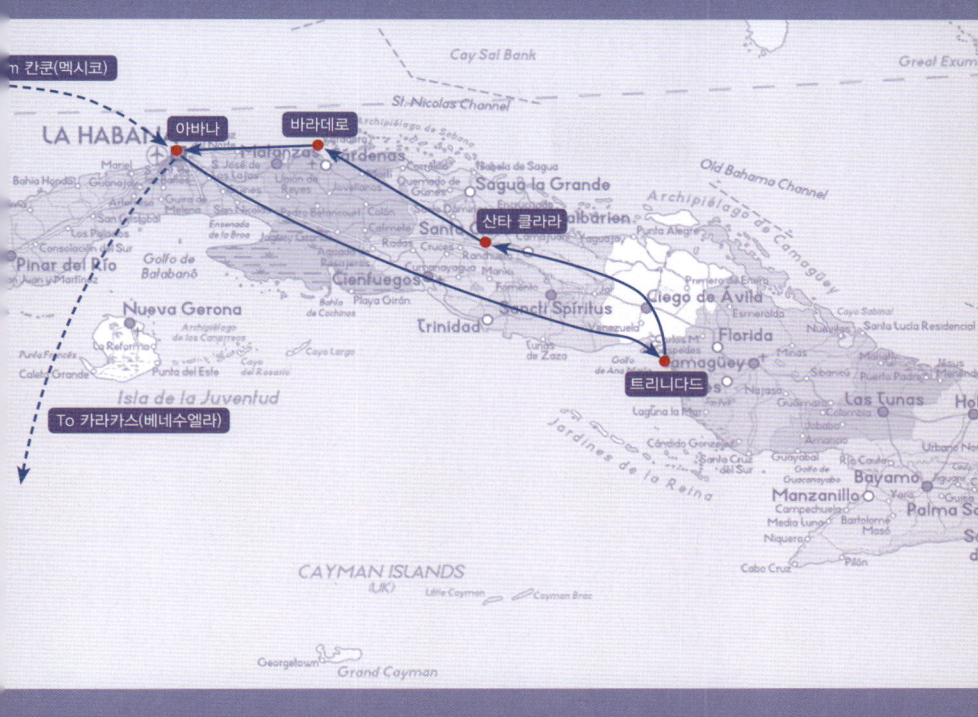

환전 쿠바에선 신용카드나 현금카드를 쓰는 것이 힘들다. 따라서 환전을 해야 하는데 미국 달러는 10 퍼센트의 환전 수수료를 받기 때문에 아주 불리하다. 따라서 유로^{Euro}나 캐나다 달러를 가져가 환전하는 것이 좋다.

사기꾼 주의 쿠바는 여행자를 노리는 사기꾼이 유난히 많다. 전형적인 수법은 공짜로 구경을 시켜주겠다고 다가와 나중에 돈을 요구하거나 택시, 식당, 바 같은 곳으로 유인해 바가지를 씌우는 것이다. 그 외에도 사기방식이 다양하기 때문에 이유 없이 친한 척 말을 걸어오는 사람은 주의할 것!

혼돈 속의 아바나

쿠바를 강타한 허리케인 구스타브 Gustav 때문에 사흘 만에 아바나 Havana행 비행기가 뜨는 칸쿤 공항은 그야말로 북새통이다. 길게 늘어선 줄은 줄어들 기미가 보이지 않고 쿠바나 Cubana 항공 직원들의 일처리는 느려터졌다. 결국 비행기는 예정 시간에서 세 시간이 지나서야 출발. 한 달 넘게 여행했던 멕시코가 멀어진다. 아쉽다. 멕시코 진짜 좋았는데. 사람들 재미있지, 도시 예쁘지, 유적지 멋있지, 박물관과 미술관 최고지, 음식 맛있지, 해변 환상이지. 정말 모든 것이 마음에 들었는데. 다음에 기회가 있으면 한 100일쯤 여행하고 싶은 곳이다.

쿠바나 항공의 비행기는 이륙한 지 한 시간 만에 아바나에 도착한다. 쿠바는 막연히 멀게만 느껴졌는데 생각보다 어려운 곳이 아니다. 입국심사도 항공권 구입 시 함께 산 여행자 카드 Tourist Card에 도장 찍는 것으로 끝. 공산국가에 들어가는 것이 까다로울 거라 생각했는데 어이가 없을 정도로 간단하다.

"형님, 우리 말레콘 Malecon 구경 가요."

다행히 쿠바 여행은 동행이 있다. 이 녀석의 이름은 유한동. 칸쿤에 있는 한국인 민박, 칸쿤쉼터에 머물 때 배낭여행자 카페 '5불당'을 통해 알게 된 녀석이다. 콧수염을 기른 장난기 가득한 얼굴의 스물네 살짜리 대학생인데 부모님께 어학연수를 하겠다고 말하고 미국에 와서는 바로 멕시코로 여행 온 재미난 녀석이다.

아바나 시내에 숙소를 잡고 그 유명하다는 말레콘으로 갔다. 오, 거리에 지나다니는 쿠바 여자들 진짜 날씬하다. 뚱뚱한 사람이 엄청나게 많은 멕시코와 비교가 불가능할 정도다.

말레콘은 아바나 해안에 있는 방파제. 아바나 하면 말레콘이 생각난다는 여행자들이 많을 정도로 유명한 곳이지만 막상 와보니 별 건 없다. 바다 바로 옆에 콘크리트로 만든 방파제가 있고 몰아치는 강한 파도는 방파제 위로 치솟아 흩날린다. 우린 방파제를 따라 산책을 하다가 난간에 걸터앉아 파도 소리를 들으며 밤하늘을 바라보았다. 아, 마침내 쿠바에 왔구나.

그때 옆에 계시던 할아버지가 말을 건넨다. 이런저런 이야기를 나누던 도중, 할아버지가 갑자기 이상한 말씀을 하신다.

"너 남자 좋아하니?"

응? 뜬금없이 무슨 말이래?

"예? 당연히 아니죠. 전 여자가 좋아요. 특히 예쁜 여자. 세상 모든 남자가 다 그렇지만요. 하하하."

그러자 할아버지는 심각한 표정으로 말씀하신다.

"그럼 딴 곳에 가. 여기는 남자들뿐이야."

체 게바라의 꿈이 담겨 있다는 쿠바.

"예?"

"여긴 남자들만 있다고. 너한테는 안 좋으니까 딴 곳으로 가."

순간 머릿속에 스치는 생각. 혹시 게이? 황급히 주변 사람들을 둘러보자 아뿔싸! 이곳은 동성연애자들이 모이는 곳이다. 가만히 생각해보니 말레콘에서 우리를 쳐다보는 쿠바 남자들 눈빛이 좀 끈적끈적했다. 서둘러 그곳을 빠져나와 숙소로 가다보니 허걱, 거리에서 본 예쁜 여자라고 생각한 사람들도 죄다 여장남자 아닌가! 공산국가인 쿠바에 이런 곳이 있다니. 내가 상상했던 것과는 많이 다른 느낌이다.

다음날 아바나 시내로 나섰다. 여행작가들이 아주 고풍스러운 분위기가 풍기는 낭만적 도시라고 난리를 떨던 아바나의 거리는… 내가 보기엔 그저 지저분하다. 관광객을 위해 꾸며진 올드 아바나 지역을 조금만 벗어나도 거리엔 쓰레기가 넘치고, 페인트가 벗겨진 낡은

거리의 뒷골목에서도 아이들은 야구를 한다.

집들은 금방이라도 쓰러질 것만 같다. 거리에는 엄청나게 오래된 자동차들이 시커먼 매연을 뿜으며 돌아다닌다. 저런 자동차들이 있어서 아바나가 낭만적이라고? 난 그렇게 안 느껴지는데. 내 감수성이 부족한 것일까?

거리를 걷다보면 말을 거는 쿠바인들이 너무 많다. '시가' '택시'부터 '치까Chica(여자)'라고 말하며 매춘을 권하는 사람들까지. 모두 내 돈을 노리는 삐끼들이다. 극히 멀쩡해 보이는 아이들과 여자들이 느닷없이 돈을 달라고 손을 쑥 내민다. 뭐야, 너희들 눈엔 내가 현금인출기로 보이니? 거기에다 어떤 사람은 갑자기 다가와 "난 대학생인데 공짜로 아바나 구경시켜줄게, 나랑 갈래?"라고 한다. 네가 사기꾼이란 것쯤은 이미 다 알고 있거든. 이상한 가게 데려가서 바가지 씌우거나 나중에 돈 달라고 할 거잖아. 아바나 대학을 구경하러 갔는데 이번엔 "내가 이 대학 교수인데 안내해줄게."라며 달라붙는다. 에휴, 좀 그만하자.

오랜 미국의 경제봉쇄 때문에 물자는 부족하고, 돈은 벌기 힘들고, 여행자들은 많아서 생긴 현상일 테지만 뭐라 말할 수 없을 만큼 씁쓸하다. 쉴 새 없이 말을 거는 삐끼와 사기꾼들 때문에 시내를 걷는 것이 피곤해 사람이 적은 말레콘으로 도망쳤다. 파도 치는 방파제를 따라 걷다보니 낚시하는 아저씨들이 보인다.

"어이, 어느 나라에서 왔어?"

그래, 이런 일반인들과 이야기하는 것이 낫겠지? 아저씨 옆에 앉아 이런저런 이야기를 하는데 갑자기 물을 달라고 하신다. 쿠바는 공산품이 비싸서 생수 한 병에 1,000원이 넘지만 그 정도쯤이야. 그런데…….

"먹을 것이나 돈 있어? 좀 줘."

참으로 당당하게 요구하는 아저씨. 순간 어이가 없어 말문이 막혔다가 간신히 대답을 했다.

"제가 왜 돈이나 먹을 것을 줘야 돼요?"

아저씨는 '당연한 걸 왜 물어?'라고 말하는 듯한 뻔뻔한 표정으로 나를 바라보며 대꾸한다.

"넌 외국인이잖아? 돈 많을 테니 나한테 좀 줘."

정말 황당하다 못해 기가 막히고 코가 막힐 노릇이다. 어쩌면 저런 말을 저리 아무렇지도 않게 할 수 있을까? 이런 일을 몇 번 겪고 나자 쿠바 사람들과 이야기하는 것 자체가 싫어진다. 숙소로 돌아오니 혼자 시내를 돌아다녔던 한동이도 씩씩거리며 돌아온다. 이 녀석도 나랑 비슷한 경험을 한 모양이다.

"형님, 여기 정말 싫어요. 빨리 다른 곳으로 가죠."

한동이 이야기도 가관이다. 바^{Bar}에 가서 음료를 한 잔 마시고 계산을 하려는데, 들어갈 때 2쎄우쎄(3,000원)라고 했던 것을 5쎄우쎄를 내라면서 잔돈을 주지 않더란다. 한참을 싸운 뒤에야 직원이 잔돈을 가져가라며 바닥에 던지더라는…….

도대체 어디를 가야 낭만이 넘치는 아바나를 만날 수 있다는 거야? 관광객용 고급 레스토랑에서 밥 먹고, 비싼 택시 타고 다니고, 멋진 바에 가서 짝퉁 '부에나 비스타 소셜 클럽' 공연을 보면 낭만적일까. 하지만 짠돌이 배낭여행자의 눈에 비친 아바나는 어떻게든 여행자의 돈을 갈취하기 위해 혈안이 된 사람들로 바글거리는, 더럽고 천박한 도시, 그 이상도 이하도 아니었다. 결국 한동이와 나는 아바나를 바로 떠나기로 했다.

쿠바에서 살사를!

"우리 까사Casa가 싸고 좋아!"

"여기 사진 봐! 사진! 우리 까사가 더 좋아!!"

정신이 하나도 없다. 북새통도 이런 북새통이 없다. 아바나를 떠나 도착한 곳은 트리니다드Trinidad. 스페인 식민지풍의 건물들이 멋있다고 해서 온 곳이다. 하지만 도착하자마자 우리를 맞이한 것은 버스터미널 앞에 장사진을 친 삐끼들. 숙소 사진을 들고 어찌나 고함을 질러대는지 귀가 아플 정도다. 모두들 자기 까사로 오라고 외치고 있다.

쿠바를 찾는 외국인은 원칙적으로 호텔이나 우리나라 민박과 비슷한 까사 빠르띠꿀라르Casa Particular에 숙박해야만 한다. 경제사정이 어려운 쿠바에서 하루 숙박비가 2~3만 원이나 하는 까사는 엄청난 돈벌이 수단. 그래서 모두들 여행자 한 명을 데려가는 데 목숨을 거는 것이다.

엄청난 소란 속에서 얼떨결에 한 아주머니를 따라갔더니 방이 좀 작다. 다른 곳으로 갈까 생각 중인데 갑자기 금발 미녀가 등장한다. 물어보니 까사 주인의 딸이란다.

"형님, 엄청 예쁜데요. 여기서 자죠."

혁, 이놈 봐라. 여자에 흔들리다니. 나도 찬성이야. 이렇게 순전히 주인 딸의 미모 때문에 숙소를 정하자 갑자기 아주머니가 커피 한잔을 하겠냐고 물어본다. 쿠바에서 이럴 땐 꼭 물어봐야 하는 것이 있다.

"그라띠스Gratis(무료)?"

까사에서 공짜처럼 먹을 것을 내준 후 떠날 때 돈을 내라고 한다는 이야기를 워낙 많이 들었기 때문이다. 아니나 다를까, 아주머니는 얼굴빛이 변하더니 한 잔에 2쎄우쎄라고 한다.

필요없다고 대답한 후 시내 구경에 나섰다. 그런데 여기도 아바나와 똑같다. 여기저기서 벌떼처럼 달려드는 삐끼들. 이제 '시가, 택시, 치까'라는 말은 너무 지겹다. 차라리 스페인어를 몰랐으면 좋겠다는 생각마저 든다. 그러면 영어로 말하는 애들만 상대하면 될 테니까.

거기에다 쿠바에서 손꼽히는 아름다운 도시라는 트리니다드는 멕시코와 과테말라에서 멋진 콜로니얼 양식의 도시를 봐온 내 눈을 만족시키지 못한다. 산크리스토발이나 안티구아의 건물을 왕창 낡게 만들고, 페인트 벗겨내고, 하늘빛까지 칙칙하게 만들면 이곳처럼 될까. 거리에 나뒹구는 쓰레기, 말과 당나귀의 배설물, 여기저기 흐르는 지저분한 생활하수, 찌는 듯한 무더위는 또 어떻고…… 결국 우리는 몇 시간 만에 숙소로 돌아와 시원한 에어컨 바람을 쐬며 시간을 보냈다. 더운 곳을 여행하면 이게 문제야. 숙소에서 나가기 싫다니까.

"형님, 저녁 먹으래요!"

마침내 기다리던 랍스터 타임!! 까사에 오면 주인들은 밥을 먹으라

서툴지만 나도 분위기
에 취해 살사를 춰본다.

고 엄청나게 꼬드긴다. 숙박비는 정부에 40
퍼센트 정도를 세금으로 내는데 밥값은 모두
자기들 주머니로 들어가기 때문이란다. 물자
가 부족하다보니 비싼 식당을 제외한 쿠바의
길거리 음식은 최악. 그래서 까사에서 먹는
것이 나은데, 트리니다드의 까사들은 만 원
이 안 되는 가격에 랍스터를 통째로 먹을 수
있어 유명하다. 식탁에 앉자 오, 아주 큼직한
랍스터 한 마리가 떡하니 접시에 놓여 있다.
크고 싱싱하고 맛도 훌륭하네. 최고다!

숙소에서 무료한 시간을 보내다 밤이 되어
마을 광장으로 갔더니 광장 부근 레스토랑에
서 주최하는 공연이 한창이다. 흥겨운 쿠바 음
악과 그 음악에 맞춰 살사를 즐기는 사람들.
조용한 도시의 밤은 갑자기 흥겨워지고 사람들은 모두 술과 음악에
취해 그 밤 속으로 빠져든다.

나도 용기를 내어 한 쿠바 여성에게 춤을 청했다. 남미 여행 다녀
온 후배가 꼭 살사를 배워두라고 권해서 한국에서 몇 달간 살사를 익
혔었다. 안티구아에 있을 때도 좀 췄었고. 어느 정도 해봤으니 대충
출 수 있을 거라 생각했는데. 이런, 쿠바 살사음악은 리듬이 엄청 빠
르다. 어찌나 빠른지 스텝을 따라가기가 힘들 정도. 게다가 이 여성은
딱 강사 스타일. 내가 틀릴 때마다 하나하나 콕콕 집어서 계속 지적한

다. 강사 스타일 정도가 아니라 직업이 강사인 것 같아. 지적을 당하면 당할수록 난 점점 긴장해서 더 틀리고, 난감하다. 진땀 나는 춤을 마치자마자 그녀가 나에게 한마디 한다.

"마실 것 사줘요."

이게 무슨 상황이냐고? 사실 이곳에서 쿠바인들과 살사를 추는 것은 공짜가 아니다. 춤을 춘 후에는 음료수나 술을 사줘야 하는 것이다. 뭐, 그러면 이 사람들은 레스토랑에서 커미션을 받겠지? 그래도 공짜로 공연 보고 살사도 췄는데 이 정도는 감수할 수 있다.

다음날 아침 우리는 또다시 랍스터를 먹었다. 하루 만에 트리니다드를 떠나기로 결정한 뒤, 마지막으로 랍스터를 다시 먹기로 한 것이다. 그런데 이건 뭐야? 크기가 어제 먹은 것의 절반밖에 안 된다. 오늘 떠난다고 말을 했더니 이젠 더 이상 뽑아낼 것 없는 애들이라고 홀대하는 모양이다. 쿠바 사람들 이런 모습은 아주 싫다. 돈이 될 때는 뭐든지 해줄 것처럼 비위를 맞추다가 거래 끝났다고 생각되면 안면 싹 바꾸는 사람들. 여러 번 경험했지만 겪을 때마다 불쾌한 경험이다. 다른 여행자들은 괜찮은데 우리만 자꾸 이런 사람들이 걸리는 것일까, 아니면 원래 이런 것일까?

허리케인 속에서 쿠바를 탈출하다

"허리케인이 오고 있어 호텔에 빈 방이 없네요."

체 게바라의 무덤이 있는 산타 클라라Santa Clara를 거쳐 도착한 곳은 해변 휴양도시인 바라데로Varadero. 원래는 마지막에 아바나로 돌아가 며칠 머물 계획이었는데 나와 한동이 둘 다 아바나에 다시 가기 싫어 선택한 곳이다.

그런데 버스에서 내리자 우리를 늘 반갑게(?) 맞아주던 삐끼들이 한 명도 안 보인다. 여긴 까사가 없나? 사람들에게 물어보니 이곳은 다른 지역과 달리 쿠바인들만 까사에 머물 수 있고 외국인은 무조건 호텔에서 자야 한단다. 뭐 이런 어이없는 규정이 있을까? 할 수 없이 호텔을 알아보자 제일 싼 곳이 하루에 35달러, 보통 50~80달러씩 한다. 하루 생활비가 몇만 원 안 되는 우리 같은 배낭여행자에겐 너무 비싼 가격이다. 거기에다 또다시 허리케인이 오고 있어 작은 호텔을 폐쇄하고 사람들을 큰 호텔로 옮기는 바람에 그나마 저렴한 곳은 방이 없단다.

무더위 속에서 몇 시간 동안 호텔을 찾아헤매다 실패하고 조그만 여행사 하나를 찾아갔다. 하지만 그곳에서도 결과는 비관적이다. 싼 방은 어디에도 없는 것이다. 아바나로 가야 되나? 그건 정말 싫은데! 그때 여직원이 한 호텔의 사진을 보여준다.

"여기 가볼래요? 하루에 88쎄우쎄(11만 원)로 비싸긴 하지만 대신 올인클루시브 All Inclusive 호텔이라 식사와 음료가 모두 포함되어 있어요."

"허걱, 11만 원? 그럼 일 인당 하루에 5만 원이 넘는 거잖아? 한동아, 어떡하지?"

"형님, 그냥 거기로 가죠. 비상금 환전하죠, 뭐."

이 녀석도 아바나로 가는 게 싫긴 싫은 모양이다. 오케이, 한번 럭셔리하게 지내보자. 40도 가까운 더위에 20킬로그램이 넘는 배낭을 메고 한 시간도 더 걸어 도착한 호텔. 우와, 정말 좋다. 작은 건물들이 예쁜 정원 사이사이에 있어 호텔보다는 리조트라는 느낌이 강하다. 방에 짐을 놓고 식당으로 가자 감동의 파도가 몰려온다.

"한동아, 저거 봐! 뷔페야, 뷔페! 닭고기, 쇠고기에 생선까지! 없는 게 없는데!"

"형님! 칵테일이랑 맥주도 있어요!"

진작 돈 좀 쓸 걸 그랬나. 이렇게 좋은 것을! 정말 맛없는 쿠바 길거리 음식 때문에 고생고생하다가 이런 곳에 오니 눈물이 앞을 가린다. 목구멍까지 차도록 배 터지게 먹고 나서 호텔 앞 해변으로 나갔다.

멋있다, 정말 멋있다. 바다를 보니 그 말밖에 나오지 않는다. 사실 비싼 호텔비를 내서라도 이곳에 머물고 싶었던 이유는 아바나에 가기

바라데로*Varadero*

싫었던 것도 있지만, 바다가 너무 아름다웠기 때문이다. 카리브해 특유의 하늘색과 짙은 푸른색이 어우러진 바닷물은 따뜻하고 모래는 부드럽다. 멕시코 툴룸 정도는 아니지만 플라야 델 카르멘이나 칸쿤보다 훨씬 멋진 바다다. 우리는 바다와 호텔 수영장, 바와 식당을 오가며 그야말로 끝없이 먹고 마시고 수영을 즐겼다. 고생 끝에 낙이 오는 것인가?

그런데 다음날부터 날씨가 변하기 시작한다. 비가 내리는가 싶더니 오후가 되자 엄청난 바람이 불어온다. 그리고 밤이 되자 하늘에 구멍이 뚫린 듯 무시무시한 비가 쏟아진다. TV를 보니 허리케인 이케가 쿠바를 동에서 서로 관통한다는 소식. 순간 불안해지기 시작한다. 둘다 이틀 뒤에 아바나에서 비행기를 타야 하는데. 이러다 못 타는 것아냐? 하루가 더 지나자 아주 난리가 났다. 비는 억수같이 퍼붓고 제대로 서 있을 수조차 없는 세찬 바람에 온갖 물건과 나뭇가지들이 날아다닌다. 고등학교 때까지 부산에 살면서 매년 태풍을 겪어봤지만 카리브해의 허리케인은 차원이 다른 것 같다. 이렇게 강한 비바람은 생전 처음이다(나중에 알게 됐지만 이케는 4등급 허리케인. 미국 역사상 세 번째로 큰 피해를 입힌 허리케인이었다고 한다). 방에는 물이 새기 시작하고 재료가 떨어졌는지 식사는 점점 나빠진다. 낮에는 전기가 들어오지 않아 TV도 볼 수 없다. 비행기가 언제 뜨는지 알아보기 위해 항공사와 공항에 연락했지만 아무도 전화를 받지 않는다. 허리케인 때문에 버스가 다니지 않아 아바나에 갈 방법도 없다.

'설마 비행기가 뜨겠어?'라는 희망, '이러다 내일 아침에 뜨면 어떻게 하지?'라는 불안감 속에 어쩔 줄 모르다가 멕시코에서 온 대학생 세르히오와 에드가르를 만났다. 이 친구들도 다음날 아침 아바나에서 비행기를 타야 하는 처지다.

"우리 여행사에서 알아보고 연락해주기로 했어. 걱정하지 말고 오늘을 즐기자고!"

자신만만한 세르히오의 말. 역시 낙천성 하나는 세계 최강인 멕시코 사람들이다. 허리케인이 몰아치는 바에서 아무런 걱정 없이 술 마시고 노래 부르며 지금을 즐긴다. 심지어 여자 여행자에게 찰싹 달라붙어 작업을 걸기까지……. 정말 니들이 갑이다. 늘 그렇듯이 멕시코인과 함께 있으면 우리도 즐거워져 술 마시고 노래 부르기 시작. 마침 멕시코에서 가수활동을 하신다는 아름다운 목소리의 일렐 아저씨까지 만나서 더욱 즐거운 시간을 보냈다.

그런데 밤 9시쯤 여행사로부터 반갑지 않은 소식이 도착했다. 내일 아침에 비행기가 뜬다는 것이 아닌가! 여행사에서 보내는 택시를 타고 바로 아바나 공항으로 가라고 한다. 다행히 세르히오가 여행사에 부탁해서 그 택시에 우리도 같이 타기로 했다. 자정쯤 택시가 도착하자 방에 올라간 세르히오를 부르기 위해 호텔 프런트에 연락을 부탁했다. 그런데 직원들이 황당한 대답을 한다.

"우린 그 사람들 방 번호 몰라요. 우리 일 아니니까 직접 연락해요."

이 사람들이 미쳤나? 호텔 투숙객이 다른 투숙객에게 연락을 하겠다는데 자기들 일이 아니라니?

"거기 있는 숙박객 명단 찾아보면 되잖아요?"

그러자 직원은 뻔뻔한 얼굴로 명단을 내 앞에 툭 던진다.

"필요하면 당신이 찾아봐요."

아, 정말!!! 아무리 쿠바라도 어떻게 이럴 수가? 동네 구멍가게도 아닌 고급호텔에서 말이다. 화가 머리끝까지 나서 욕을 하고 싸우고 싶지만 그래봐야 상황은 변하지 않고 열받은 나만 손해다. '그래, 여긴 쿠바야, 쿠바. 참자, 참아.'라고 마음속으로 말하면서 참을 수밖에. 다행히 몇 분 지나자 세르히오가 방에서 내려와 상황은 정리됐지만 짜증이 가라앉지 않는다. 씩씩거리며 택시를 타려고 하는데 이번엔 택시기사가 태클을 건다.

"난 두 사람이 탄다는 말밖에 못 들었어. 차가 작아서 두 명 이상은 태울 수 없어."

세르히오가 여행사 담당자와 통화를 하게 해줘도 기사는 막무가내다. 도저히 말로 안 될 것 같아 우리가 돈을 더 주겠다고 하자 태도 돌변! 택시가 작다는 말은 쏙 들어가고 빨리 타란다. 하여간······.

허리케인이 몰아치는 새벽 도로는 한 치 앞을 분간할 수 없고 강한 바람에 택시는 비틀거리며 물에 잠긴 도로를 달린다. 건장한 남자 네 명에 짐까지 실은 택시 안은 손가락 하나 까딱할 수도 없을 만큼 좁고, 무거운 배낭을 무릎 위에 올렸더니 다리에 쥐가 날 지경이다. 그렇게 두 시간을 달려 도착한 아바나 공항. 그런데 이건 또 무슨 일? 내 비행기를 제외한 세 사람의 비행기는 이미 취소된 것이 아닌가! 여행사에 잘못된 정보를 준 모양이다.

공항에서 새우잠을 잔 후 아침에 쿠바나 항공에 문의하자 내 비행기는 저녁에 뜬다고 기다리라고 한다. 비행기가 취소된 멕시코 친구들과 한동이는 쿠바 돈이 부족해 그냥 공항에서 하루를 더 보내겠단다. 허리케인 때문에 물이 안 나와 씻거나 화장실을 이용할 수도 없고 에어컨이 가동되지 않아 공항 안은 찜통이다. 그런데 출발 두 시간 전, 내 비행기가 취소되었다는 표시가 뜨는 것이 아닌가! 쿠바나 항공 사무실로 달려갔더니 조금 전까지도 비행기가 뜨니 걱정하지 말라던 직원은 어떤 설명이나 사과도 없이 무뚝뚝하게 "취소됐으니 내일 아침에 다시 와요."라는 말만 툭 던져버린다. 하이고야, 이렇게 허탈할 수가. 게다가 이곳 공항에서 하룻밤을 더 보낼 생각을 하니 도저히 견딜 수가 없다. 결국 나는 비상금을 꺼내 아바나로 돌아와 숙소에서 묵은 뒤 다음날 쿠바를 떠났다.

쿠바. 세상에는 여행하기 좋은 나라도 있고 좀 불편한 나라도 있다. 좋은 나라는 좋은 나라대로, 불편한 나라는 불편한 대로 나름의 매력이 있다. 그리고 크고 작은 불편함이 있다 한들, 그건 며칠 혹은 몇 달 머물다 떠나는 여행자의 무지 탓일 거라고 생각하는 편이다. 하지만 쿠바를 여행하는 내내 나는 정말!! 힘들었다. 치안이나 교통환경의 낙후성 등은 그렇다 쳐도, 돈이 되느냐 되지 않느냐에 따라 사람 대하는 태도가 180도 달라지는 그곳 사람들의 속물근성은 처음부터 마지막까지 나를 고달프게 만들었다.

천신만고 끝에 이륙한 비행기 안. 체 게바라의 꿈이 담긴 쿠바가 어쩌다 이 지경이 되었을까? 마침내 이곳을 탈출한다는 안도감 한편에서도 내 머리를 떠나지 않는 질문이었다.

베네수엘라

살벌한 남미의 시작 | 냉동고 버스의 추억 | 베네수엘라 사람들은 불친절하다? | 세계에서 가장 높은 잉헬폭포로!
아름답고 괴로운 팜파스

VENEZUELA

수도 카라카스Caracas
인구 2,700만 명
화폐 볼리바르Bolivar
환전 베네수엘라는 1달러＝2.6볼리바르 정도의 고정환율을 쓰기 때문에 ATM에서 돈을 뽑으면 이 환율이 적용된다. 하지만 호텔, 식당, 여행사 등 이른바 암시장에서 거래를 하면 4~8.5볼리바르까지 받을 수 있다. 따라서 무조건 달러를 많이 준비하는 것이 중요하다. 암시장 환율은 경제상황에 따라 크게 달라진다.

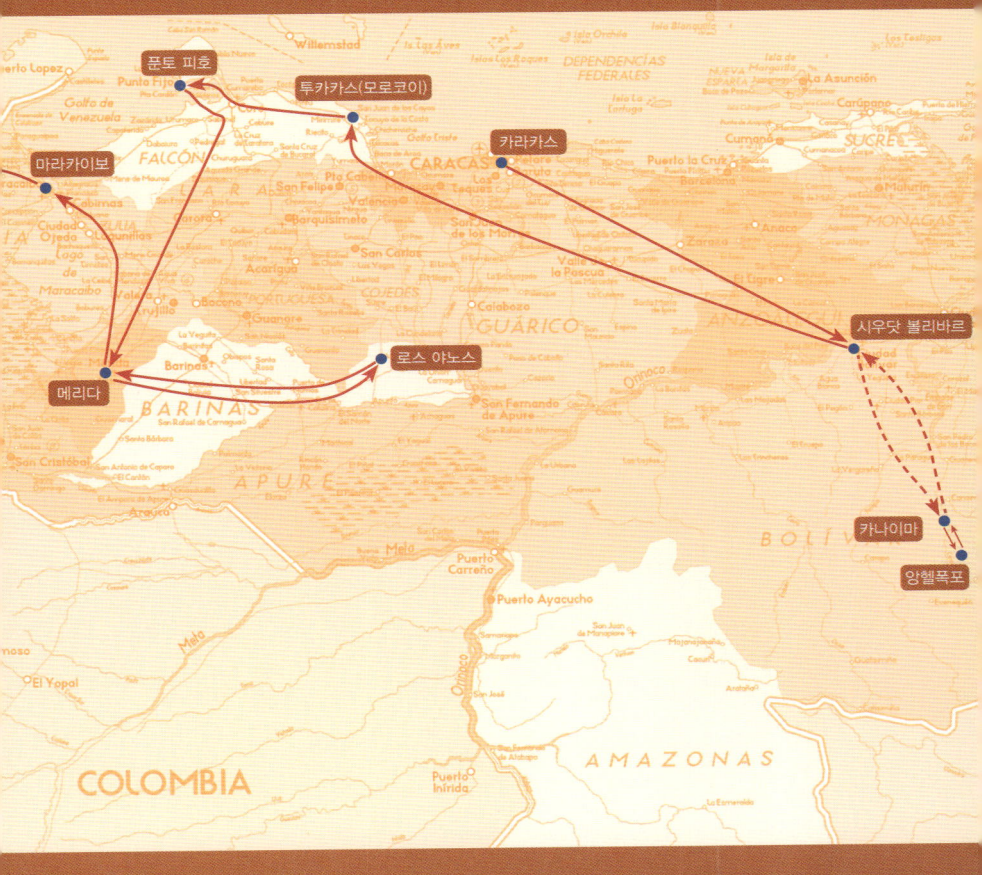

치안 베네수엘라는 남미에서 치안상태가 가장 안 좋은 곳. 해가 진 후 외출은 가능한 피하고 철저한 경계모드를 취하는 것이 좋다.

Must See 앙헬폭포가 있는 카나이마 국립공원, 모로코이 국립공원의 해변, 로라이마 트레킹.

살벌한 남미의 시작

드디어 남미로 가는 날. 쿠바를 떠나는 비행기 안에서 내 마음은 설렘 반, 두려움 반이다. 한국에서 지구 정반대편에 있는 거대한 대륙 남미. 그곳에선 무엇이 나를 기다리고 있을까?

남미 여행의 시작점으로 내가 선택한 나라는 베네수엘라. 우리나라 사람들에게 베네수엘라에 대해 물어보면 이런 대답이 나온다.

"예쁜 여자 엄청 많은 곳 아냐? 미스 유니버스 같은 미인대회에서 자주 우승하잖아."

"야구 잘하는 나라잖아. WBC 4강에선 우리나라한테 졌지."

반면 남미 여행자에게 베네수엘라를 물어보면 이런 반응이 나온다.

"치안상태가 완전 엉망이라던데. 대낮에도 강도를 당한다더라고."

"사람들 불친절하고 물가 비싸서 여행하기 아주 힘들대."

그렇다. 베네수엘라는 일반인에게 막연히 미인과 야구의 나라로, 여행자들에게 불안한 치안상태와 높은 물가 때문에 악명이 자자한 나라다. 그러다 보니 베네수엘라를 여행했던 한국 여행자는 좀처럼 찾아보기 힘들고· 여행 정보도 거의 없는 곳이다. 하지만 아티틀란 호수가 나를 과테말라로 이끌었듯이, 베네수엘라에 온 이유는 하나였다. 바로 세계에서 가장 높은 폭포, 베네수엘라의 앙헬폭포를 보고 싶었기 때문이다. 여행? 별 것 없다. 가보고 싶은 곳이 있으면 그냥 가는 거다. 루트? 여행에서 정해진 루트가 어디 있어. 마음 내키는 대로 가면 그게 루트지.

하지만 쿠바 아바나에서 베네수엘라의 수도 카라카스^{Caracas}로 가는 비행기 안에서 난 좀처럼 잠을 이룰 수가 없었다. 익히 들어온 베네수엘라에 대한 소문 때문에 비행기 안에서부터 바짝 쫄은 것이다. 그때 옆에 앉은 베네수엘라 아주머니 한 분이 말을 건다.

"어느 나라에서 왔어? 카라카스는 무슨 일로 가?"

음, 날 쳐다보는 눈빛이 호기심에 반짝반짝 빛난다.

"전 한국에서 왔는데 베네수엘라를 여행하고 싶어서요."

아주머니는 한국에서 왔다는 말에 깜짝 놀라신다.

"정말? 한국에서 온 여행자는 처음 보네. 신기해!"

아주머니의 이름은 마이라^{Maira}. 학교 선생님이신데 동료들과 함께 쿠바 여행을 갔다가 돌아오는 길이란다. 마이라 아주머니는 카라카스 숙소를 예약하지 않았다는 내 말에 갑자기 얼굴 가득 걱정스런 표정을 지으신다.

"카라카스가 많이 위험해. 조심해야 되는데. 그럼 우리 버스 타고 가. 중간에 시내를 지나가거든."

앗, 이런 행운이. 사실 공항에서 시내 가는 방법도 몰랐는데. 아주

마이라 아주머니와 버스 안에서 한 컷!

머니는 카라카스로 가는 내내 나에게 강도를 조심하라고 신신당부하
신다. 스페인어로 '조심하라'는 말인 '꾸이다도 Cuidado'가 아주 입에 붙
으셨다. 이 동네 사람들이 이렇게 말할 정도면 장난이 아닌 모양이다.

　아주 편하게 도착한 카라카스. 아주머니와 작별인사를 하고 버스에
서 내리자마자 긴장감이 다시 확! 몰려온다. 남미에서 치안이 가장 나
쁜 도시, 훤한 대낮에도 강도를 당한다는 도시. 온갖 나쁜 소문이 자
자한 곳에 오니 거리에서 나를 쳐다보는 사람들의 눈빛 하나에도 움
츠러든다. '저 녀석은 털면 좀 나올까?' 하면서 날 탐색하는 것 같다.
남미 첫 도시로 너무 살벌한 곳을 골랐나? 겨우 싸구려 숙소를 잡고
다음 목적지인 시우닷 볼리바르 Ciudad Bolivar행 버스표를 사기 위해 밖

으로 나가려는데 숙소에서 일하는 아저씨가 급히 나를 붙잡는다.

"잠깐 여기 있는 주의사항 잘 읽어봐. 절대 잊어버리면 안 돼."

주의사항? 어디 보자. 헉, 뭐가 이렇게 많아? 열 가지가 넘는 주의사항이 종이를 가득 채우고 있다.

1. 돈을 많이 가지고 다니지 말 것. 귀중품 휴대 금지.
2. 밤에는 절대 돌아다니지 말 것.
3. 사람이 없는 한적한 골목길에 가지 말 것.
......
10. 여권은 경찰 검문에 대비해 항상 들고다닐 것.
11. 경찰이 제일 나쁜 놈들이니 가능하면 피해다닐 것.

여권을 들고다니라고? 절대 뺏기면 안 되는 것이라 숙소에 놔두고 다니는데. 요즘 강도들은 복대도 뺏으니까. 아저씨 말로는 이 동네 경찰들은 여행자를 검문해 여권이 없으면 그걸 핑계로 뇌물을 뜯기 때문에 반드시 갖고다녀야 한단다. 어이 없는 상황이다. 어떻게 하면 강도를 당하지 않을까 궁리하다 최대한 후줄근하게 옷을 입기로 했다. 여기저기 찢어지고 목이 축 늘어진 티셔츠에 물이 다 빠진 반바지 차림으로 거리를 나섰다. 고층빌딩이 즐비한 카라카스 시내는 일반 대도시처럼 보인다. 하지만 자세히 보니 큰길가에 있는 PC방조차 문이 철창으로 되어 있고, 문앞에서 초인종을 누르자 직원이 인터폰으로 내 얼굴을 본 뒤에 열어준다. 구멍가게들은 물건과 돈을 주고받는 조그만 구멍을 빼고는 쇠창살로 온통 둘러싸여 있고, 가게들 앞에는 엽총을 든 경비원들이 지키고 있다. 휴, 여긴 과테말라보다 더 하네.

내가 숙소를 잡은 사바나 그란데Sabana Grande 지역은 서울로 치면 명동 같은 곳. 넓은 거리에는 패스트푸드점과 쇼핑센터가 즐비하고 잘 차려입은 베네수엘라 사람들은 바쁘게 발걸음을 옮긴다. 하지만 넓은 도로의 바로 뒷골목만 가도 쓰레기통을 뒤지는 거지들이 수두룩하다. 숙소 아저씨가 조심하라고 신신당부한 인적이 드문 골목길은 대낮인데도 왠지 살벌한 기운이 느껴진다. 시내를 구경하고 싶어도 어떤 곳이 안전하거나 위험한지 구분할 수가 없어 도저히 돌아다닐 엄두가 나지 않는다.

불안한 마음에 하룻밤을 보낸 후 나는 카라카스를 급히 떠났다. 카라카스, 뭐가 있는 동네인지는 모르겠지만 분위기가 좀 많이 살벌하다. 내가 좀더 여행 내공이 쌓이면 다시 와볼게. 그나저나 베네수엘라는 어쩌다가 이렇게 치안이 불안한 곳이 되었을까?

냉동고 버스의 추억

내가 시우닷 볼리바르로 가는 이유는 세계에서 가장 높은 앙헬폭포 투어가 그곳에서 시작되기 때문이다. 카라카스에서 밤늦게 출발한 버스는 다음날 새벽에야 시우닷 볼리바르에 도착한다. 그런데 사람들이 모두 큰 이불 꾸러미를 하나씩 들고 버스를 탄다. 왜 저러지? 이유를 알 수 없다. 하지만 버스를 타고 몇십 분도 지나지 않아 그 이유를 알 수 있었다.

이놈의 버스, 정말 장난이 아니다. 가이드북에서 베네수엘라 버스가 춥다는 내용을 봤지만 이 정도일 줄은 몰랐다. 이건 냉장고, 아니 냉동고다 냉동고. 에어컨은 잠시도 쉬지 않고 최대 출력으로 가동되고 사람들은 두꺼운 이불을 머리끝까지 덮어쓰고 있다. 아니! 에어컨을 좀 약하게 틀어놓고 이불을 안 덮는 편이 낫지 않나? 그게 상식 아냐? 얇은 옷 하나만 입고 버텼지만 새벽이 되자 온몸에 한기가 돌고 손발이 떨려 더 이상 버틸 수 없다. 뭔가 추위를 피할 수 있는 것이 없을까 두리번거리는데 눈에 들어오는 것이 하나 있었으니, 건너편 좌

석에 걸쳐 있는 점퍼 하나. 그 자리에 앉은 아저씨가 벗어놓은 것이
다. 하지만 아저씨는 이불을 덮고 이미 꿈나라. 지금 깨웠다가는 싸대
기 한 대 맞을 것 같다. 점퍼를 살짝 당겨보니 제길! 아저씨 머리에 눌
려서 빠져나오지 않는다. 아, 정말 미칠 것 같다. 버스기사에게 에어
컨 좀 제발 약하게 틀어달라고 사정하려고 갔더니 이런, 2층 버스라
그런지 운전석에 문이 있고 잠겨 있는 것이 아닌가!

'춥지 않아, 춥지 않아.' 스스로 최면을 걸며 버틴다. 하지만 계속
이대로 가다가는 '한국 배낭여행자, 베네수엘라 버스에서 동사.'라는
뉴스가 내일 아침에 나올 것만 같다. 안 되겠다. 그냥 싸대기 한 대 맞
자. 마음을 먹고 새벽 2시쯤 아저씨를 흔들었다.

"뭐? 뭐야?"

새벽에 잠이 깬 아저씨는 멍한 눈으로 날 쳐다본다.

"아저씨, 이 점퍼 좀 빌려주시면 안 돼요? 제가 지금 추워서 얼어죽
을 것 같아요. 제발요."

아저씨의 그 황당한 표정이란. 그래도 잠이 덜 깨서 정신이 없으신
모양이다. 점퍼를 주시고는 그대로 다시 곯아 떨어진다. 아주 얇은 점
퍼였지만 그래도 뭔가 하나를 덮으니 살 것 같다. 이렇게 추울 땐 신
문지가 최고인데. 갑자기 대학교 1학년 때 일이 떠오른다.

추석 때였다. 부산에 가기 위해 서울역에서 기차를 타야 하는데 친
구들과 놀다가 그만 막차를 놓쳤다. 시내버스는 이미 끊긴 상황, 기숙
사로 돌아갈 택시비가 없었다. 그래서 서울역에서 밤을 새우고 다음
날 새벽 기차를 타기로 했는데 자정이 되자 역에서 나가라고 하는 것

이 아닌가? 생전 처음 해보는 노숙. 반팔티셔츠 차림으로 서울역 앞에 쪼그리고 앉으니 차가운 밤공기에 온몸이 덜덜 떨렸다. 그 모습을 본 군인이 신문지 한 장을 내게 건네준다. '웬 신문지?'라고 생각하며 덮었는데……. 아, 종이 한 장이 그렇게 따뜻할 수 있다는 것을 그때 처음 깨달았다. 온몸을 감싸던 그 온기란. 이 버스에도 신문지가 있으면 참 좋았을 텐데. 점퍼를 덮어도 추위가 가시지 않아 밤새 잠을 잘 수가 없다. 새벽에 휴게소에 도착해 버스 밖으로 잠깐 탈출하자 으악! 냉동고처럼 버스 창문에 두껍고 하얀 성에가 뒤덮여 있는 게 아닌가! 어떻게 저 지경이 되도록 에어컨을 켜놓을까? 이해가 되질 않는다. 버스뿐만이 아니다. 베네수엘라의 호텔이나 가정집도 모두 에어컨을 최대 출력으로 온종일 틀어놓는 바람에 여행 내내 고생이었다. 좀 약하게 작동시키려고 해도 이게 무슨 일? 대부분의 에어컨이 온도 조절장치가 뽑혀 있다. 그러다 보니 숙소에서 자다가 추우면 일어나 에어컨의 코드를 뽑고, 더워지면 다시 일어나 코드를 꽂는 일을 밤새 반복해야 했다.

이 모든 것은 베네수엘라의 차베스 대통령이 기름과 전기를 거의 공짜로 주기 시작하면서 생긴 현상이란다. 하긴, 휘발유 1리터가 20원(!) 정도밖에 안 하는데 나라도 막 쓰겠다. 베네수엘라의 치안이 불안해진 이유 중 하나도 바로 이 정책 때문이라고 한다. 기름과 전기가 공짜이다보니 기본적인 생활이 가능해 이웃 나라의 빈민들이 베네수엘라로 모여들기 시작했고 순식간에 인구가 급증했다. 도시 주변에 직업 없는 빈민이 몰려들자 강도와 도둑이 많아지고 치안이 형편없어졌다는 것이다.

　나야, 뭐! 여행자 신분이니 이 나라 대통령이 무슨 정책을 쓰든 관여할 바는 아니다. 그래도 딱 하나 바라는 것이 있다면 버스나 숙소에서 에어컨을 약하게 가동하는 법을 정하면 안 될까? 낮에는 찌는 듯한 무더위에 땀을 뻘뻘 흘리며 고생하다가 밤이 되면 버스나 숙소에서 추위에 떨어야 하다니……. 베네수엘라, 참 아이러니한 곳이다.

베네수엘라 사람들은 불친절하다?

막막하다. 숙소는 어디에 있는지, 앙헬폭포는 어떻게 갈 수 있는지 전혀 모른다. 밤새 냉동고 버스 안에서 한숨도 자지 못하고 시달리다 갑자기 무더운 시우닷 볼리바르 버스터미널에 던져지자 정신이 멍하다. 여행자처럼 보이는 사람은 없고 모두 갈 길 바쁜 베네수엘라 사람들뿐이다. 그때 누군가 어깨를 툭 치며 말을 건다.

"숙소 예약했니? 예약 안 했으면 우리 집에 안 갈래?"

뒤를 보자 버스에서 잠깐 이야기를 나눴던 아이다^{Aida}가 빙긋 웃으며 서 있다. 내 덩치의 1.5배는 될 것 같은 넉넉한 몸매에 속사포처럼 말이 빨라 날 정신없게 하던 푸근한 인상의 학교 선생님이다. 당장 꼬리를 흔들며 따라가고 싶었지만 그래도 민폐를 끼칠 수는 없지. 살짝 튕겨본다.

"정말? 나야 좋지만……. 가족들이 불편해하지 않을까?"

제발, 제발 괜찮다고 해줘라. 말과 반대인 내 간절한 눈빛을 아이다가 읽은 모양이다.

타인의 가족 속으로 들어가는 것은 생경하면서도 참 따뜻한 일이다.

"괜찮아. 너 만나면 식구들도 좋아할 거야."

아싸, 오늘도 시작부터 운이 좋네. 당장 택시를 타고 아이다네 집으로 갔다. 집에 도착하자 아이다처럼 넉넉한 몸매의 어머니와 남동생이 나를 따뜻하게 환영해준다.

"어서 와. 한국인은 처음 만나보네. 여기까지 오느라고 힘들었지?"

어머니는 배고픈 나를 위해 햄과 치즈를 넣은 따뜻한 아레빠Arepa(옥수수 가루로 만든 전병)를 만들어주신다. 이미 식당에서 몇 번 먹어본 것이지만 어머니의 정성이 들어가서 그럴까? 식당 것과 비교도 안 될 만큼 쫄깃쫄깃하면서 맛있다.

"언제부터 여행했어? 베네수엘라 어디 가볼 생각이니?"

"결혼은 했어? 한국에서는 무슨 일을 했는데?"

어머니는 식사 내내 옆에서 이것저것 물어보며 신기해하신다. 아침을 먹고 앙헬폭포 투어에 대해 알아보기 위해 집 밖으로 나오자 이게 웬일? 마당에 열 명도 넘는 동네 사람들이 몰려든 것 아닌가. 한국인 여행자가 왔다는 소문이 벌써 퍼져 이웃들이 구경하러 온 것이다.

"이 애가 한국에서 왔어. 한국 알지? 벌써 석 달째 여행하고 있고 일년간 여행할 계획이래."

어머니는 마치 자기 일인 양 큰 소리로 자랑을 하시고, 난 쏟아지는 동네 사람들의 질문에 대답을 하느라고 정신이 없다. 한바탕 소동이 지난 후 시내로 나가자 주말이라 여행사들이 죄다 문을 닫았다. 한참을 헤매다 공항에 있는 작은 여행사에서 겨우 다음날 아침에 떠나는 투어를 예약할 수 있었다. 이젠 숙소를 구할 차례. 아이다 어머님이 자고 가라고 말씀하셨지만 너무 폐를 많이 끼치는 것 같아 마음이 불편했다. 그런데 여행사 아주머니가 뜻밖의 말을 한다.

"잘 곳 안 정했어? 그럼 우리 집에서 자고 내일 내가 출근할 때 같이 공항에 와서 비행기를 타."

순간 귀를 의심했다. 공짜로 재워주고 거기다 공항까지 데려다주겠다고? 혹시 날 납치하려는 것 아냐? 아냐. 날 납치해서 어디에 써먹겠어. 돈 내라고 요구할 사람도 없는데.

"정말 고마워요. 그럼 몇 시에 집으로 찾아갈까요?"

아주머니는 메모지에 전화번호와 주소를 적어주시면서 덧붙인다.

"내가 5시에 일이 끝나니까 여기로 6시까지 와."

나에게 베네수엘라는 행운의 땅인가? 이상하게 좋은 일이 계속 이어지네. 즐거운 마음으로 콧노래를 부르며 아이다네 집으로 돌아왔는데 오히려 아이다 어머님이 걱정하신다.

"어떤 사람인지도 모르는데 괜찮겠어? 베네수엘라에선 모든 것을 조심하고 또 조심해야 해."

혼자 돌아다니는 내가 자식처럼 걱정되시는 모양이다.

"여기서 여행사를 하시는 분인데 별 문제 없겠죠."

어머니는 그래도 안심이 안 되는지 아이다의 남동생을 부른다.

"까를로스, 네가 차로 그 사람 집까지 데려다줘. 가서 어떤 사람인지 잘 확인해봐."

이런, 또 신세를 지게 됐네. 아이다 가족들과 작별인사를 하고 여행사 아주머니 집에 도착하자 까를로스는 아주머니와 한참 이야기를 하더니 빙긋 웃으며 말한다.

"괜찮은 분이니까 걱정하지 마. 앙헬폭포 잘 다녀와."

여행사 아주머니의 이름은 아나^{Ana}. 마침 집에 놀러왔던 아주머니 조카와 함께 마트에서 장을 보고 저녁을 준비했다. 식사시간이 되자 근처에 사는 가족들이 모두 모여든다. 휴, 베네수엘라에선 내가 어딜 가나 인기 스타네. 또다시 쏟아지는 폭풍 질문에 대답을 하며 유쾌한 시간을 보냈다.

사흘 뒤, 앙헬폭포 투어를 다녀온 후에 다시 아이다네 집을 찾았다. 어머니가 꼭 다시 오라고 신신당부를 하셨기 때문이다. 염치없이 또 밥을 얻어먹고 다음 목적지인 발렌시아로 가는 야간버스를 타기 위해 떠나려는데 어머님이 간식거리를 내 손에 꼭 쥐어주며 말씀하신다.

"그럼 이틀 뒤에 푼토 피호^{Punto Fijo}에서 봐. 도착하는 대로 아이다에게 전화해."

난 발렌시아를 거쳐 베네수엘라에서 손꼽히는 아름다운 해변인 모로코이 국립공원^{Parque National Morrocoy}에 갈 예정이었는데, 마침 아이다네 식구들이 그곳에서 가까운 푼토 피호라는 곳에 가기로 해서 다시 만나자고 한 것이다. 하지만 아이다네 가족과의 인연은 여기까지였던 걸까. 이틀 뒤 푼토 피호에 도착해 아이다에게 전화를 했지만 통화가 되지 않았고 그 뒤로도 연락이 닿지 않았다.

사람들이 불친절하다, 무뚝뚝하다, 강도가 많다. 여행자들이 베네수엘라에 대해 내게 수없이 했던 말이다. 하지만 적어도 내가 만나본 베네수엘라 사람들은 그렇지 않았다. 여행자들을 보기 힘든 곳이라 그런지 그들은 처음에 커다란 배낭을 멘 나를 흘끔흘끔 훔쳐보기만 할 뿐, 쉽게 말을 걸어오지 못했다. 그러다가 나와 이야기를 시작하는 순간부터 그들은 경계를 풀고 낙천적이며 친절한 남미 사람들로 돌아갔다. 베네수엘라를 여행하는 내내 지구 반대편에서 온 여행자를 신기해하고 어떻게든 도움을 주려는 친절한 사람들을 참 많이 만났다. 베네수엘라를 생각하면, 가슴 훈훈해지는 추억이 가득하다.

세계에서 가장 높은 앙헬폭포로!

덜컹덜컹, 흔들흔들. 조그만 경비행기는 바람에 사정없이 흔들린다. 여기는 시우닷 볼리바르에서 카나이마^{Canaima}로 가는 경비행기 안. 카나이마는 세계에서 가장 높은 앙헬폭포가 있는 카나이마 국립공원^{Parque National Canaima} 내의 조그만 마을이다. 이곳은 아직 미개발 지역이라 도로나 철도가 없어 비행기를 타야 한다. 요동치는 비행기 안에서 다른 승객들은 손잡이를 꼭 붙잡고 새파랗게 얼굴이 질려 있지만 나는 조종사 옆자리에 앉아 오랜만에 느껴보는 익숙한 진동에 빙긋 미소를 지었다. 스카이다이빙 자격증을 취득하기 위해 호주에서 교육을 받았는데, 하루에도 몇 번씩 이런 경비행기를 타보았기 때문이다.

오랜만에 경비행기를 타자 온몸에서 아드레날린이 솟구치던 그 시절이 생각나 저절로 웃음이 나온다. 이런 비행기 날개에 매달려 뛰어내리곤 했었는데……. 추억도 잠시, 창문 밖으로 펼쳐지는 장관에 입이 딱 벌어졌다. 사람의 손길이 전혀 닿지 않은 드넓은 밀림에는 커다란 뱀처럼 강이 꿈틀거리며 흐르고, 산의 모든 면이 절벽으로 된 거대한 테푸이 Tepui (테이블 마운틴이라고도 함. 산의 정상부가 평평하여 탁자 같다고 해서 붙여진 이름)들이 늘어서 마치 이 세상이 아닌 것 같다.

한 시간 정도 비행하자 거대한 강 옆에 풀이 무성한 활주로가 보인다. 그런데 활주로 옆을 보니 경비행기 한 대가 불 탄 채 방치되어 있는 것이 아닌가. 뭐, 조종사를 믿어야지. 내가 달리 어떻게 하겠어. 한참을 기다린 후에야 만난 여행사 가이드는 느끼한 웃음을 흘리며 능글능글하게 말한다.

"아직 일행들이 도착 안 했으니까 좀 기다려. 모두 와야 출발할 수 있으니까."

한 시간 정도 대기하자 일행이 모두 모였다. 한데 가이드가 그제야 슬슬 준비를 시작한다. 이 자식아, 그런 준비는 미리미리 해놓으면 어디 덧나냐? 맘 같아서는 욕을 퍼붓고 싶지만 앞으로 사흘간 날 먹여살릴 녀석이니 참아야지. 오전 11시가 되어서야 겨우 통나무로 만든 쾌속보트가 빠르게 까라오 강 Rio Carrao을 거슬러 올라가기 시작했다. 이 강은 정말 신비하다. 강물 전체가 마치 콜라 같다고 할까? 강물에 녹은 미네랄 때문에 물이 검다. 하지만 손으로 떠보면 물은 깨끗하고 투명하다. 검지만 투명한 강물. 경이로운 모순이다. 거기에다 거대한 테푸이들은 나를 압도한다. 수천 미터 절벽 위 정상에는 어떤 광경이 펼쳐질까.

하지만 그런 감상도 잠시, 현실은 만만치 않다. 이건 보트가 아니라 래프팅을 하는 것 같다. 급류를 지날 때마다 물은 사정없이 배 안으로 들이치고 오후가 되자 비까지 뿌리기 시작한다. 수심이 낮은 곳을 지

까라오 강을 거슬러 앙헬폭포로 가는 길.

날 때면 보트 바닥에 돌멩이 부딪히는 소리가 크게 들려 배는 쉬이 부서질 듯하다. 처음에는 신나고 재미있던 보트 타기도 몇 시간을 좁은 나무판에 앉아 있자 그야말로 고문이다. 방석이라도 하나 가져올 걸. 무엇보다 우려되는 것은 점점 기울어지는 해. 이러다가 앙헬폭포 못 보는 것 아냐? 오후 4시가 되어서야 배는 앙헬폭포가 저만치 보이는 강기슭에 도착했다. 아침부터 느긋하던 가이드는 소리를 지르며 사람들을 재촉한다.

"시간 없으니까 빨리 전망대로 올라가요. 빨리 안 움직이면 해가 져서 못 내려와요."

자식, 그러게 아침부터 좀 서둘지. 급한 마음에 거의 뛰다시피 산길을 올라가자 마침내 저만치 앙헬폭포가 위용을 드러낸다. 그래, 이거다. 날 베네수엘라까지 오게 만든 너, 앙헬폭포. 높이가 1킬로미터에 달하는 거대한 절벽은 상상했던 것 이상으로 높다. 저만치 산 정상에서 떨어져내리던 폭포수는 그 높이를 이기지 못해 땅에 도착하기 전에 하얀 물방울로 산산이 부서져 흩어지고 있다. 이 장관을 어떻게 해야 제대로 묘사할 수 있을까. 어떤 단어를 써도 표현하기 힘들 것 같은 가슴 벅찬 경관이다.

그런데 힘들게 도착한 지 한 시간도 되지 않아 가이드는 내려가자고 한다. 화가 나지만 이미 해가 저무는 시간. 밀림을 헤치고 내려가는데 사방은 암흑으로 변하고 장대비까지 쏟아지기 시작한다. 이러다 정글에서 변사체로 발견될까 겁난다.

겨우 어둠을 뚫고 숙소에 도착해 저녁을 먹은 뒤 기둥 사이에 쳐놓은 해먹에 누워 잠을 청했다. 해먹에서 자는 건 난생 처음. 그런데 생각보다 편하네. 밀림에서 들려오는 벌레 소리와 흐르는 강물 소리를 자장가 삼아 곧바로 곯아떨어졌다. 다음날 아침, 컨디션이 아주 가뿐하다. 공기가 좋아서 그럴까? 사방에서 들리는 새소리에 기분까지 산뜻해진다. 아침식사 후 다시 보트를 타고 카나이마로 내려가는 길. 맑은 하늘 아래에서 아침 구름을 산허리에 휘감은 테푸이들은 찬란한 아름다움을 발산한다. 여행을 시작한 이래 가장 쾌청한 아침이다.

앙헬폭포. 거대한 절벽 위에서 떨어지던 폭포수가 물방울이 되어 흩어지던 그 장엄한 모습은 평생 잊을 수 없을 것 같다. 사람들이 왜 베네수엘라를 여행해야 하냐고 물어본다면 앙헬폭포가 있기 때문이라고 자신 있게 답할 수 있다. 앙헬폭포뿐만 아니라 거대한 테푸이가

늘어서 있고 오묘한 까라오 강이 있는 카나이마 국립공원은 마치 다른 세계에 온 것 같은 놀라운 감동을 준다. 다행스럽게도 아직까지 개발이 많이 되지 않아 자연 그대로의 모습을 간직하고 있다. 바라건대, 이런 곳은 사람 손을 지나치게 타지 않고 지금 그대로의 모습으로 오래오래 남아주었으면……

앙헬폭포 투어

- 시우닷 볼리바르의 여행사에서 예약 가능하며 가격은 암달러 환율에 따라 180~350달러까지 크게 차이난다.
- 건기에는 까라오 강의 물이 줄어 앙헬폭포까지 배를 타고 갈 수 없는 경우도 있다. 따라서 투어를 하기에는 5~10월 사이가 좋다.

아름답고 괴로운 팜파스

베네수엘라 서부, 안데스산맥에 있는 산악도시인 메리다^{Merida}에는 유명한 것이 두 가지 있다. 하나는 해발 4,800미터까지 단숨에 올라가는 세계에서 가장 긴 케이블카 뗄레페리꼬^{Teleferico}. 다른 하나는 900가지가 넘는 맛의 아이스크림이 있어 기네스북에 올랐다는 꼬로모또^{Coromoto}다. 하지만 메리다에 와보니 뗄레페리꼬는 고장이 나서 언제 가동될지 기약이 없고, 꼬로모또의 아이스크림은 종류가 많은 것과 맛은 전혀 상관이 없다는 사실만 알게 해주었다.

  하지만 내가 메리다에서 하려는 것은 따로 있었다. 바로 아마존 강유역 팜파스^{Pampas}(초원)에 있는 로스 야노스^{Los Llanos}로 가는 투어. 볼리비아 루레나바케^{Rurrenabaque}나 페루 이키토스^{Iquitos}에도 비슷한 팜파스 투어가 있지만 난 특이하게 여기서 한번 해보고 싶었다.

  "로스 야노스? 30분 뒤에 3박 4일 투어가 출발해. 같이 가자."

  냉동고 야간버스에서 오늘도 잠을 못 잔 탓에 피곤함에 절은 상태로 숙소를 찾고 있는데 한 여행사 아저씨가 바로 낚시질을 시작한다.

"저 방금 메리다에 도착했어요. 오늘은 쉬고 내일 갈래요."

"요즘 여행객이 없어서 투어가 많지 않아. 지금 출발 안 하면 언제 떠날지 몰라."

게일라 같은 미녀라면 10달러쯤 과감히 포기할 수 있지!

정말? 아무리 비수기인 9월이지만 설마……. 혹시나 싶어 바로 다른 여행사에 가서 알아보니 똑같은 말을 한다. 뗄레페리꼬가 고장나면서 여행객이 줄었단다. 어쩔 수 없다. 처음 여행사로 돌아와 투어비를 깎기 위해 협상을 하는데 여자 한 명이 여행사로 들어온다. 그런데… 완전 예쁘다! 기름진 음식을 주로 먹어 아이다처럼 드럼통 체형 여자가 많은 '미인 보기 힘든 미인의 나라' 베네수엘라에서 정말 오랜만에 보는 예.쁜. 여자다. 여자를 멍하니 바라보는 내 모습을 본 아저씨는 여자가 잠깐 밖으로 나가자 결정적 한마디를 던진다.

"예쁘지? 이번 투어 가이드야. 이 팀에 프랑스 부부가 있는데 게일라Gueila가 불어를 하거든."

난 투어비 10달러를 깎기 위해 벌이던 논쟁에 바로 결론을 내렸다.

"바모스Vamos(우리 가죠)!!"

베네수엘라에서 처음으로 본 미인과 3박 4일을 보낼 수 있는 기회인데 그깟(?) 10달러가 대수랴. 지프차에 탄 일행은 나이가 지긋하고 허허 잘 웃으시는 프랑스 어르신 부부와 나, 운전수 겸 가이드인 아저씨, 통역 겸 보조가이드인 게일라, 총 다섯 명. 분위기 좋다. 하지만 야간버스를 타고 도착하자마자 불편한 지프차를 타고 꼬불꼬불한 산악도로를 달리니 미칠 지경이다. 정신은 멍하고 허리는 끊어질 듯 아프다. 아침에 출발한 차는 해가 진 뒤에야 로스 야노스 근처에 도착했다. 그런데 비포장도로를 한참 달리던 차가 갑자기 멈추더니 아저씨가 차에서 내려 뭘 보라고 한다. 길에 웬 동물이 죽어 있는 게 아닌가. 그런데 허걱, 저건 저건… 악어잖아!! 그렇다, 악어가 차에 깔려 죽은 것이다.

"여기선 흔한 일이에요. 악어가 정말 많거든요."

음, 무서운 동네구나. 숙소 밖에 나갈 땐 조심해야겠다. 초원 한가운데에 있는 숙소에 도착해서 저녁을 먹는데 다리가 간질간질하다. 손으로 다리를 문질렀더니 응? 다리를 보니 세상에, 모기 대여섯 마리가 죽어 있었다. 도대체 몇 마리가 피를 빨았던 거야? 방에 오니 개인 모기장은 없고 창문에만 모기장이 있는데… 제길, 구멍이 나 있다. 죽음이다. 아, 모기향 좀 챙겨올 걸. 아니나 다를까, 난 밤새 모기에게 뜯기느라 한숨도 자지 못했다. 이틀 연속으로 잠을 못 자다니. 아이고, 힘들다. 다음날 아침부터 본격적인 투어가 시작된다. 끝이 보이지 않는 광활한 우기의 초원은 물이 가득 차 있고 악어와 온갖 종류의 새들이 보인다. 가이드는 악어가 보일 때마다 소리를 친다.

"까이만!! 까이만Caiman(악어)!!"

처음에는 우리도 초긴장 상태였다. 가이드가 가리키는 곳을 재빨리 보면서 사진 찍고 놀라워하고. 하지만 한 시간쯤 지나자 가이드의

팜파스,
동물세계의 신기함과 사랑스러움
모두를 만날 수 있는 곳.

말에 모두 반응이 없다. 당연하지. 좀 과장하자면 악어는 동네 개처럼 돌아다니고 독수리는 참새처럼 날아다니는데. 그런데 저기 초원에서 무리지어 뛰어다니는 동물들은 뭐지? 처음 보는 것인데.

"저건 카피바라Capybara라고 해요. 쥐예요 쥐, 세상에서 가장 큰 쥐."

세상에, 저렇게 큰 쥐가 있단 말인가? 크기가 셰퍼드만 한데. 세상에는 별별 동물이 다 있구나. 특이한 동물은 또 있다. 강에 사는 동물들을 구경하기 위해 보트를 타고 강을 돌아보는데 갑자기 뭔가가 배 옆에서 물을 박차고 나온다. 말로만 듣던 핑크돌고래란다. 배 주변을 몇 마리가 돌아다니기 시작하자, 가이드들은 뱃전을 두들기고 휘파람을 불면서 돌고래를 자극한다. 거기에 반응하듯 핑크돌고래는 여기서 불쑥, 저기서 불쑥 물 밖으로 나오면서 장난을 치듯이 우리 주변을 유영한다. 해가 질 무렵 우리는 낚싯대와 미끼를 챙겨 강가로 갔다. 바로 피라냐를 낚기 위해서. 그런데 강가에 악어 세 마리가 있다가 우리가 다가가자 물속으로 들어간다. 피라냐와 악어가 바글바글한 물속이라니. 빠졌다가는 뼈도 못 추리겠군.

낚시 미끼는 닭 껍질. 큼직한 낚싯바늘에 닭 껍질을 매달아 물속에 던지자마자 엄청난 수의 피라냐들이 달려든다. 심지어 아주 조그만 새끼까지. 무슨 강물에 피라냐가 이렇게 많냐. 그런데 이 녀석들, 미끼만 쏙쏙 잘도 빼간다. 낚시를 즐기지는 않지만 나름 운동신경이 있다고 생각했는데 도저히 못 잡겠다. 계속 미끼만 뺏기자 가이드는 "넌 피라냐를 사랑하니?"라고 놀려댄다. 에이, 정말⋯⋯.

결국 한 마리도 못 잡고 투덜대다가 주위를 둘러보자 드넓은 팜파스에 석양이 지고 있다. 물에 잠긴 초원은 구름과 하늘과 붉은 석양을 반사하며 찬연한 풍경을 만들어내고 있다. 문득 뒤를 돌아보니 붉은 하늘 가운데를 두 개의 무지개가 가로지르고 있는 것이 아닌가! 와, 정말 그림이다, 그림.

하지만 다음날부터 난 좀처럼 투어를 즐길 수가 없었다. 도저히 잠을 잘 수가 없었기 때문이다. 밤이 되면 무수한 모기와 함께 빈대까지 날 괴롭혔다. 밤에 잠을 못 자니 낮에 뭘 하든 피곤해 즐길 기분이 나지 않는다. 하도 처져 있다보니 게일라와 아저씨는 내가 투어를 싫어하는 것으로 오해할 정도였다. 그렇게 사흘 밤을 한숨도 자지 못한 채로 투어는 끝이 났고 난 반쯤 죽은 상태가 되어 메리다로 돌아왔다. 양쪽 다리를 보니 모기와 빈대에게 물린 자국이 가득하다. 오른쪽 발목에 물린 자국만 120곳. 모두 합치면 얼마나 물렸을지 짐작할 수도 없다. 잠만 제대로 잤어도 정말 재미있었을 텐데.

팜파스 투어의 후유증 때문에 메리다에서 잠시 쉰 후 나는 콜롬비아로 떠났다. 베네수엘라. 열악한 여행 인프라와 불안한 치안 때문에 온갖 고생을 했지만 정말 놀라울 정도로 아름다운 자연이 있는, 진흙 속에 숨은 보석 같은 나라였다.

팜파스 투어

- 팜파스는 초원지대로 '아마존 정글 투어'와는 완전히 다른 것이다. 진짜 아마존 정글은 브라질 마나우스Manaus나 벨렝Belem 같은 곳에 가야 경험할 수 있다.
- 팜파스 투어는 볼리비아 루레나바케Rurrenabaque 베네수엘라 로스 야노스, 페루 이키토스Iquitos 등 여러 지역에서 가능하다. 그중 볼리비아 루레나바케가 여행자들이 많고 가격이 저렴해서 좋다.

대자연의 아득함 너머로 붉은 태양이 잠기는 시간
가만히, 가만히, 가만히……

콜롬비아

콜롬비아로 가는 험난한 길 뜨거운 산타 마르타의 밤 바다낚시는 힘들어 이상하고 신기한 미술관을 만나다 5,125
미터 고지를 향해 돌격! 진한 콜롬비아 커피향 속으로

COLOMBIA

수도 보고타Bogota

인구 4,500만 명

화폐 페소Peso. 1000페소 = 약 600~650원

치안 게릴라, 마약조직과의 전쟁을 위해 경찰이 강화되어 도시지역 치안은 오히려 안전한 편이다. 하
지만 북·남부 지역은 게릴라 활동이 아직 남아 있기 때문에 밤늦게 버스를 타는 것은 피해야 한다. 보
고타는 여행자 상대 강도사건이 많으므로 주의가 필요하다.

Must See 보고타의 올드타운, 보테로 미술관, 친치나의 커피농장, 후안발데스 까페의 커피.

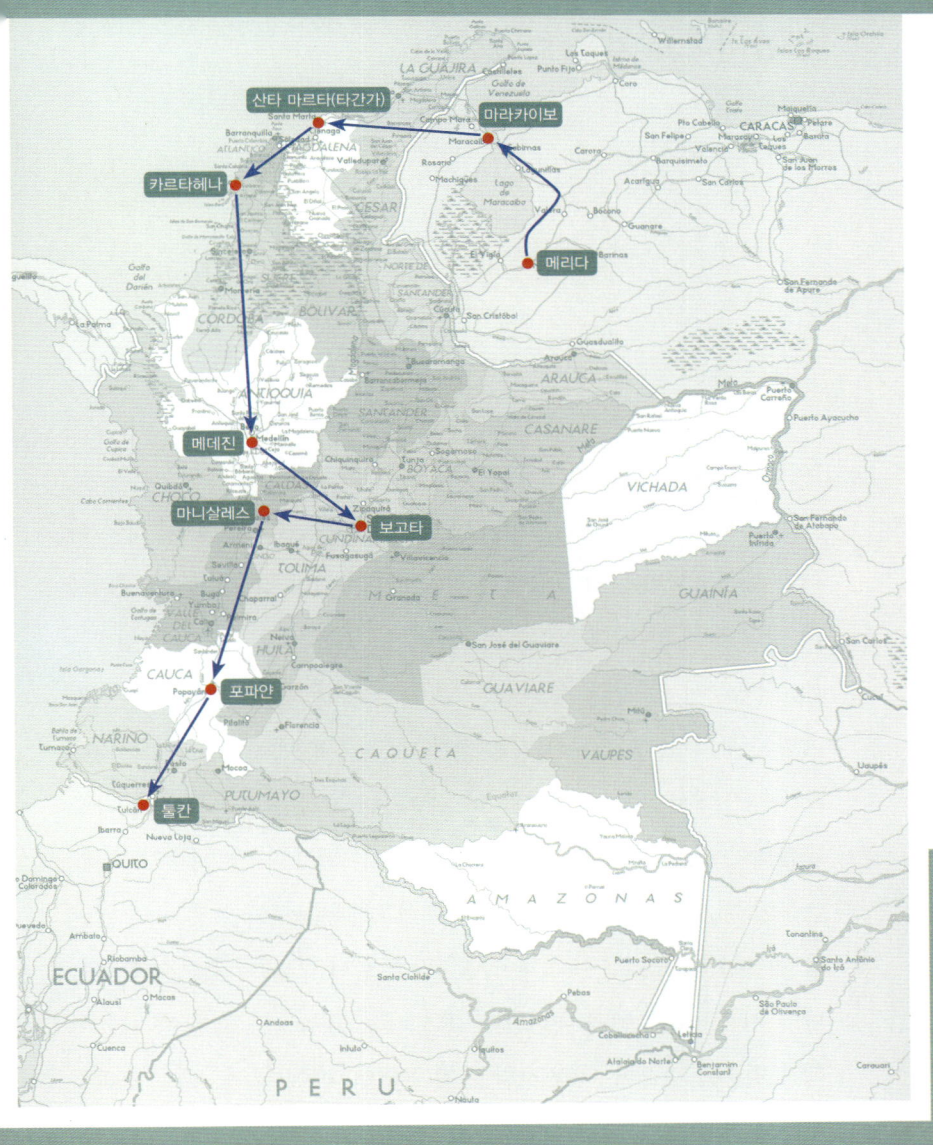

콜롬비아로 가는 험난한 길

"여권에 문제가 있어. 이걸로는 국경을 지날 수 없어."

마침내 그놈들을 만나고야 말았다. 여행자들을 보호하는 것이 아니라 등쳐먹고 삥뜯기로 유명한 악질 베네수엘라 경찰! 베네수엘라에서 경찰 눈에 안 띄려고 일부러 걸레같은 옷을 입고 다니며 신경썼는데, 국경에서 딱 걸린 것이다. 구멍 숭숭 뚫린 의자, 다 망가져 덜컹거리는 문, 버스 안까지 풍기는 진한 매연 냄새. 베네수엘라 마라카이보^{Maracaibo}에서 과테말라 치킨 버스보다 더 고물인 로컬 버스를 타고 콜롬비아 마이카오^{Maicao}로 가는 길이었다. 국경이 가까워지자 경찰 검문이 계속되었는데 세 번째 검문에서 경찰 한 명이 여권과 내 얼굴을 번갈아 쓱 보더니 버스에서 내리라고 한다. 그러더니 초소에 있는 나이 지긋한 경찰에게 데려간다. 오호라~. 네놈들이 소문 자자한 여행자 삥뜯는 경찰이구나? 사람 잘못 골랐어. 배에 힘 딱, 주고 소리지르기 시작했다.

"무슨 문제가 있어? 여기 봐! 카라카스 공항에서 니네 정부가 찍은 도장이잖아! 똑바로 봐!”

“아니야, 문제 있어.”

어쭈, 너희들 경찰이다 이거지? 내가 만만한 놈으로 보여?

“무슨 문제? 문제가 있으면 정확하게 말을 해봐! 문제가 없잖아!”

“아미고. 진정해, 진정하라고.”

동양인인 내가 뜻밖에도 스페인어를 하는데다가 눈에 쌍심지를 켜
고 소리를 질러대자 경찰들은 당황한 눈치. 자기들끼리 수군거리며 어
쩔 줄 몰라한다. 한참 동안 내 여권을 만지작거리며 고민하던 나이 든
경찰이 갑자기 여권에 찍혀 있는 VISA라는 단어를 가리키며 말한다.

“이거 비자 맞네. 여기 적혀 있잖아. 문제 없어.”

야, 이 자식들아! 여권에 당연히 VISA라고 씌어 있지! 어이구, 변명
하고는. 당당하게 버스로 돌아오자 베네수엘라 사람들은 씩 웃으며
“쁠라따 Plata(은, 뇌물).”라고 말하면서 엄지와 검지 손가락을 비빈다.
나도 씩 웃으며 “노 뗑고 디네로 No tengo dinero(나 돈 없어요).”라고 말했
다. 사실 뇌물로 줄 돈이 없기도 했고. 국경에서 출국세 낼 돈 빼고는
베네수엘라 돈을 거의 다 써버렸거든. 나중에야 알았지만 동양인은
부자라고 생각하기 때문에 베네수엘라 부패 경찰의 표적이 된다고 한
다. 특히 국경을 지날 때는 뇌물을 요구받는 일이 다반사다. 에효, 참
여행하기 피곤한 나라다.

버스가 마이카오에 도착하자 갑자기 어깨에 고무호스를 멘 사람들
이 올라타기 시작한다. 뭐지? 아, 기름을 밀매하는구나. 버스 바닥에
비밀탱크 같은 것을 만들어 베네수엘라 기름을 가져오는가보다. 하

긴, 베네수엘라는 휘발유가 1리터에 20원, 콜롬비아는 1,600원이니 80배 장사. 난리도 아니겠지. 버스기사가 마주치는 경찰마다 계속 무슨 꾸러미를 주더니 뇌물이었구나. 마이카오 인근 도로에서는 이렇게 밀매한 기름을 플라스틱 통에 담아 팔고 있다. 역시 공짜가 마냥 좋은 것은 아니구나.

마이카오에서 다시 콜롬비아 로컬 버스를 타고 북부 해안도시인 산타 마르타Santa Marta로 가는 길. 이 지역은 아직도 반정부 게릴라들이 있다더니 도로에는 방탄복 차림에 소총을 두 자루씩 멘 중무장 경찰과 군인들이 몇십 미터마다 서 있고 버스는 수시로 검문을 당한다. 도대체 몇 번이나 검문을 받았는지 헤아리기 힘들 정도다.

검문 때문에 거북이처럼 느릿느릿 이동한 버스는 밤이 되어서야 겨우 목적지인 산타 마르타에 도착했다. 어제 야간버스를 타고 베네수엘라 메리다를 출발했으니 제대로 먹지도 쉬지도 못한 채 꼬박 하루 동안 이동한 것이다. 아, 콜롬비아 한번 오기 힘들다.

뜨거운 산타 마르타의 밤

"콜롬비아에 가니?"

베네수엘라 마라카이보 버스터미널에서 콜롬비아로 가는 버스를 찾지 못해 방황하고 있는데 누군가 말을 걸었다. 돌아보니 작은 키에 주름 가득한 얼굴, 게다가 머리까지 조금 벗겨진 남자와 베네수엘라에서 좀처럼 보기 힘든 날씬한 몸매의 예쁘장한 여자가 지친 얼굴로 나를 쳐다보고 있다. 남자는 커다란 배낭 두 개를 메고 여자는 특이하게도 조그만 손수레에 배낭을 실어서 끌고다니고 있다.

"응, 그런데 버스를 못 찾겠네. 너희는 어디로 가니?"

"잘됐다! 우리도 콜롬비아 가는 길이야. 같이 가자."

남자의 이름은 알베르또 Alberto, 여자애는 에스까일리 Escaili. 알베르또는 스페인 북부 출신인데 10개월째 남미를 여행하고 있단다. 40대로 보이는 외모와 달리 나이는 겨우 서른하나. 뭐야, 나보다 어리잖아. 그런데 에스까일리는 겨우 열일곱 살! 아빠와 딸이라고 해도 믿을 외모와 달리 둘은 커플이란다. 에스까일리는 얼마 전에 알베르또를 만나 함께 여행을 다니기 시작했다고. 그럼 가출한 건가? 아무튼 완전완전 부럽다. 나도 여자친구랑 여행하고 싶은데. 슬프도다, 이놈의 솔로 신세! 밤늦게 산타 마르타에 도착하니 버스터미널은 시내에서 한참 떨어져 있고 주변엔 ATM조차 없다. 주머니에 있는 콜롬비아 돈은 겨우 400페소(200원). 이 난감한 상황을 어찌하리. 어쩔 줄을 모르고 있는데 알베르또가 파격 제안을 한다.

"그럼 오늘 우리와 같은 방에서 자. 당장 쓸 돈은 내가 빌려줄게."

돈이 없으니 선택의 여지가 없다. 까짓것 하룻밤인데 상관없겠지. 하지만 한창 불타오르는 커플과 함께 방을 쓰는 곤란함이 어떤 것인지를 난 진정 몰랐다. 두 사람은 순도 100퍼센트 19금 스킨십을 하다 나와 눈이 마주치면 아무 짓도 하지 않은 척 시치미를 뗀다. 그것도 한두 번이지, 계속 그러니 불편해 죽겠다. 안 그래도 외로운데 염장을 지르는구나. 산만하고 외로운 밤을 보낸 나는 아침이 되자마자 산타 마르타 시내로 와서 다른 숙소를 잡았다. 앞으로 다시는 커플과 같은 방에서 자나 봐라. 우라질!

낮에 돌아본 산타 마르타는 실망스럽다. 시내는 특별한 볼거리가 없고 커다란 항구까지 있어 해변과 물은 더럽다. 뭐가 좋다는 거지? 하지만 밤이 되자 상황이 달라진다. 거리에는 온갖 음식을 파는 노점상이 즐비하고 수많은 사람들이 밤늦게까지 거리를 돌아다녀 활기가 넘친다. 베네수엘라는 밤이면 거리에서 사람 보기 힘들었는데, 국경 하나 건넜더니 딴 세상에 온 것 같다.

알베르또 커플을 다시 만나 해변에서 맥주를 마시는데 갑자기 알베르또가 제안을 한다.

"제이, 클럽에 갈래? 거기서 너도 치까 한 명 꼬셔봐."

클럽? 난 그런 것 취미 없는데. 거기다 여자를 꼬셔? 그게 되겠어? 하지만 이 긴긴 밤을 뭐하며 보내리. 결국 적당한 곳을 알아보러 시내를 헤매기 시작했다. 그런데 사람이 바글바글하고 괜찮아 보이는 곳은 입장료를 내란다. 돈 내면서까지 가고 싶진 않은데. 결국 그냥 근처 바에 들어갔다. 그런데 여기가 바야, 클럽이야? 분명히 바인데 분위기는 클럽이다. 사람들은 테이블에 앉아 술을 마시지 않고 모두 일어나 땀범벅이 된 채로 춤을 추는데다 스피커에서는 끊임없이 귀가 찢어질 듯한 음악이 흘러나온다.

나중에 알게 되었지만 콜롬비아의 거의 모든 술집은 이런 분위기다. 춤을 죽도록 사랑하는 콜롬비아 사람들은 바건 클럽이건 모두 일어나 춤을 추면서 열정을 발산한다. 게다가 남녀노소 가리지 않고 모두 함께 어울려 춤을 춘다. 머리가 허연 할아버지와 아가씨가, 뚱뚱한 아줌마와 잘생긴 청년이 끌어안고 오로지 춤 자체를 즐기기 위해……

나도 그들 틈에 섞여 서툴게 몸을 움직이기 시작했다. 그런데 이 나라는 학교에서 온갖 춤을 가르치나보다. 살사, 메렝게, 삼바 등 음악이 바뀔 때마다 사람들의 스텝이 자유자재로 달라진다. 내가 아는 건 살사뿐인데. 에라, 모르겠다. 난 무조건 살사! 스텝이 뭐가 중요해. 내가 즐겁게 춤추고 있다는 사실이 중요하지. 신나게 놀자구!

알베르또는 예쁜 여자가 지나갈 때마다 나에게 말을 걸어보라고 툭툭 치지만 아그야, 내가 그런 걸 할 줄 알았으면 이때까지 장가 못 가고 솔로겠니? 우리나라에서 소위 '나이트 죽돌이' 선배들 따라 나이트 여러 번 가봤지만 '즉석만남'에 성공한 역사는 단 한 번도 없었다. 외모나 옷차림이 세련되지도 않고, 돈이 많아 보이지도 않고, 말로 여자를 꼬실 줄도 모르니까. 그런데 자정쯤 되었을까? 구석자리에 앉아 있던 예쁜, 그것도 정말 예쁜 콜롬비아 여자가 나를 뚫어져라 쳐다본다. 내가 아닌 다른 남자를 보는 걸로 생각했는데 고개를 돌려 눈이 마주치면 빤히 나를 보고, 눈이 마주치면 빤히 나를 보고. 나중엔 계속 쳐다봤더니 나를 바라보며 눈웃음을 친다. 용기를 내 여자애에게 나오라는 손짓을 살짝 하자 허걱, 진짜로 소파에서 일어나 나에게 오는 것이 아닌가! 소파에서 일어나 내 앞으로 다가오는 그녀의 모습을 보자 가슴이 콩닥콩닥 뛴다. 중남미 여자들 대부분이 가지고 있는, 커다란 튜브 같은 허릿살이 전혀 없는데다가 귀엽고 섹시한 얼굴에 세련된 단발머리, 몸매가 그대로 드러나는 민소매 티셔츠에 허벅지가 드러나는 핫팬츠. 세상에! 세상에! 내 인생에 이런 일이 생기다니! 하느님, 부처님, 알라여, 감사합니다! 역시 난 남미 체질이었나봐!

내 품 안에 쏙 들어오는 그녀를 안고 제정신이 아닌 채로 살사를 추고 있는데 갑자기 '레게톤 Reggaeton' 음악이 나오기 시작한다. 이 동네는 레게톤이 나오면 난리도 아니다. 여자는 남자에게 엉덩이를 들이밀고 비비면서 춤을 추는데 혹자는 "춤으로 섹스를 한다."고 표현하기도 한다. 아니나 다를까, 그 여자애도 갑자기 뒤로 돌아서더니 엉덩이를 쏙 내밀어 내 사타구니 쪽에 붙이고는 흔들어대기 시작한다. 아놔! 나보고 어쩌라고? 난 부비부비 같은 거 모르는데.

그렇다. 난 클럽이란 델 가본 역사가 없다. 후회가 몰려온다. 아, 진작 다녀볼 걸. 여자애는 엉덩이를 흔들어대지만 나는 리듬을 전혀 맞출 수가 없고 양손은 어디다 둬야 하는지, 두 다리는 또 어떻게 처리해야 하는지 도저히 모르겠다. 여자애는 뻣뻣한 나랑 춤추는 것이 재미가 없는지 몇 분 만에 실망한 얼굴빛으로 딴 남자에게 가버렸다.

쩝, 내가 하는 일이 늘 그렇지 뭐. 역시 "안에서 새는 쪽박 밖에서도 샌다."는 성현들의 말씀, 천번만번 지당하신 통찰이다. 이래서 세상은 부익부 빈익빈일 수밖에 없는 건가? 에라! 이, 멍청한 인간아. 고기도 먹어본 놈이 잘 먹는 법이랬다.

아흑, 나 돌아갈래. 뭐든 다 할 수 있을 것 같았던 그 시절로 나 돌려보내줘잉!!

자책과 탄식으로 물든 산타 마르타의 밤은 깊어가고 난 늘 그렇듯이 혼자 지친 몸을 이끌고 털레털레 숙소로 돌아왔다.

바다낚시는 힘들어

언젠가부터 바다낚시를 해보고 싶었다. 지구 반대편의 망망대해에서 홀로 낚싯줄을 늘어뜨리고 고독과 싸우며 물고기를 잡는다! 멋져 보이잖아. 헤밍웨이의 《노인과 바다》 필도 나고 말이지. 그래서 산타 마르타 인근에 있는 작은 어촌 타간가Taganga에서 시도해보기로 했다.

"16만 페소(9만 원)야."

뭐, 얼마라고? 이 동네 여행사들은 날 봉으로 생각하는 모양이다. 그깟 배 몇 시간 타는데 얼마? 작전을 바꿔 해변을 어슬렁거리다 손님이 별로 없는 식당을 골라 들어갔다. 음식 주문을 하고 나서 식당 아주머니에게 슬쩍 운을 띄운다.

"바다낚시 한번 하고 싶은데 어떻게 하면 될까요?"

"잘 찾아왔네. 우리 가게에 낚싯배가 있어요. 그 배를 타고 해요."

뻔한 거짓말이다. 보나마나 낚싯배 가진 사람을 중개해주고 커미션 먹는 것이겠지. 하지만 모르는 척 시치미 뚝 떼고 계속 중얼거렸다. 여행사에서 가격을 알아봤다고 하자 얼마였냐고 물어본다. 오케이~,

딱 걸렸어!

"10만 페소나 달라고 하길래 그냥 나왔죠. 너무 비싸지 않아요?"

아줌마, 나의 거짓말에 잠깐 고민하더니 가격을 부른다.

"그럼 우리는 7만 페소(4만 원)에 해줄게요."

그 정도면 좋아, 콜! 다음날 아침 일찍 낚시에 나섰다. 낚싯배 주인은 오스깔Oscar 아저씨. 올해 56세로 넉넉한 풍채와 아주 푸근한 인상을 가진 분이다. 낚싯배라고 해봐야 두 사람이 타면 꽉 차는 조그만 조각배. 나름 운치가 있네.

그런데 가는 날이 장날이라고 아침부터 날씨가 안 좋다. 요즘이 우기라지만 아침부터 오는 경우는 거의 없었는데 새벽부터 비가 내리고 파도가 거칠다. 이거 좀 심하게 울렁거리는데. 30분쯤 거친 바다를 뚫고나간 후 아저씨가 잡은 정어리를 미끼로 낚싯줄을 드리웠다. 한국에 있을 때 낚시 경력은 딱 한 번. 베네수엘라 로스 야노스에서는 그 바글바글한 피라냐를 한 마리도 못 잡은 쌩초보 낚시꾼에게 물고기가 잡혀줄까?

그런데 이게 웬일? 어설픈 초보에게도 금방금방 입질이 온다. 처음에는 10~15센티미터쯤 되는 작은 녀석들이 몇 마리 잡히더니 곧 20센티미터가 넘는 큰 녀석들이 올라온다. 캬, 내가 낚시 좀 하는구나!

하지만 기쁨과 자뻑도 잠시. 물고기를 신나게 끌어올리느라고 느끼지 못했지만 서서히 나를 덮쳐오는 그림자가 있었으니… 그건 바로 배. 멀. 미! 낚시하는 내내 몰아치는 비바람과 파도에 손바닥만한 조각배는 상하좌우로 롤러코스터처럼 요동치더니 마침내 멀미에 내가

잡히고 말았다. 나는 정어리를 놓아두고 직접 물고기 밑밥을 주기 시작했다. 우웨웩~~.

한참 밑밥을 주다 힘이 빠져 누웠는데 머릿속에 떠오르는 것은 본전 생각. 4만 원이면 4일치 숙박비잖아. 이대로 포기할 순 없어. 오기가 생겨 다시 줄을 드리웠다. 힘들게 밑밥을 준 덕분일까? 갑자기 이때까지 올라온 놈들과는 차원이 다른 묵직한 무게감이 느껴진다. 한참 동안 씨름한 끝에 끌어올린 녀석은 무려 35센티미터! 아싸, 마침내 월척이다! 하지만 그것으로 게임 끝. 나는 다시 쓰러지고 말았다. 어느새 시간은 정오를 지나고 바다는 잔잔해졌지만 처음 겪어보는 심한 배멀미에 일어날 수조차 없다. 아저씨는 장소를 옮겨가며 굵은 낚싯줄을 이용해 대어를 잡으려고 계속 노력하시는데 물고기는 다들 낮잠자러 갔는지 소식이 없다.

"아저씨, 이제 그만 돌아가죠. 저 더 이상 못 버티겠어요."

"진짜 큰 고기 잡아서 기념사진 찍고 싶다며. 조금만 기다려봐."

처음 출발할 때 신이 나서 했던 이야기를 기억하시는구나.

"아뇨, 이 정도면 충분해요. 이제 그만하죠."

숙소로 돌아와 배멀미 후유증에 쓰러져 있다가 저녁 무렵 멍한 머리를 이끌고 아저씨네 집으로 갔다. 낮에 잡은 물고기로 저녁을 만들어주겠다고 했기 때문이다. 이 고생을 하면서 잡은 물고기인데 맛은 봐야지. 아주머니가 맛깔스럽게 만드신 생선요리를 아저씨와 도란도란 이야기를 나누면서 먹으니 마치 집에서 밥을 먹는 것처럼 편안하다. 저녁을 먹고 나서 해변을 어슬렁거리자 눈부신 타간가의 석양이 지고 있다. 아름다운 석양을 멍하니 바라보고 있으니 고생한 기억이 씻은 듯이 사라지는 것 같다. 아, 정말 강렬한 하루였어. 하지만 바다 낚시는 이제 그만. 배멀미가 얼마나 심했는지 이후 며칠 동안이나 속이 울렁거리고 두통이 사라지지 않았다. 이런 경험은 한 번이면 충분해. 암, 그렇고 말고!

이상하고 신기한 미술관을 만나다

"다른 사람들 줄 서서 기다리는데 나도 줄 설게요."

"괜찮아. 넌 외국인이잖아. 택시기사가 숙소까지 데려다주니까 걱정하지 마. 택시비는 여기서 내면 끝이야. 도착해서 절대 더 내지 마."

여기는 콜롬비아의 수도 보고타^{Bogata}. 버스터미널에서 경찰 한 명에게 숙소까지 가는 방법을 물어보자 친절한 콜롬비아 경찰들이 단체로 나섰다. 경찰 네 명이 날 호위해서 택시 타는 곳에 데려가더니 엄청나게 긴 줄을 무시하고 제일 앞에 날 집어넣는다. 그리곤 한참 동안친절하게 설명을 해준다. 아, 이러면 안 되는데. 뒤통수가 뜨끈뜨끈하다. 콜롬비아 사람들은 참 개방적이고 호기심이 많다. 버스에서든 식당에서든 사람들은 좀처럼 보기 힘든 동양인 여행자를 거리낌 없이 빤히 쳐다본다. 그러다 눈이 마주치면 오랜 친구를 만난 것처럼 스스럼 없이 말을 걸어온다. 그런 것이 싫었냐고? 싫을 이유가 없지. 사무치는 외로움 속에서 혼자 여행하는 나에게 누군가가 관심을 가져준다는 사실만으로도 기분이 좋으니까.

　해발 2,640미터에 자리잡은 보고타의 10월 날씨는 우울했다. 우기라 매일 비가 내리고 비가 오면 기온이 뚝 떨어져 쌀쌀하다. 숙소에 도착해 몸무게를 재보니 세상에… 멕시코, 쿠바, 베네수엘라를 지나면서 무려 8킬로그램이 줄었다. 40도를 넘나드는 여름 날씨 속에 힘들게 여행했더니 몸이 엉망이 된 것이다. 지난 석 달간의 강행군으로 쌓인 극심한 피로 때문에 꼼짝도 못하고 침대에 쓰러졌다. 참 바보처럼 여행한 것 같아. 여행은 즐기려고 하는 것인데 이렇게 몸을 상하면서까지 돌아다녔으니. 하긴, 태어나 처음 길게 여행을 해봤는데 내가 뭘 알았겠어. 그냥 무작정 앞만 보고 달리고 또 달렸지. 여행이나 인생이나 맨땅에 헤딩해 머리 깨져봐야 배우는 것이 있나보다. 앞으로는 좀 여유 있게 여행해야지.

　그렇게 지난 여행을 돌아보며 며칠을 쉬자 내 몸과 함께 날씨도 좋

아진다. 비가 그친 보고타의 하늘은 아주 깨끗하고 아름답다. 하늘은 눈이 시리도록 파랗고 구름은 손을 뻗으면 닿을 듯 가까운 곳에 걸쳐 있다. 그뿐인가, 고풍스러운 건물들이 잘 보존된 보고타 중심가는 마치 몇백 년 전으로 돌아온 것 같은 착각을 일으킬 정도다. 나는 아름다운 보고타의 거리를 거닐다 지치면 길가의 카페에 앉아 커피 한잔의 여유를 즐겼다.

보고타는 황금 박물관을 비롯하여 많은 박물관과 미술관이 있는 것으로 유명하다. 그중 내가 가장 가보고 싶었던 곳은 보테로 미술관 Museo de Botero. 모든 사물을 뚱뚱하게 그리는 것으로 유명해 콜롬비아에서, 아니 남미에서 가장 유명한 예술가 중 한 명인 페르난도 보테로 Fernando Botero Angulo가 기증한 작품들을 모아둔 곳이다. 보테로 미술관을 찾아가자 뭔가 좀 이상하다. 매표소가 안 보인다. 아무래도 이상해 지나가던 직원을 붙잡고 물어봤다.

"실례지만 표는 어디서 사야 해요?"

"이 미술관은 공짜예요. 그냥 들어가세요."

이렇게 유명한 미술관이 공짜라고! 더 놀라운 것은 플래시만 쓰지 않으면 사진 촬영도 마음대로 할 수 있다는 사실! 직원의 설명으로는 보테로가 누구에게나 무료로 개방하는 조건으로 작품을 기증했다고 한다. 와, 정말 산뜻하신 분이구나. 공짜라는 말에 기분이 좋아져서일까? 그동안 가본 어떤 미술관보다 애정을 갖고 둘러본다. 사람이든 집이든 과일이든 모든 것을 뚱뚱하게 그려놓은 보테로의 그림들은 뭐랄까, 보고만 있어도 미소짓게 만든다. 모든 것이 통통하고 동글동글한 그림을 보고 있으면 마치 내가 동화 속 나라에 온 것 같고 세상의 모든 사물들이 부드럽게 느껴진다. 작품 하나하나를 자세히 보며 몇 시간 동안이나 돌아다녔다. 사람들은 날 보고 미친놈이라고 생각했겠지? 동양인 한 명이 혼자 히죽히죽 웃으며 돌아다녔으니.

갑자기 어떤 아저씨가 어린 딸을 데려와 내 옆에 세운다. "포또foto." 라고 말하면서. 나와 함께 딸의 기념사진을 찍고 싶으신 것이다. 나는 당황하지 않고 재빨리 무릎을 꿇어 딸과 눈높이를 맞춘 후 어깨동무를 하며 해맑게 웃는 얼굴로 포즈를 잡아준다. 콜롬비아에선 어딜 가나 이런 일을 자주 겪어서 전혀 어색하지 않다. 이렇게 모든 일에 적극적이고 긍정적인 콜롬비아의 국민성이 보테로의 그림에서도 나타난 건 아닐까. 그림을 보는 동안 내 몸과 마음이 스르르 이완되며 지난 몇 달간 쌓인 여행의 피로가 씻겨나갔다. 자신도 모르게 입가에 미소를 머금으며 안락한 행복감에 빠져버리는 그곳. 세상에서 가장 따사로운 미술관이 보고타에 있다.

5,125미터 고지를 향해 돌격!

"로스 네바도스 Los Nevados 투어를 해봐. 해발 5,000미터 넘게 올라갈 수 있거든. 그리고 온천도 꼭 다녀와."

이곳은 마니살레스 Manisales. 콜롬비아 중부에 있는 해발 2,100미터의 산악도시다. 밤늦게 숙소에 도착해 내일 뭘 할까 고민하는데, 독일 여행자 한 명이 로스 네바도스 투어를 추천한다. 5,000미터라… 난 등산을 싫어해서 10년 넘게 관악산 옆에 살면서 단 한 번도 올라가본 적이 없었다. 하지만 이곳은 남미. 이때가 아니면 언제 그렇게 높은 곳까지 올라가볼 기회가 있겠나. 4,800미터까지는 버스로 올라간다고 하니 힘도 많이 안 들 것 같다. 한국에 돌아가면 "나 5,000미터 넘게 올라가봤어."라고 자랑할 수 있을 것도 같고. 바로 투어를 예약했다.

아침 일찍부터 투어는 시작되었다. 오늘 가는 곳의 정식 명칭은 로스 네바도스 국립공원 Parque Nacional Los Nevados. 안데스산맥에 있는 국립공원으로 5,300미터 높이의 네바도 델 루이스 Nevado del Ruiz 화산이 있는 곳이다. 투어용 미니버스에 탄 사람은 스물다섯 명. 나를 빼고는 모두 콜롬비아 사람들이다. 오늘도 나는 호기심의 대상. 모두 흘끔흘끔, 그러다 조금 시간이 흐르자 고개를 돌려 빤히 나를 쳐다본다. 아침을 먹기 위해 식당에 가자 기다렸다는 듯이 질문 공세가 이어진다. "어디서 왔니?" "얼마나 여행했니?" "다음에 어딜 가니?"라는 1단계 질문부터, "콜롬비아 여자는 마음에 드니?" "한국 여자가 예쁘니, 콜롬비아 여자가 예쁘니?" "콜롬비아 여자와 결혼해서 여기 사는 건 어때?"라는 농담 반 진담 반 질문까지. 이젠 웃으며 "콜롬비아 여자들은 모두 예뻐서 누굴 골라야 할지 모르겠어요."라고 받아칠 만큼 익숙해졌다. 밖으로 나오자 이번엔 함께 기념사진을 찍자는 사진 공세. 하여간 콜롬비아 여행하는 내내 연예인이 된 기분이라니까.

버스는 단숨에 해발 4,500미터를 넘어 계속 올라간다. 그러자 날씨는 추워지고 산소 부족 때문에 머리가 아프기 시작한다. 벌써 머리가 아프면 어쩌지? 살짝 겁이 난다. 한참을 더 달린 버스는 해발 4,800미터에서 멈춘다. 여기서부터는 걸어서 올라가야 한다. 숨쉴 때마다 가슴이 답답하고 몸의 움직임은 눈에 띄게 느려졌다. 올라갈수록 길은 험해지고 경사는 급해지고, 오전 내내 짙었던 구름은 어느새 진눈깨비로 변해 사정없이 온몸에 쏟아진다.

너무 만만하게 생각했나? 운동화에 긴팔티셔츠, 바람막이 점퍼 하나가 전부. 모자와 장갑은 가져올 생각도 하지 않았다. 이제 해발 5,000미터. 다리는 무거워지고 조금만 걸어도 숨이 가빠오고 두통 때문에 머리는 터질 것 같다. 구름 때문에 앞이 잘 보이지 않고 눈 덮인 가파른 비탈길은 보기만 해도 아찔하다. 한참을 올라가다 주위를 보

나 홀로, 정상까지!

니 어느새 다른 일행들은 보이지 않는다. 일행을 기다릴까 했지만 정상에서 기다리면 될 것 같아 계속 올라가다보니 어느 순간 평평한 고갯마루가 펼쳐진다. 고갯마루에 있는 표지판엔 '해발 5,125미터'라고 적혀 있고 옆으로 해발 5,300미터의 산 정상이 보인다. 관악산도 한 번 올라가본 적 없는 내가 여기까지 올라오다니! 스스로 대견하고 뿌듯하다. 그런데 30분 넘게 기다려도 다른 일행은 올라오지 않는다. 이거 나만 놔두고 가버린 것인가? 혹시 내가 엉뚱한 길로 올라왔나? 온갖 생각이 든다. 아무래도 불안해. 빨리 내려가야겠어. 그런데 내려가는 길은 올라오는 것보다 훨씬 힘들다. 가파른 눈길에서 한 번 넘어지면 계속 미끄러져 내려간다. 추위 때문에 점점 다리와 손의 감각이 없어진다. 그때 가이드 한 명이 헉헉거리며 올라오다 내게 말을 한다.

"이제 내려와? 다른 일행은 모두 주차장에서 기다리고 있어."

날씨가 안 좋아 모두 중간에서 내려갔단다. 이런, 모두 기다리고 있겠네. 민폐 끼치기 싫어 달리기 시작했다. 이 높은 곳에서 달리자 다리가 땅에 닿는지 공중에 떠 있는지 모르겠고 머리와 가슴은 터질 것 같다. 겨우 주차장에 도착하니, 나 하나 때문에 한참을 기다렸던 일행들이 모두 반갑게 맞아준다.

"잘 다녀왔어? 시간 많이 걸렸네. 고생했어."

"정상까지 다녀왔어? 우린 중간에 포기하고 내려와서 놀았어."

하, 너무 반갑게 맞아주니 늦게 내려온 것이 더 미안해진다. 다음으로 간 곳은 노천온천. 그런데 사람들은 발만 담그고도 뜨겁다고 난리를 친다. 진짜 뜨거운 거야? 발을 넣어보니 우리나라 목욕탕 온탕정도다. 아무래도 이 몸이 나서야겠네. 수영복으로 갈아입고 단번에 몸 전체를 물에 넣어버리자 난리가 났다. "안 뜨겁니?" "화상 안 입었니?" 등등. 내가 시범을 보이자 사람들은 호스로 차가운 물을 뿌려가며 조심조심 들어온다. 그래서 다시 한 번 뜨거운 물이 나오는 곳 옆에 가서 있었더니 다들 '슈퍼 한국인'이라며 놀라워한다. 이 먼 콜롬비아에서 한국의 이름을 드날렸다. 하하하!

힘들지만 즐거운 하루를 보내고 숙소로 돌아오는 길. 하루 동안 동행했던 콜롬비아 사람들은 "여행 잘해." "건강해." "다음에 꼭 만나."라며 한 사람 한 사람 일일이 나에게 인사를 한다. 처음으로 해발 5,000미터 넘게 올라간 날. 하지만 그 사실보다 콜롬비아 사람들의 배려와 관심이 더 기억에 남는 하루였다.

진한 콜롬비아 커피향 속으로

콜롬비아에서 내가 가장 좋아한 것이 뭐냐고? 예쁜 콜롬비아 여자?
밤새 춤출 수 있는 바? 아니다. 내가 가장 좋아한 것은 바로 콜롬비아
커피. 매일 카페에 앉아 마시는 환상적인 맛과 향의 커피 한잔은 콜롬
비아 여행 최고의 즐거움이었다. 특히 내가 사랑해 마지않는 콜롬비
아의 스타벅스 '후안 발데스 까페^{Juan Valdez Cafe}'의 커피는 감동 그 자체
였다.

커피의 나라에 왔으니 커피 농장에 한번 가보기로 했다. 마니살레
스의 숙소에서 소개해준 곳은 친치나^{Chinchina}라는 작은 마을에 있는
한 커피농장. 커다란 농장 안으로 들어가자 산 전체가 커피나무다.

"안녕, 난 호세라고 해. 너 온다는 연락 받았어."

그런데 호세는 영어를 못한단다. 영어를 할 줄 아는 가이드는 이미
다 나갔다고. 아직 스페인어는 절반 정도밖에 알아듣지 못하는데. 선
택의 여지가 없으니 할 수 없지. 먼저 들른 곳은 커피 모종을 키우는
곳. 이곳에서 재배하는 커피 종은 '발리에닷 콜롬비아^{Variedad Colombia}'인

데 약 100일간 키운 후 농장에 옮겨심는다. 커피나무는 2년 정도 자라면 수확할 수 있고, 5년간 수확한 후 줄기 중간을 자른다. 자른 곳에서 다시 싹이 나오기 때문에 2년간 자라면 다시 5년간 수확이 가능하다. 두 번까지 잘라낼 수 있기 때문에 커피나무의 총 수명은 21년, 커피 수확이 가능한 기간은 15년이란다.

"그럼 수확은 언제 해?"

"보통 9월에서 12월 사이. 일 인당 하루에 50킬로그램 정도 수확해."

슬그머니 딴 생각이 난다. 여기서 커피나 따볼까?

"음, 내가 여기서 커피 수확하면 공짜로 잘 수 있어?"

"하루에 50킬로그램만 채우면 재워주고 밥까지 줄게. 하하하. 하지만 쉽지 않을 걸!"

하긴, 이 조그만 열매로 50킬로그램 채우려면 몇 개나 따야 할까? 계산이 안 된다, 계산이. 농장 구경을 마친 후 호세는 식당으로 나를 데려가더니 커다란 통의 뚜껑을 열고 향기를 맡아보라고 한다. 얼마 전에 수확해 오늘 아침에 로스팅한 원두다. 온몸을 감싸는 그 신

한 잔의 커피로 거듭나기까지,
원두는 수많은 탈각의 과정을 거친다.

선하면서 강한 향에 술을 몇 병 마신 듯 취한 기분이 든다. 하루 종일 이 통에 코를 박고 싶을 정도다. 호세는 그 원두를 즉석에서 갈아 진한 커피를 만들어줬고 난 잔디밭에 앉아 농장을 바라보며 커피를 마셨다. 내가 느낀 바로는 과테말라 안티구아 커피는 은은한 향은 최고지만 마신 후 입안에 감도는 맛이 약한 편이었다. 그에 비해 콜롬비아 커피는 향과 맛이 조화를 이룬다고 할까? 확실히 다른 나라에서 마셨던 커피와는 느낌이 다르다.

콜롬비아를 여행할 기회가 있다면 꼭 커피 한잔의 여유를 즐겨보시라. 커피잔에 붙은 상표가 아니라 커피 자체를 즐기는 사람이라면 커피가 이렇게 다를 수도 있다는 사실을 새삼 깨달을 것이다. 자신 있게 말하건대, 내 콜롬비아 여행 최고의 즐거움은 바로 커피였다.

에콰도르

흥겨움이 넘치는 오타발로 주말시장 라틴 아메리카의 슬픔과 아픔 재영이가 절벽에서 떨어진 날 지붕 열차라고 들어보셨어요?

EQUADOR

수도 키토^{Quito}

인구 1,400만 명

화폐 미국 달러^{USD}. 당연히 ATM에서도 달러가 나온다. 100달러 같은 고액권은 잘 받지 않기 때문에 20달러 이하 지폐를 준비하는 것이 좋다.

치안 키토를 제외하고는 비교적 안전한 편이지만, 버스·식당·터미널 같은 곳에서 가방을 훔치는 도둑이 많으므로 소지품 관리에 주의할 것.

Must See 키토의 과야사민 미술관 두 곳, 오타발로의 주말시장, 바뇨스에서 액티비티 즐기기, 리오밤바의 지붕열차(현재 운행 중단 중).

흥겨움이 넘치는
오타발로 주말시장

한참을 기다려 여권에 도장을 받고 에콰도르 국경사무소를 나오자 에구! 몸이 내 몸이 아니다. 팔 다리 허리 할 것 없이 모두 시큰거린다. 이곳은 에콰도르의 국경도시인 툴칸Tulcan. 콜롬비아 포파얀Popayan에서 국경으로 가는 버스를 탔는데 이놈의 버스가 이때까지 내가 타본 버스들 중에 가장 좁은 버스였다. 무릎이 앞좌석에 닿아 다리를 펼 수도, 좌석을 뒤로 젖힐 수도 없었다. 군대에 막 들어온 신병처럼 90도로 허리를 꼿꼿이 세운 채 에어컨이 없는 무더운 버스를 9시간 동안 탔더니 온몸이 쑤신다. 버스, 정말 지긋지긋하다. 국경사무소를 나오자 어디로 가야 할지 모르겠다.

사실 이번 여행을 준비할 때 에콰도르에 대한 계획은 전혀 없었다. 콜롬비아와 페루에 대한 이야기는 들어봤지만 에콰도르는 생각해본 적도 없고 어떤 정보도 가진 게 없다. 내 머릿속에서 에콰도르는 콜롬비아에서 페루로 가는 길에 어쩔 수 없이 지나쳐야 하는 조그만 나라일 뿐이었고, 최대한 빨리 광속으로 돌파해야겠다고 생각하고 있었다. 그런데 문득 어젯밤 포파얀에서 같은 방을 썼던 스위스 애가 한 말이 생각난다.

"에콰도르로 간다고? 그럼 오타발로 Otavalo 주말시장에 한번 들러 봐. 정말 멋져."

콜롬비아에서 마약과 매춘한 경험을 계속 자랑하던 녀석의 말이라 신빙성은 떨어지지만 한번 믿어보자. 마침 내일이 토요일이니 잠깐 시장 둘러보고 오후에 에콰도르 수도인 키토 Quito로 넘어가야지. 오타발로에 도착해 숙소를 잡고 저녁을 먹기 위해 밖으로 나오자 이게 무슨 냄새? 광장 주변에서 연기가 무럭무럭 나면서 익숙한 냄새가 난다. 가까이 가서보니 노점상들이 숯불로 무엇인가를 굽고 있다. 응? 자주 보던 것인데. 허걱, 저건 곱창이잖아! 그것도 우리나라에선 비싼 소곱창! 먹음직스럽게 구워지는 곱창, 대창, 막창에선 기름이 뚝뚝 떨어지고 주변은 온통 연기와 냄새로 가득하다.

"아주머니, 이거 얼마예요?"

"한 그릇에 1.5달러. 아주 맛있으니 먹어봐요."

눈물이 날 것 같다. 소곱창 구이가 우동그릇 한가득에 1.5달러라니! 바로 한 그릇을 사서 원샷! 이게 얼마 만에 먹어보는 한국의 맛인지. 숯불에 제대로 구워서 곱창은 쫄깃쫄깃하고 훈제 맛까지 나는 것이 아주 예술이다. 음식 하나에 이렇게 행복해질 수 있다니! 행복이란 거, 정말 별 것 아니다.

날 행복하게 해준 음식은 곱창만이 아니다. 숯불에 구운 닭다리, 닭똥집, 돼지고기 꼬치구이부터 우리나라 닭백숙과 거의 똑같은 닭수프까지. 콜롬비아와 베네수엘라는 튀긴 음식이 많아 느끼한 음식을 싫어하는 내 입맛에 잘 맞지 않았는데, 에콰도르 음식은 매우 훌륭하다. 여행자는 아주 단순하다. 음식 하나로 에콰도르 너, 완전 마음에 드는데.

기분 좋게 포식한 후 맞이한 토요일 아침. 창문을 열어보니 벌써 광장 가득 천막들이 들어찼다. 이런 나라에 뭐 별 것 있겠어? 별 기대 없이 시장 구경에 나섰는데…….

막상 돌아보니 이거이거, 규모가 장난이 아니다. 광장뿐만 아니라 인근 도로까지 가게들이 가득 차 있다. 진열된 물건들은 더 놀랍다. 과테말라는 시장이 큰 것으로 유명하지만 물건들이 조잡하고 싸구려처럼 보여서 사고 싶은 마음이 생기지 않았는데, 이곳에서 파는 물건들은 상당한 수준이다. 알파카 털로 만든 셔츠와 목도리, 깃털이나 천으로 만든 전통공예품, 나무껍질로 만든 에콰도르의 전통 파나

마^{Panama} 모자. 한 걸음 한 걸음 옮길 때마다 어떻게 이렇게 마음에 쏙 쏙 드는지. 짐이 많아도 별 상관없는 단기여행자라면 몽땅 사서 가져 가고 싶을 정도다.

특히 나에게 극심한 뽐뿌질 충동을 일으킨 것은 은과 예쁜 돌로 만 든 목걸이와 팔찌. 정교하면서 세련되고 디자인이 독특하다. 정신없 이 시장을 구경하다보니 배가 출출하다. 길거리에 널린 수많은 먹을 거리 중에 어떤 것을 먹을까 돌아보는데, 하나가 눈에 번쩍 띈다. 저 건 내가 아주 환장하는 통돼지구이잖아!

"아주머니, 이건 이름이 뭐예요?"

"오르나도^{Omado}예요. 한 접시에 1달러예요."

크흑, 감동의 폭풍이 몰려온다. 1달러에 이 맛있는 걸 먹을 수 있 다니. 여긴 정말 1달러면 행복까지 살 수 있을 것 같다. 나는 1달러짜 리 푸짐한 통돼지구이를 먹은 후 사과 열 개를 1달러에 사서 우걱우걱

씹어먹으며 배부른 돼지가 되어 거리를 돌아다녔다. 거리의 사람들은 대부분 원주민인 인디오. 인디오 전통복장을 입고 시장 한 귀퉁이에 앉아 도란도란 이야기 꽃을 피우는 아주머니들의 모습은 우리네 시골 장터를 보는 것 같아 마음이 푸근하다. 에콰도르, 전혀 기대하지 않고 온 곳인데 하루 만에 폭 빠져버렸다. 딱! 내 스타일이야.

라틴 아메리카의 슬픔과 아픔

우울하다. 하늘도 도시도 기분도 우울하다. 하루 종일 흐린 에콰도르의 수도 키토의 하늘은 심술이 나는지 수시로 비를 토해냈고, 축축한 공기와 어딘가 음산한 도시 분위기는 기분까지 처지게 만든다. 적도에 있는 도시지만 해발 2,850미터라 기온이 낮고 비가 계속 와서 추울 정도다. 고풍스럽다는 올드타운도 글쎄, 특별한 볼거리가 없어 며칠간 할 일 없이 빈둥거렸다. 내리는 비에 축 늘어져 지내다 무거운 엉덩이를 일으켜 찾아간 곳은 과야사민 미술관 Museo Guayasamin. 과야사민이 누군지는 전혀 몰랐지만 에콰도르 화가 중 제일 유명한 사람이라고 하길래 한번 가보기로 한 것이다.

한참을 헤매다 겨우 도착한 과야사민 미술관. 근데 여느 미술관과 다르게 미술관이 아니라 큰 개인 주택에 온 것 같다. 넓은 마당에는 조각과 나무들이 있고 주택이 미술관으로 사용되고 있다. 건물 내부도 주택처럼 편안한 분위기이고 천장에서 들어오는 자연채광을 쓰는 덕에 인공조명을 사용하는 다른 미술관에 비해 작품들의 원래 색을 그대

오스왈도 과야사민|Oswaldo Guayasamin

로 감상할 수 있다. 미술관이 아니라 그림이 잘 전시된 카페에 온 듯한 느낌? 왜 이렇게 미술관을 만들었는지 궁금해 직원에게 물어봤다.

"여긴 예전에 과야사민이 살던 집을 개조해서 만든 곳이에요. 운영은 정부가 아니라 과야사민 재단이 하고 있어요."

그래서 이렇게 편안하고 친근하게 느껴지는구나. 그런데 과야사민의 그림들은 모두 우울하다. 사람들은 말라서 뼈만 앙상하고 표정에선 절망감이 묻어난다. 색조마저 어두워 우울감을 강조한다. 음산한 키토 시내에서 며칠을 지내다 기분을 좀 풀어보려고 왔는데 이곳 그림들은 내 마음을 더 가라앉게 만든다. 도대체 무엇을 표현하려고 한 것일까?

다음날, 과야사민의 대형 작품들이 주로 전시되어 있다는 또 하나의 미술관, 까삐야 델 옴브레Capilla del Hombre를 찾아갔다. 거대한 사각형 건물 안으로 들어서자 와우! 그야말로 초대형 작품들이 전시되어 있다. 멕시코의 벽화만큼이나 큰 대형 그림들이다. 이곳의 작품들은 어제 본 것보다 더 음울하다. 피눈물 흘리는 사람들, 깡마르고 슬픈 표정의 아이들, 죽은 아이를 끌어안고 있는 어머니, 피가 흐르는 강……. 아, 이곳의 작품들을 보니 이제야 과야사민이 표현하려고 했던 것이 무엇인지 알겠다. 과야사민은 '라틴아메리카의 슬픔과 아픔'을 표현하고자 했던 것이다. 그래서 그림 속의 모든 등장인물은 착취를 당해 깡말라 있고 피를 흘리며 고통 속에서 괴로워하고 있었다. 수백 년간의 식민 지배를 거치면서 모든 것을 빼앗기고 슬픔 속에서 살아온 라틴아메리카 사람들의 과거와 현재가 그림 속에 고스란히 담겨 있는 듯하다.

같은 고통을 겪은 멕시코의 벽화들과는 확실히 다르다. 멕시코의 벽화들은 지배자에 대한 분노와 복수심, 자유를 향해 끓어오르는 열정을 표현했다. 그래서 그런지 벽화를 보고 있으면 나 또한 흥분이 되고 가슴이 뛴다. 하지만 과야사민의 작품 어디에도 분노나 열정은 없다. 고통받고 슬픔 속에서 괴로워하는 사람들의 모습이 있을 뿐이다. 국민성의 차이 때문일까? 아니면 과야사민의 성장환경 때문일까? 아마 둘 다 영향을 끼쳤을 것이다. 원주민이 많은 에콰도르 사람들은 다른 나라에 비해 소극적이고 어딘가 움츠린 듯한 느낌을 많이 준다. 과야사민은 가난한 인디오 집안의 10남매 중 맏아들이었다고 한다. 이런 국민성과 성장환경이 그에게 분노가 아닌 슬픔과 아픔을 표현하

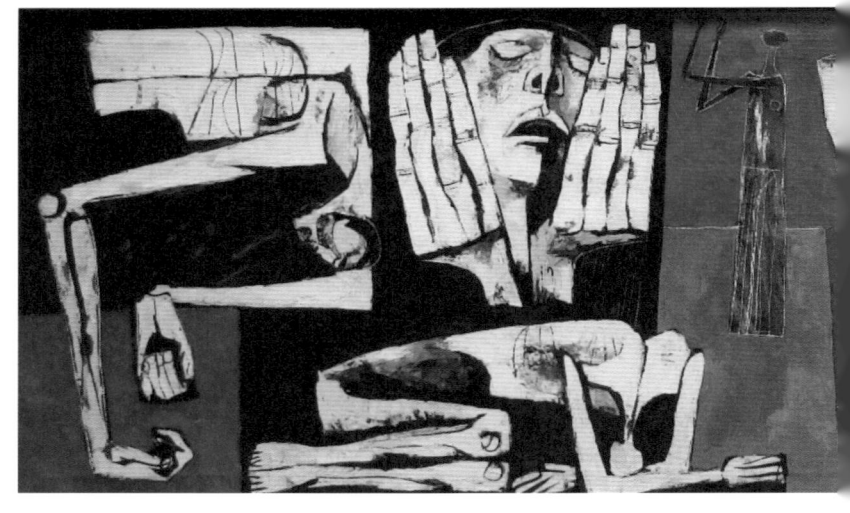

게 한 것은 아닐까? 과야사민의 작품들을 본 후 나는 깊은 생각에 잠겼다. 라틴아메리카의 미술은 이때까지 많이 본 서양 미술과 확연히 다르다. 유럽에서 그 유명하다는 피카소, 고흐 미술관 같은 곳을 갔을 때도 나는 시큰둥했었다. 그들은 작품에 감정을 담아 사람들의 마음을 움직였다기보다 새로운 기술적 시도를 했기 때문에 유명해진 것이었고, 그래서인지 그들의 작품에 전적으로 공감을 하기가 어려웠다. 모네가 사람들을 그릴 때 빛을 표현하기 위해 색칠을 다르게 했건, 피카소가 사람 앞모습과 뒤통수를 같이 그렸건 무슨 상관이 있단 말인가? 피카소의 〈게르니카〉 같은 일부 작품을 제외하고는 그들이 처한 역사와 현실, 감정을 느끼기는 힘들었다.

하지만 라틴아메리카의 미술은 다르다. 서양 미술처럼 기교와 형식

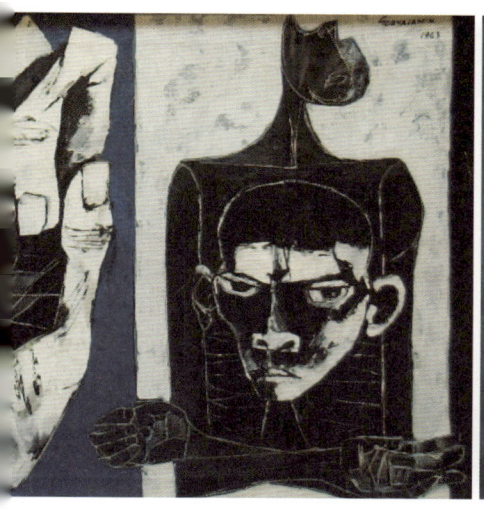

에 치우치지 않고 그들의 역사와 현실, 분노와 열정, 슬픔과 아픔을 표현하고 있다. 어쩌면 그렇기 때문에 내가 그들의 작품에 더 깊이 공감하는 것일지도 모른다. 개인주의에 빠져 있는 서양인들이 볼 때는 그들의 작품이 대단하겠지만, 내 눈에는 라틴아메리카의 그림이 훨씬 감명 깊고 매력적이었다.

그럼 우리네 예술품들은 어떨까? 왜 라틴아메리카보다 훨씬 잘살고 발전해 있는 우리나라의 예술 작품들은 그들처럼 세계에서 인정을 못 받는 것일까? 우리나라 예술가들은 우리의 역사적 전통과 현실, 감정을 표현하는 것이 아니라 철 지난 서양 예술을 모방하기에 급급하기 때문은 아닐까? 퇴락한 모더니즘의 바짓가랑이를 붙잡고 '예술을 위한 예술'을 주창하면서 형식주의에 빠져 자기만족만 하고 있는 것은 아닐까? 우리의 예술과 문화는 서양의 꽁무니만 따라다니다가 수천 년엔 걸친 역사와 문화, 그리고 우리 자신만의 특성을 잃어버린 것은 아닐까? 뭐, 나야 예술가도 문화평론가도 아닌 그저 여행을 좋아하는 공돌이 출신 회사원이었을 뿐이다. 하지만 그동안 전혀 알지 못했던 중남미의 역사와 문화를 접하고 나자, 서양 문명을 흉내내기에만 바쁜 우리 문화의 현실이 초라하게 느껴진다.

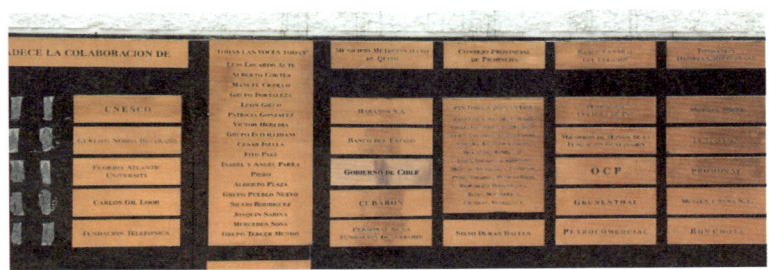

　마지막으로 하나 더. 까삐야 델 옴브레의 담에는 조그맣고 가난한 나라의 한 미술가를 위해 기부를 한 수많은 국가, 기업, 개인의 이름이 붙어 있다. 칠레와 쿠바 정부, 유네스코, 미국의 대학들까지. 이렇게 기부받은 돈으로 과야사민을 위한 미술관을 건립한 것이다. 언젠가는 우리나라에서도 이런 미술관을 볼 날이 오겠지?

재영이가 절벽에서
떨어진 날

"뭐! 산악자전거? 오늘 승마하러 간다고 하지 않았어?"

"계획을 바꿨어. 리비Libby와 오스까Osca도 가는데 너도 같이 가자."

이곳은 바뇨스Baños. 키토에서 남쪽으로 세 시간 거리에 있는 산속의 작은 마을이다. 아침을 먹으려고 숙소를 나서다 어제 래프팅을 함께 했던 쉐이Shey와 리비를 만났다. 둘 다 미국에서 온 여대생이었는데 큰 덩치에 어울리지 않게 조용한 쉐이와 자그마한 몸에도 끊임없이 수다를 떠는 리비는 죽이 잘 맞는 한 쌍이었다. 어젯밤 래프팅 가이드였던 오스까와 함께 맥주를 마실 때 승마를 한다고 하더니 계획이 바뀐 모양이다. 하지만 산악자전거라……. 산크리스토발에서 겪었던 죽음의 산악자전거 악몽이 생각난다. 자전거는 다시 안 타고 싶은데.

"트럭으로 정상까지 올라간 후 자전거 타고 내려올 거야. 오르막이 없어 안 힘들어."

트럭을 타고 올라간다고? 그럼 괜찮을 것 같다. 그래, 혼자 걸어서 산에 있다는 폭포를 다녀오려고 했는데 그것보다야 재미있겠지. 오케이, 다시 한 번 자전거에 도전! 이렇게 갑자기 아침도 먹지 않고 산악 자전거를 타게 되었다. 오스까 친구네 가게에서 자전거와 트럭을 빌려 나오는데 갑자기 오스까가 날 부른다.

"제이, 자전거 헬멧 가져가."

"헬멧? 귀찮은데. 난 원래 헬멧 잘 안 쓰는데 그냥 타면 안 돼?"

오스카는 정색을 하며 거듭 말한다.

"그래도 조심해야지. 자, 가져가."

투덜거리며 헬멧을 받아들고 트럭 짐칸에 앉아 산을 올라가기 시작했다. 산 위로 올라가자 사방이 높은 산으로 둘러싸인 바뇨스의 풍경이 그림처럼 펼쳐지고, 저만치 해발 5,000미터인 퉁구라와^{Tungurahua} 화산의 만년설이 보인다. 비포장도로를 한 시간쯤 달린 트럭은 라스 안테나스^{Las Antenas}라고 바뇨스 마을 뒷산(?) 정상에 도착했다. 말이 동네 뒷산이지 해발 3,700미터쯤 되는 곳. 여기서 해발 1,800미터에 있는 바뇨스까지 표고차 거의 2,000미터를 자전거로 내려가는 것이다. 자, 트럭에서 내려 모두 함께 출발! 그런데 이게 뭐야? 오르막이잖아? 내리막이라며, 내리막! 오르막 싫어!

"오스까, 왜 올라가는 거야? 내려가기만 한다고 했잖아!"

"조금만 올라가면 내려가게 될 거야. 잠깐만 참아."

그래, 한 번만 믿을게. 산크리스토발에서 만났던 피터처럼 약간만 오르막이라고 해놓고 10킬로미터씩 올라가면 각오해. 뒤통수를 쌔려 줄 테니까. 다행히 오르막은 경사가 완만해 힘들지 않다. 30분쯤 오르자 기다리던 내리막이 나왔다. 야호! 이제부터는 그냥 지르는 거야!

그대로 신나게 질주하기 시작. 하지만 산악자전거 초보가 비포장 산길을 내려가는 건 쉬운 일이 아니었다. 바로 옆은 깎아지른 절벽이고 길에는 돌이 많이 있어 조금만 실수하면 넘어지거나 절벽 쪽으로 떨어질 수도 있다. 그렇게 얼마쯤 내려갔을까? 아침부터 산을 감싸던 자욱한 구름이 걷히면서 아름다운 풍경이 보이기 시작한다. 잠시 넋을 잃고 바라보던 그 순간 앗, 돌에 걸려 바퀴가 미끄러진다. 급히 브레이크를 잡았지만 하필이면 여긴 커브 구간. 난 그만 자전거와 함께 절벽으로 날아가버렸다.

순간 머릿속에 '아, 죽었구나.' 하는 생각이 스친다. 하지만 그 생각도 잠시, 난 곧바로 얼굴부터 땅에 처박히고 말았다. 다행히 내가 떨어진 곳은 절벽이 아니라 경사가 심한 비탈이어서 무성한 나무에 걸린 것이다. 머리부터 떨어진 충격 때문에 목과 어깨가 엄청나게 쑤시고 팔에는 여기저기 긁혀 상처가 났지만, 다행히 헬멧이 내 머리 대신 깨져준 덕분에 크게 안 다쳤다. 오스까가 헬멧 챙겨주지 않았으면 정말 큰일 날 뻔했다. 몇 분 뒤에야 겨우 정신을 차려 다시 산길로 올라왔다. 내가 제일 뒤에서 달렸기 때문에 다른 일행들은 조금 떨어진 곳에서 기다리고 있다.

"무슨 일 있었니?"

"커브를 돌다 절벽으로 떨어졌는데 나무에 걸려 살았어."

다들 어이가 없다는 표정이다. 하긴, 죽을 뻔했다는 놈이 생글생글 웃으며 말을 하고 있으니. 그래, 웃으면서 말해야지. 죽지 않고 살았으면 됐지 뭐. 중간중간 쉬면서 일행들과 수다를 떨거나 사진을 찍으

며 산을 내려왔다. 온통 푸른 산과 계곡, 그곳에 밭을 일구며 사는 에
콰도르 사람들. 익숙하고 평화로운 풍경. 마치 내 고향에 돌아온 것
같은 기분이 든다.

부산에서 고등학교까지 다니긴 했지만 내 고향은 지리산 밑에 있는
함양이다. 태어나자마자 부산으로 이사를 갔던 나는 고등학교 때까지
는 일년에 몇 번씩 함양에 놀러가서 농사짓는 큰집 일을 돕기도 하고 개
울에서 물고기와 다슬기를 잡으며 놀았다. 그러다 고등학교 2학년 때
갑자기 아버지가 돌아가셨고, 장례를 치르기 위해 함양에 갔었다. 큰집
뒷산에 아버지를 묻는 날, 장대비가 쏟아졌다. 그 빗속에서 나는 정말
서럽게 울었다. 그리고 서울에 올라온 뒤로는 고향을 찾지 않았다.

지구 반대편 에콰도르는 10년 넘게 잊고 지낸 고향을 떠올리게 해

몸과 마음 모두를 녹이는
바뇨스의 상징, 온천.

주었다. 산과 계곡 속에서 농사를 짓는 소박한 사람들과 해맑게 웃는
아이들. 자전거를 타고가면서 보는 풍경 하나하나가 너무나 사랑스럽
다. 산 아래로 내려오자 온통 목장지대. 소들은 산에서 자유롭게 풀을
뜯고 말과 당나귀가 여기저기 있다.

　산악자전거를 마치고 피로를 풀기 위해 바뇨스의 명물, 노천온천으
로 갔다. 사실 '바뇨스'라는 이름 자체가 스페인어로 온천이라는 뜻.
이곳의 온천은 뜨겁지는 않지만 천연미네랄이 함유돼 노란색을 띤다.
온천 바로 옆 절벽에선 높이가 30미터는 되어 보이는 폭포가 쏟아지
고 있다. 오늘 산악자전거를 함께 탄 친구들과 함께 따뜻한 온천에 몸
을 담그고 폭포 소리를 들으며 멀리 하늘을 붉게 물들이는 석양을 바
라보니 더 이상 바랄 것이 없다.

　이곳 바뇨스는 정말 마음에 든다. 산속에 있는 아주 작은 마을. 마

을 끝에서 끝까지 걸어서 10분이면 충분할 정도로 작다. 그리고 그 작은 마을엔 여행자를 위한 숙소, 식당, 카페, 여행사가 넘칠 정도로 있는 관광지다.

하지만 바뇨스에는 관광객들이 많이 몰리는 곳에서 풍기는 상업성이 없다. 방을 보러 들어갔다가 마음에 안 들어하는 나에게 어떤 가격과 조건의 방을 원하느냐고 물어본 후 다른 숙소 위치를 친절하게 가르쳐주던 숙소 주인. 식당에 자리가 없어 기다리는데 자기 자리를 양보하며 에콰도르를 찾은 손님이 먼저 앉아야 된다고 말하던 인상 좋은 아저씨. 시장 좌판에 앉아 밥을 먹다가 다른 음식에 대해 물어보자 맛을 보라고 건네며 상냥하게 웃던 시장 아주머니. 여행객의 돈을 빨아먹으려고 혈안이 된 다른 관광지 사람들의 모습을 이곳에서는 만나기 힘들다. 베네수엘라의 자연처럼 멋진 풍경도, 콜롬비아 클럽의 밤처럼 뜨겁지도 않지만 마치 고향에 온 듯 평안했던 그곳, 바뇨스다.

지붕 열차라고 들어보셨어요?

어휴, 시장은 항상 정신이 없다. 늘 북적거리고 온갖 물건과 사람들로 가득하다. 그래서 언제 가도 정겨운 곳이지만. 차마 발걸음이 떨어지지 않던 바뇨스를 떠나 도착한 곳은 리오밤바^{Riobamba}. '악마의 코^{Nariz del Diablo}'로 가는 기차가 출발하는 곳이다. 터미널에 도착하자 바로 옆에 큰 시장이 있다. 아무리 급해도 빼놓을 수 없는 것은 시장 구경. 배도 출출한데 시장의 먹을거리는 싸고 맛있으니까. 뭘 먹을까 둘러보는데 음식 하나가 눈에 확 들어온다. 저건 순대국밥이잖아! 포장마차에 앉아 한 그릇을 시켰더니 온갖 내장과 순대가 들어 있는 우리나라 순대국밥과 똑같은 음식이 나온다. 이럴 때 깍두기에 소주 한 잔 있으면 죽일 텐데.

동양인 여행자가 포장마차에 앉아 음식을 먹는 광경은 남미 어디를 가나 구경거리다. 금세 주변 상인들이 모여들더니 내가 밥 먹는 내내 쉬지 않고 말을 건다.

"어디서 왔어? 결혼은 했어?"

"한국에서 왔고 아직 결혼 안 했어요. 여자친구도 없어서 이렇게 혼자 여행다니는 걸요."

그러자 한 아저씨가 순대국밥을 파는, 푸근하게 생긴 인상 좋은 아가씨를 툭툭 치며 말한다.

"그럼 이 여자랑 결혼해. 스물두 살밖에 안 됐어. 예쁘지, 가게도 있지, 얼마나 좋아."

"지금은 여행 중이니 여행 마치고 다시 오면 결혼할게요. 하하하."

아가씨도 내 농담을 농담으로 받아치며 웃는다.

"여행 그만두고 그냥 에콰도르에 살아요. 에콰도르 좋잖아요."

매일 겪는 일이지만 늘 기분 좋은 시장 사람들과의 만남. 그러고 보니 지난 몇 달간 혼자 여행하면서 스페인어가 많이 늘었나보다. 처음엔 시장 같은 곳에서 만나는 사람들 말은 발음이 분명하지 않아 거의 알아듣지 못했는데 이제 웬만큼은 다 알아들을 수 있다. 역시 언어는 길바닥에서 구르면서 배우는 것이 최고다.

다음날 새벽, 일찍 역으로 가자 벌써 사람들이 바글바글하다. 제일 앞과 뒤 객차의 지붕 위는 벌써 사람이 꽉 차서 할 수 없이 중간에 자리를 잡았다. 지붕 위는 사람이 꽉 차서가 무슨 말이냐고? '악마의 코'라는 협곡으로 가는 이 열차가 유명한 이유는 협곡이 멋있기 때문만은 아니다. 바로 지붕 위에서만 탈 수 있는 '지붕 열차'가 알려진 것이다. 객차 내부는 짐칸으로만 쓰이고 승객들은 모두 열차 지붕 위에 앉는 색다른 열차다. 덜컹거리는 열차 지붕에 앉아서 보는 풍경은 평소와 전혀 다른 느낌이다. 위에서 내려다보고 시원한 바람을 맞을 수 있기 때문일까. 길가에 있던 사람들은 기차가 지나가면 "올라!" 하고 인사하며 손을 흔들고 기차 위에 있는 사람들도 함께 손을 흔든다. 시내를 벗어나자 시원하게 뻗은 산과 들판은 초록빛이 가득하고 멀리 만년설로 덮인 산이 보인다. 사탕이나 과자를 파는 상인들은 달리는 열차 지붕 위를 익숙한 발걸음으로 오가고, 청재킷을 입은 열차 승무원들은 꼼짝 않고 서서 전방을 주시한다.

도로와 나란히 열차가 달리자 자동차를 타고가던 사람들에게 우리는 좋은 구경거리가 된다. 사람들은 우리에게 손을 흔들고 사진을 찍어댄다. 일어나서 사진을 찍어야 구도가 잘 잡힐 것 같아 혼자 서서 사진을 찍었더니 사람들은 그런 나를 카메라에 담기 바쁘다. 사람들이 내 사진을 찍고 웃으면 나도 느끼하게 웃어준다. 씨~익.

"올라~ 올라~."

열차가 지나가는 철로변에 사는 아이들이 인사를 하며 손을 흔든다. 그런데 표정을 보니 반가워서 인사를 하는 것이 아니다. 뭔가를 기다리고 있다. 아이들이 기대하는 것은 바로 여행객들이 던져주는 사탕이나 과자. 여행자들이 사탕을 던지면 아이들은 재빨리 뛰어가 먼저 줍기 위해 싸운다. 그 모습을 보고 몇몇 서양 애들은 낄낄 웃는다. 그러더니 일부러 사탕을 먼 곳에 던져놓고 아이들이 그것을 줍기 위해 달려가면서 서로 밀치는 모습을 보고 깔깔 웃는다. 정말 저런 놈들은 열차 위에서 그냥 확 밀어버리고 싶다. 그냥 너희들 나라에 처박혀 있지 그런 정신상태로 여행은 왜 나오니? 길가의 아이들뿐만이 아니다. 기차역에서는 채 열 살도 안 되어 보이는 어린아이들이 손과 얼

한 장소를 두고도
스쳐가는 여행자와
정주민의 시선은 다를 것이다.

굴에 온통 시커먼 얼룩을 묻힌 채 구두를 닦고 있다. 삶에 대해 항상 긍정적인 남미 사람들은 이 현실을 어떻게 받아들일까. 과야사민이 그림으로 표현하려 했던 건 이런 현실이 아니었을까? 어느새 출발한 지 세 시간이 지났다. 그런데 철로변에 흙과 돌더미가 쌓여 있고 열차는 아주 느리게 전진한다. 지나가는 열차 승무원을 붙잡고 이유를 물어봤다.

"얼마 전에 산사태가 나서 열차가 한동안 못 다녔어. 산사태가 또 날 수 있기 때문에 조심해야 해."

조심스럽게 위험지역을 벗어난 열차가 다시 속력을 내려는 찰나. 날카로운 쇳소리가 들려 뒤를 봤다. 그러자 바로 뒤에 있던 객차가 갑자기 위로 조금 뜨더니 천천히 옆으로 움직이는 것이 아닌가! 느린 비디오 화면처럼 천천히 기울어지던 객차는 굉음을 내면서 그만 탈선해 버리고 만다. 그래도 열차가 천천히 움직일 때라 사람 안 다친 것이 다행이네. 한참 동안 수리한 끝에 다시 움직인 열차는 중간기착지인 알라우시Alausi를 지나자마자 아찔한 협곡으로 들어선다. 바로 이곳이 악마의 코. 그런데 왜 악마의 코라고 부를까?

"계곡 양쪽이 굉장히 경사가 심하잖아. 마치 코처럼. 그래서 악마의 코라고 불러."

옆에 앉은 에콰도르 아저씨가 침을 튀기며 설명을 해줬지만 이 협곡과 코 사이의 공통점은 전혀 모르겠다. 악마의 코라고 불리든 악마의 이마라고 불리든 아찔한 협곡을 열차로 내려가는 것은 스릴 만점이다. 깎아지른 듯한 비탈에 걸려 있는 좁은 철로 위로 열차는 기우

풍거리며 지그재그로 내려간다. 강한 바람까지 불자 열차가 협곡으로 굴러떨어질 것 같은 느낌이 들어 불안하다. 여기서 굴러떨어지면 저 아래 바닥까지 한 번도 안 멈추고 떨어질 것 같은데. 협곡을 내려가는 내내 손에 땀이 날 정도로 긴장되어 잠시도 한눈을 팔 수 없다. 악마의 코 협곡의 바닥까지 내려갔다가 다시 알라우시로 돌아오면서 지붕 열차와 함께한 하루는 끝이 났다. 하루 종일 불편한 열차 지붕에 앉아 빵만 먹어야 했고, 돌아올 때 비를 맞아 물에 빠진 생쥐꼴이 됐지만 어디서도 경험할 수 없는 지붕 열차의 추억만은 생생하다. 환한 아침 햇살 속에서 시원한 바람을 맞으며 열차 지붕 위에 앉아 들판을 달리던 그 기분이란.

에콰도르, 어떤 곳인지 알지도 못했고 별 기대도 없이 간 나라다. 하지만 착한 물가와 너무나 순박한 사람들, 맛있고 저렴한 먹을거리, 화려하지는 않지만 마음이 따뜻해지는 풍경. 정말 언젠가 다시 돌아오고 싶은, 아니 한번쯤 살아보고 싶은 땅이다.

페루

하늘을 담은 69호수 무모한 도전의 끝 조금씩 지친다 무너진 잉카제국의 파편, 쿠스코 내겐 너무 비싼 마추피추

PERU

수도 리마Lima
인구 3,000만 명
화폐 솔sol, 1솔＝약 400~450원
치안 페루 북부 일부 도시와 수도 리마는 치안상태가 안 좋아 상당한 주의가 필요하다. 버스터미널 같은 곳에서 여행자의 소지품을 노리는 도둑이 많으므로 경계할 것.
Must See 와라스의 아름다운 산과 호수, 이카의 버기 투어, 고풍스러운 쿠스코의 거리.

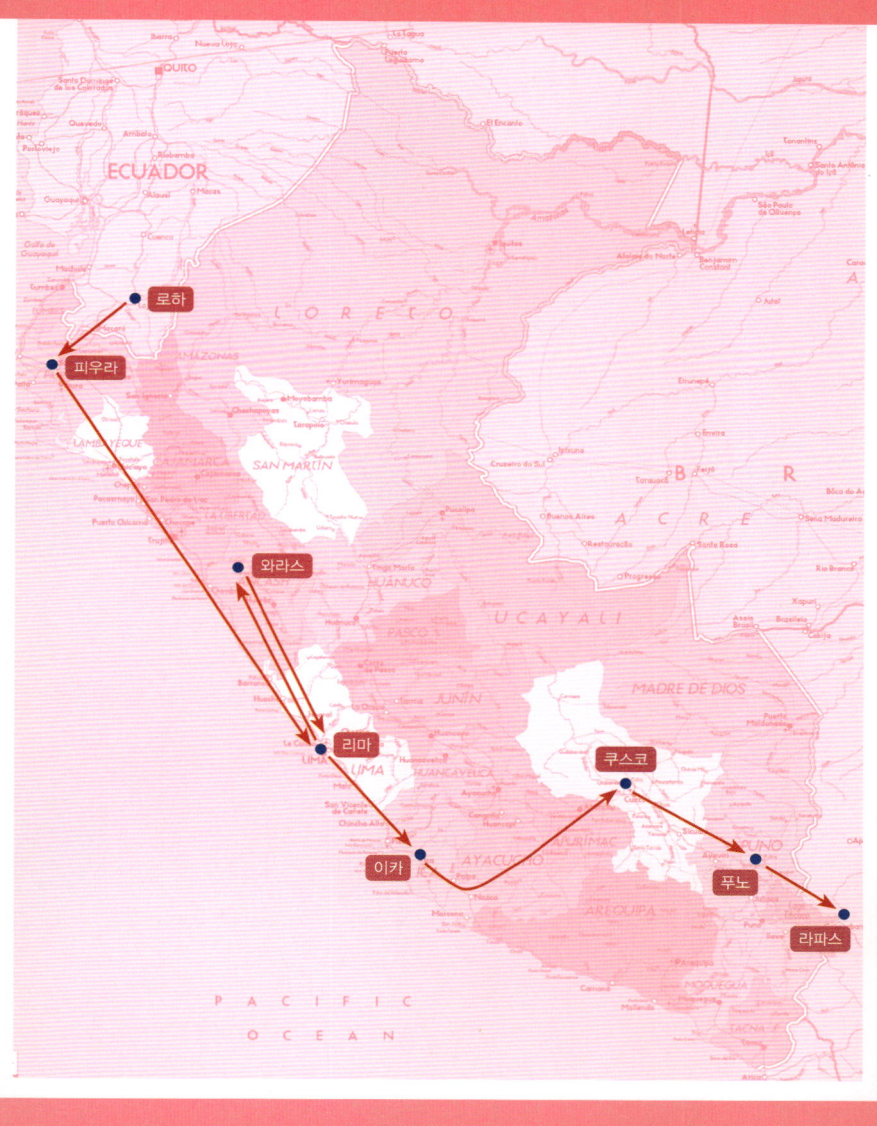

하늘을 담은 69호수

나무 하나, 풀 한 포기 없는 황량한 바위산 위에는 벽돌로 얼기설기 지은, 금방이라도 무너질 것 같은 집들이 끝없이 이어져 있다. 하늘은 잔뜩 찌푸려 모든 사물이 뿌옇게 보인다. 비가 거의 오지 않는 기후 때문에 가로수조차 먼지로 뒤덮여 회색으로 물들었다. 산과 들이 녹색으로 가득하던 에콰도르와 달리 버스를 타고 페루의 수도 리마로 가는 동안 보이는 주변 풍경은 황량함 그 자체였다. 잉카제국을 정복한 스페인의 피사로가 16세기에 만든 도시인 리마 역시, 화려한 명성과 달리 하늘도 땅도 건물도 나무도 사람도 모두 회색으로 보이는 '회색 도시'였다. 그래도 어서 빨리 리마에 도착하기를 목을 빼고 기다리게 하는 것이 있었으니…….

"형, 출장가는 사람 편에 물건 보냈어. 리마 지사에서 받아봐."

장기여행 중인 나를 잊지 않고 회사 입사동기들이 일종의 중간 보급품을 보낸 것이다. 현민이는 속옷을, 유진이는 고춧가루와 고추장을, 효섭이는 비염약을……. 이렇게 하나씩 준비한 보급품을 인편으로 페루까지 보낸 마음 씀씀이를 알기에 가슴이 아릿해진다. 그중 가장 반가운 것은 고춧가루와 고추장. 그동안 한식을 안 먹고 잘 버텼지만 여행 떠난 지 100일이 넘어가자 잠을 자다가도 한식이 생각나기 시작했다. 볶음고추장 하나가 이렇게 맛있을 줄이야. 살면서 고추장을 쭈쭈바처럼 빨아먹는 날이 올 줄은 몰랐다. 보급품을 받은 후 향한 곳은 리마 북쪽에 있는 조그만 시골 도시인 와라스Huaraz. 우리나라 여행자들이 잘 가지 않는 곳이라 자세한 정보는 없었지만 회사 후배 상윤이가 꼭 한 번 가보라고 권한 곳이었다.

리마에서 와라스까지는 버스로 여덟 시간. 그런데, 와라스가 가까워지면서 머리가 아프기 시작하더니 시간이 가면 갈수록 점점 심해진다. 멀미인가? 그동안 버스를 많이 타서 멀미를 할 것 같진 않은데. 와라스에 도착하고 나서야 그 증상이 멀미가 아니라는 걸 확실히 알았다. 터미널을 나와 몇 걸음 걸었더니 금세 숨이 가빠오고 가슴이 답답해진다. 아, 와라스의 고도가 높아서 그런 것이구나. 해발 3,000미터가 넘는 곳에 오자 몸이 적응을 못한다. 와라스는 안데스산맥의 산과 계곡을 따라 트레킹을 하는 산타 크루즈Santa Cruz 트레킹이 유명하다는데 며칠간 제대로 씻지 못하고 텐트에서 자는 것은 싫다. 대신 어딜 갈까 고민하는 나에게 숙소 주인아저씨가 정보를 주셨다.

"69호수Laguna 69라고 들어봤어? 해발 4,600미터에 있는 곳인데 하루 만에 다녀올 수 있어."

아저씨가 보여주는 사진을 보니 오, 멋지다. 그래서 다음날 새벽 평소에 입는 긴팔티셔츠와 운동화 차림에 간단한 간식거리를 챙겨서 길을 나섰다. '콜롬비아에서 5,000미터 넘게 올라갔다 왔는데 4,600미터 정도야.' 하고 가볍게 생각한 것이다. 15인승 승합차에 20명을 실은 비좁은 콜렉티보를 타고 산길을 오르는데 한 할아버지가 서양인 커플과 이야기를 나누고 있다. 호기심이 일어 가만히 들어보니 할아버지는 그 네덜란드 커플을 69호수까지 데려가는 가이드가 아닌가. 재빨리 할아버지에게 69호수 가는 길을 물어봤다.

"복잡하게 설명 듣지 말고 그냥 날 따라와. 어차피 가는 길인데."

산속에서 길을 잃으면 어떻게 하나 걱정했는데 이런 재수가. 생각보다 쉽게 다녀올 수 있겠다. 콜렉티보를 타고 한참 올라가자 갑자기 눈앞에 하늘색 물이 반짝이는 아름다운 호수가 나타난다. 해발 5,000미터가 넘는 거대한 산 사이에 자리잡은 호수 위를 하얀 구름이 휘감고 있다. 정말 멋진데! 호수 이름은 얀가누코^{Llanganuco}. 이곳의 높이는 무려 해발 3,850미터란다.

"와, 여기 정말 멋있는데요."

"여기? 여기보다는 69호수가 훨씬 더 멋있어."

정말? 가이드 할아버지의 말을 듣자 갑자기 69호수에 대한 기대감 급상승. 다시 계속되는 오르막길. 그런데, 뭔가 좀 이상하다. 얀가누코 호수를 지나서 내리라고 하던데 왜 이렇게 계속 올라가지?

"조금만 더 올라갈 거야. 기다려봐."

할아버지가 알아서 잘 하시겠지만 조금 불안하다. 하지만 불안함도 잠시, 콜렉티보가 산을 따라 올라가자 환상적인 풍경이 눈앞에 펼쳐진다. 만년설로 덮인 산 사이에 누워 있는 얀가누코 호수의 모습이

한 폭의 그림처럼 펼쳐지고 하얀 봉우리들이 사방을 둘러싸고 있다. 세상에, 안데스산맥이 이렇게 아름다운 곳인 줄 몰랐네. 한참을 더 올라가 해발 4,600미터에 도착해서야 할아버지는 차에서 내렸다. 우, 가만히 있어도 숨을 쉬기가 어렵다. 그런데 여기서 세 시간 넘게 걸어야 69호수에 도착한단다. 내가 해낼 수 있을까?

잠시 풍경을 즐긴 후 할아버지를 따라 산행을 시작했다. 그런데 시작부터 오르막길. 에구, 힘들다. 땅은 축축한데 운동화를 신고왔더니 물이 신발에 다 들어온다. 젖은 운동화를 신고 산길을 걸으니 기분 더럽게 찝찝하다. 몇십 분을 걷다 네덜란드 커플이 아침을 먹기 위해 멈췄고, 나는 준비해온 빵과 과일을 할아버지와 함께 나누어 먹었다. 그런데 남자애가 내게 오더니 다짜고짜 시비조로 말을 한다.

"넌 돈도 안 냈는데 왜 여기 있니? 지금이라도 우리한테 돈을 주든가 아니면 너 혼자 가."

진짜 황당하다. 하나뿐인 산길에서 같은 곳으로 가는 여행자를 만났으면 반가워해야지 자기들은 돈 냈다고 따로 가라고 하다니. 잠깐 말다툼을 하다가 너무 화가 나서 가방을 챙겨들고 자리에서 일어났다. 침 한 번 퉤! 뱉고 빠르게 발걸음을 옮겼다.

그런데 흥분한 탓일까? 10분 정도 걸었더니 숨이 가쁘다. 거기다 여긴 표지판 하나 없는 산속. 길을 모르겠다. 앉아서 쉬고 있는데 할아버지가 먼저 다가오시더니 밥맛 커플 눈치를 보며 재빨리 길을 설명해주신다.

"저기 폭포 보이지? 여길 내려가서 폭포 오른쪽으로 넘어가. 그리

설산과 호수를 동시에 볼 수 있는 절경,
안데스산맥과 안가누코 호수.

고 언덕 하나를 더 넘으면 돼."

고마운 어르신이다. 이것들아, 할아버지 보고 좀 배워라. 할아버지가 알려주신 대로 언덕을 넘자 넓은 분지가 나타난다. 정면엔 높은 절벽이 있고 그 위를 설산들이 병풍처럼 둘러싸고 있다. 경치는 죽이도록 멋있지만 4,000미터가 넘는 곳을 걸었더니 무척 힘들고 머리가 아프기 시작한다. 고산병 증상이 시작된 것이다. 한참을 걸어 겨우 절벽 아래에 도착하자 '69호수'라고 적힌 조그만 표지판의 화살표가 왼쪽을 가리키고 있다. 그쪽을 바라보자 언덕이 하나 더 있는 것이 아닌가! 그냥 날 죽여라, 죽여. 숨은 턱턱 막혀오고 점점 심해지는 두통 때문에 머리는 쪼개지는 것 같다. 몇 분 걷지도 않아 힘들어 한참을 쉬다가 다시 무거운 발걸음을 옮긴다. 69호수로 가는 마지막 언덕은 고통 그 자체였다. 그렇게 얼마쯤 걸었을까. 마침내 새파란 호수가 멀리 보이기 시작한다.

갑자기 힘이 나서 발걸음을 재촉해 호수 앞에 도착하자 그야말로 이 세상 모습이 아닌 듯한 장관이 펼쳐진다. 눈덮인 높은 산들이 호수를 병풍처럼 둘러싸고, 만년설이 녹은 물은 폭포가 되어 호수로 떨어진다.

물빛은 얼마나 아름다운지. 하얀 산과 구름은 하늘만큼이나 파랗고 맑은 호수에 반사되어 또 하나의 산과 하늘이 호수 속에 있다. 물이 이런 빛깔을 가질 수 있다니. 소름이 돋을 만큼 경이로운 풍경이다. 세상에 이보다 아름다운 호수가 또 있을까. 머리가 깨질 듯한 두통과 여기까지 걸어온 고생이 하나도 아깝지 않다.

곧바로 차가운 호숫물로 세수를 하자 몸에 쌓인 피로가 사라지는 것 같다. 넋을 잃고 호수를 바라보다 주변에 앉아 간식을 먹으며 휴식을 취했다. 보고 또 봐도 빼어난 곳이다. 여행하면서 보는 풍경이 모두 이렇게 멋지다면 얼마나 즐거울까? 하긴, 이런 곳을 가끔씩 볼 수 있기 때문에 이토록 감탄하고 감사하는 것이겠지. 하지만 마냥 경취에 취해 있을 수 없다.

기분이 좋은 것도 잠시, 머릿속을 송곳으로 후벼파는 듯한 두통이 점점 심해졌기 때문이다. 게다가 산을 내려가는 막차를 놓치기 전에 서둘러야만 한다. 무거운 엉덩이를 일으켜 아쉬운 발걸음을 옮긴다. 그래도 내려가는 길이다보니 편한데다 어서 내려가 두통을 없애고 싶은 마음에 발걸음은 점점 빨라져 금세 도로에 도착했다. 그런데 한 시간 넘게 차를 기다려야 한단다. 설상가상 비까지 내리기 시작. 다행히 내려오는 길에 만난, 호주에서 온 늘씬한 아가씨 엘리데가 구원의 손길을 내민다.

"내가 친구들이랑 타고온 택시 안 탈래? 좌석은 찼지만 짐칸에 탈 수 있어."

할렐루야! 심봤다! 엘리 일행은 여기까지 택시를 타고왔고 그 택시로 다시 산을 내려가는 것이다. 웨건형 택시의 짐칸에 웅크리고 앉아 와라스로 돌아가는 길. 온몸은 고산병과 피로 때문에 부서질 것처럼 아프다. 하지만 뭐 어때, 오늘처럼 환상적인 풍경을 볼 수만 있다면 이 정도 고생쯤이야.

69호수, 이 근처에 있는 무수한 호수들 중 69번째 호수라는 단순한 의미로 이름이 붙었단다. 하지만 69호수는 여타 호수들과 차원이 다르다. 누군가 나에게 세상에서 가장 물빛이 아름다운 호수가 어디냐고 물어보면, 난 주저없이 69호수라고 대답한다.

무모한 도전의 끝

난 평범한 직장인이었다. 평일엔 회사에서 늦게까지 야근하고 오랜만에 쉬는 휴일이 되면 죽은 듯이 쓰러져 잠만 자던 일상. 하지만 큰맘 먹고 떠난 이번 여행에서는 인생에서 한 번쯤 해보고 싶었던 것들을 모조리 하고 싶었다. 그래서 산악자전거도 스쿠버다이빙도 승마도 패러글라이딩도 해봤다. 와라스에 오니 해보고 싶은 게 하나 더 생겼다. 고산 등반. 여행사에 가면 하나같이 눈 덮인 산 정상에서 찍은 기념사진들이 보인다. 나도 정상에서 저런 사진 찍으면 멋있겠지?

"등산하고 싶어? 바유나라호 Vallunarajo 산이 5,675미터인데 쉬워서 초보자도 올라갈 수 있어."

사진에 관심을 보이는 내게 여행사 아저씨가 바람을 불어넣는다. 하지만 내가 저 높은 정상까지 올라갈 수 있을까? 잠깐, 콜롬비아에서 5,125미터까지 올라가봤으니 500미터 더 높은 정도야 올라갈 수 있지 않겠어? 결국 나는 180달러라는 거금을 내고 바유나라호 산을 오르기로 했다. 하여간 여행 내내 이놈의 객기는 그칠 줄을 모른다. 가이드는 작은 체구지만 산에서 단련된 튼튼한 몸을 가진 마르코^{Marco}.
아침 일찍 택시를 타고 산속으로 들어가 해발 3,900미터에서부터 등산을 시작했다. 그런데 시작부터 코스가 심상치 않다. 엄청난 급경사에, 엎친 데 덮친 격으로 배낭이 너무 무겁다. 고산등반을 위해 스키부츠만큼 무거운 설상화와 커다란 아이젠, 헬멧, 방한용 등산바지, 장갑과 겨울용 침낭까지 짊어졌더니 배낭 무게가 20킬로그램을 훌쩍 넘는다. 해발 4,000미터 가까운 곳에서 무거운 배낭까지 메니 몇 걸음만 올라가도 하늘이 노랗고 숨이 벅차온다. 어깨를 짓누르는 배낭, 점점 더 가빠지는 호흡, 비오듯 쏟아지는 땀, 끝나지 않는 급경사. 내가 비싼 돈 내고 이 짓을 왜 하지?

급경사를 네 시간 동안 올라간 후에야 베이스캠프인 해발 4,500미터에 도착해 텐트를 설치했다. 여기서 잠시 쉬다가 1시에 출발해 정상까지 예닐곱 시간을 걸어야 한단다. 힘든 등산에 손가락 하나 까딱할 힘이 없어 텐트 안에 쓰러져 있는데 조금씩 머리가 아프기 시작한다. 69호수를 올라갈 때 겪었던 바로 그 고산병 증세다. 며칠 전에 겪었으니 적응될 것이라고 생각했는데 시간이 지날수록 두통은 심해지고 숨쉬는 것이 힘들어진다. 게다가 해가 지자 강한 눈보라가 몰아치면서 기온은 급격하게 떨어진다.

"마르코, 머리가 너무 아프고 숨을 못 쉬겠어. 어떻게 해야 돼?"

"누워서 조금만 기다려. 시간이 지나면 괜찮아져."

괜찮아지는 거 맞어? 텐트에 누워 있으니 마르코가 혼자 밖에서 만든 저녁을 가지고 들어온다. 같이 야영하는 처지인데 도와주지 못해 미안하네. 메뉴는 면이 퉁퉁 분 맛없는 스파게티. 그래도 저녁을 먹고 나자 두통이 조금 누그러지는 것 같다. 조금 쉰 후 바로 정상까지 올라가야 하기 때문에 일찍 잠자리에 들었다. 그런데 두통이 다시 심해지더니 이번엔 속이 메스껍기 시작한다. 도저히 참을 수 없어 텐트 옆 개울가에서 구토를 했다. 눈보라는 어느새 그치고 달빛에 반사된 설산들은 찬연하게 빛나는데 그런 아름다움을 감상할 기력조차 없다. 구토를 하고 속이 좀 시원해진 듯한 느낌도 잠시. 두통뿐만 아니라 이젠 가슴까지 아프기 시작한다. 누군가 내 가슴을 밟고 올라선 것처럼 답답하고 바늘로 찌르는 듯 아프다. 다시 눈보라가 치기 시작하더니 두꺼운 겨울침낭을 덮어도 몹시 춥다. 잠을 자는 것은 고사하고 1초 1초가 너무 고통스럽다. 밤새 잠을 자지 못하고 몸부림치다 결국 등산을 포기해야겠다고 결심했다. 등산이 문제가 아니라 이대로 산속에 있다가는 고산병 때문에 죽을 것 같다. 오직 최대한 빨리 내려가야겠다는 마음뿐. 악몽 같은 밤을 보낸 후 해가 뜨자마자 마르코에게 내려가자고 말했다.

"그래도 여기까지 왔는데 올라가야지. 조그만 참아봐."

"아니, 됐어. 여기 있다가는 죽을 것 같아. 최대한 빨리 내려가자."

마르코를 재촉해 서둘러 짐을 챙긴 후 거의 뛰다시피 급경사를 내려갔다. 한 번도 쉬지 않고 어제 등산을 시작했던 곳까지 내려와서야 무거운 배낭을 벗고 안도의 한숨을 쉬었다. 그런데 이건 또 무슨 일? 아침 10시에 오기로 했다는 택시는 아무리 기다려도 오지 않는다. 여긴 핸드폰도 안 터지는 곳인데. 결국 세 시간을 기다린 후에 등반을

왔던 다른 팀의 택시에 끼여앉아 와라스로 돌아왔다. 이렇게 고산 등
반 한 번 해보겠다는 무모한 시도는 돈과 시간, 체력을 모두 탕진한
채 처참하게 끝났다. 산속에서 하룻밤 고산병으로 고생하는 걸로 180
달러라는, 장기여행자에겐 너무나 큰 거금을 날려버린 것이다. 무거
운 배낭을 지고 험한 산을 올랐더니 몸 상태는 엉망이 되었고……. 앞
으로 다시는 이런 무모한 짓은 하지 말아야지. 객기 좀 그만 부리자.

조금씩 지친다

조금씩 의식이 돌아온다. 깊은 잠에서 깨어날 시간. 그런데 여기가 어디지? 비몽사몽 간이라 내가 어디에 있는지 기억나지 않는다. 와라스인가? 아니 아직 에콰도르에 있나? 이곳은 어디지? 그동안 지나온 온갖 도시와 숙소들이 뇌리를 스치면서 혼란스럽다.

겨우 잠에서 깨어나 눈을 뜨자 낯선 천장이 보인다. 아, 맞다. 여긴 리마에 있는 한국인 민박집이지. 어제 도착해놓고 기억을 못하다니!

그동안 수십 개의 도시, 수십 개의 숙소들을 거치다보니 가끔씩 꿈결에 내가 어디에 있는지, 무엇을 하고 있는지 헷갈릴 때가 있다. 그럴 때면 어디에도 소속되지 않고, 마음 놓고 몸 누일 곳도 없다는 사실에 우울해진다. 여행 초반의 흥분과 설렘이 사라지고, 하루하루가 여행이 아닌 생활이 되어가면서 가끔씩, 혼자라는 사실이 못 견디게 외로워진다.

숲과 호수, 바다를 좋아하는 나에게 먼지 풀풀 날리는 도시와 사막이 많은 페루는 우울한 곳이었다. 리마의 회색빛 하늘과 거리를 탈출해 찾아간 이카^{Ica} 역시 마찬가지였다. 버스에서 내리자마자 나를 반기는 것은 먼지, 먼지, 먼지. 리마 남쪽, 버스로 다섯 시간이 걸리는 곳에 자리잡은 이카는 덥고 엄청난 먼지가 날리는 사막 속의 도시였다.

이곳에 온 이유는 페루를 방문한 여행자라면 누구나 하는 사막 버기^{Buggy} 투어를 하기 위해서였다. 이카는 아무런 볼거리가 없는 도시라 도착하자마자 택시를 타고 버기 투어를 할 수 있는 오아시스 마을인 와카치나^{Huacachina}를 향했다.

사막 한가운데 야자수가 늘어선 조그만 오아시스인 와카치나는 높은 모래언덕에 사방을 둘러싸여 있고 10분 정도면 한 바퀴 돌아볼 수 있는 손바닥만한 마을이다. 혹시 영화에서 보던, 낙타가 한가롭게 오가는 환상적인 분위기의 오아시스냐고? 그런 느낌은 전혀 없다. 오아시스 주변을 관광객용 숙소와 레스토랑이 빙 둘러싸고 있는 관광객용 마을이다. 그리고 오아시스는 살짝 냄새가 날 정도로 더럽다. 원래는 이틀 정도 푹 쉴까 생각했었는데 도착한 지 한 시간 만에 마음이 변한다. 버기 투어 끝내자마자 여기를 떠나자. 결정적으로 싸고 맛있는 식당을 찾지 못한 영향도 크다. 먹을거리는 여행에서 가장 중요한 요소 중 하나니까. 여행이 별 거 있나, 잘 먹고 푹 쉬고 멋진 볼거리 보면 되는 것이지.

오후 늦게 버기 투어가 시작됐다. 차체에 철판이 없고 뼈대만 있는 9인승 버기는 요란한 굉음을 내며 출발해 사막을 질주하기 시작한다. 우와, 생각보다 훨씬 빠른데. 버기는 미친 듯이 모래언덕을 오르내리며 상하좌우로 마구 요동친다. 두바이에서 탔던 지프보다 박진감이

누구보다도 멀리! 더 빠르게!

넘친다. 그런데 이제 좀 재미있어지려는 순간, 기사는 높은 모래언덕 위에서 버기를 멈춘다.

"모두 내려요. 이제부터 샌드 보딩을 합니다."

뭐야, 출발한 지 겨우 10분 지났는데? 하긴 가격이 겨우 만 원 정도 인 싼 투어에 이 이상을 기대할 순 없겠지. 쩝, 버기에서 내리자 일행 들은 한 사람씩 보드에 누워 빠른 속도로 모래언덕을 내려가며 환호 성을 지른다. 드디어 내 차례. 별 것 아닌데도 은근히 경쟁심리가 발 동한다. 앞서 내려간 애들보다는 내가 더 빠르게 멀리 내려가야 될 텐 데. 하여간 쓸데없는 곳에서 이런 마음이 생긴단 말야. 어떻게 하면 좋을까? 머릿속으로 그려본다. 음, 일단 손발이 모래에 닿으면 느려 질 테니 일단 최대한 들어야겠고, 무게 중심이 앞에 있어야 빨리 내 려갈 테니 최대한 몸을 보드 앞쪽으로 당겨야겠군. 보드에 누워 살짝 앞으로 몸을 움직이자 보드는 쏜살같이 모래언덕을 미끄러져 내려가 기 시작한다. 머릿속에 그린 대로 팔다리를 들자 가속이 붙으면서 기 분이 짜릿해진다. 한바탕 질주를 마치고 몸을 일으키니 캬, 역시 내가 제일 멀리 왔군. 물론 아무도 신경 안 쓰는데 나 혼자 이러는 것이 지만. 하하하.

기사는 버기를 몰고 다른 언덕으로 먼저 가 있고 여행자들은 보드 를 들고 모래언덕을 힘겹게 오른다. 발을 디딜 때마다 푹푹 빠지는 사 막의 모래 때문에 올라가는 것이 아주 힘들지만 보드를 타고 내려갈 생각에 턱까지 차오르는 숨을 참고 걷는다. 정상에 도착하자마자 기 다리던 짜릿한 질주. 기분 째진다. 보드가 멈추자마자 다시 힘겹게 언덕을 올라 질주. 어느새 해가 질 시간. 버기를 타고 석양을 보러 출발. 그런데 석양을 보기 위해 높은 모래언덕 위로 갈 줄 알았더니 가이드는 그냥 모래언덕 중간에 버기를 세워버린다.

"5분 줄 테니 빨리 사진 찍어요. 5분 뒤에 마을로 출발합니다."

이것들이 장난치나. 5분 만에 무슨 석양을 보고 오라는 거야. 어쩔 수 없이 근처에서 대충 사진을 몇 장 찍고 내려오자 버기는 다시 질풍처럼 사막을 질주해 와카치나로 돌아왔다. 좋은 점보다 실망스러운 점이 많았던 하루를 보낸 후 맞이한 와카치나의 밤. 옆 호스텔에서는 서양 여행자들이 음악을 크게 틀어놓고 시끄럽게 떠들면서 파티를 열고 있다. 시끄러운 소리를 피해 숙소를 빠져나와 조용한 거리를 걷자 여러 가지 생각들이 머리를 스쳐간다. 여행을 떠난 지 벌써 5개월째. 한국에 있는 친구와 선후배들은 넓은 세상 돌아다니고 있는 나를 부러워하지만 정작 나 자신은 오랜 여행에 조금씩 지쳐가고 있다. 여행을 시작했을 때의 긴장감과 흥분, 가슴 벅찬 감정은 사라지고 매일 어디서 자고, 무엇을 먹고, 어떻게 하면 바가지를 쓰지 않을지에만 관심이 쏠려 있다. 게다가 시간이 지나면서 기쁘고 만족스러운 날보다는 육체적, 정신적으로 힘든 날이 점점 많아진다. 아직 여행의 반도 지나지 않았는데 벌써 이런 감정에 빠지다니……. 앞으로 여행할 날들이 막막하게 느껴진다. 무거운 마음을 안고 숙소에 돌아와 메일을 체크했는데, 회사에서 독서동호회를 같이 하셨던 이 상무님의 메일이 와 있다.

보내주는 여행기는 잘 읽고 있어요. 부럽기도 하지만 말을 안 해서 그렇지

고생이 얼마나 많겠냐는 생각도 들고……. 몸 성히 여행 마치고 돌아와요. 멀리 서울에서, 이헌섭.

순간 가슴이 먹먹해진다. 그동안 몇 주에 한 번씩 아는 분들에게 여행하면서 보고 느낀 것들에 대해 메일을 써서 보냈었다. 메일을 보면 모두들 "부럽다, 네 팔자가 최고다, 요즘 회사 분위기 안 좋아서 나도 가고 싶다."라고 답장을 했지만, 그럴 때마다 '와서 해봐요, 이게 얼마나 힘든지. 회사 다니는 것보다 몇 배는 힘들어요.'라고 대답하고 싶었다. 그런데 오늘 내 심정을 이해해주는 상무님 메일을 보니 코끝이 찡해지면서 생각지도 못했던 기운이 솟아오른다. 심기일전!! 그래, 내가 자처해서 시작한 고생인데 힘내자. 아직 만나야 할 것도 많고, 세상은 네 생각보다 훨씬 넓잖아.

무너진 잉카제국의 파편,
쿠스코

쿠스코^{Cusco}. 원주민들의 언어인 케추아어로 '세계의 배꼽'이라는 뜻인, 잉카제국의 옛수도다. 남미를 찾는 여행자들은 그 유명한 마추피추를 가기 위해 반드시 들르는 필수코스다. 쿠스코에 도착한 여행자들은 마추피추나 성스러운 계곡^{the Sacred Valley} 등 온갖 잉카 유적지를 보느라 정신이 없다. 마치 고고학자라도 된 것처럼. 그리고는 잉카 유적지에서 대단히 큰 감명을 받았다고 여행기에 적곤 한다. 그런데 나는 쿠스코에 도착하기 전부터 잉카 문명에 대해 반신반의했다. 여행을 떠나기 전 잉카, 마야, 아즈텍 같은 중남미 문명의 역사와 유물에 대한 책을 여러 권 읽었는데, 그때부터 잉카제국이 너무 과대평가된 게 아닌가라는 의문이 들었기 때문이다.

조그만 부족국가였던 잉카는 15세기, 제9대 파차쿠텍^{Pachacutec} 왕이 정복전쟁을 하면서 급속히 팽창하기 시작했다. 그때부터 100년도 안 되는 전성기를 영토확장 전쟁과 내전으로만 보내다가 16세기 초반, 12대 왕인 아타훌파^{Atahualpa}가 피사로에게 살해되면서 막을 내린, 세계 문명사에서 볼 때는 순간적으로 반짝하다 끝난 단명국가이기 때문이다. 오랜 시간 동안 발전한 문명도 아니고 고유의 문자도 없고 철기가 아닌 청동기 시대에 머물러 있던 잉카 문명에서, 과연 아시아나 그리스, 로마, 중미의 마야, 아즈텍 문명 같은 수준 높은 유물과 유적들이 나올 수 있을지 의문스러웠다. 그래도 많은 사람들이 그렇게 찾아가는 것을 보면, 뭔가 있긴 하겠지라는 생각을 가지고 쿠스코에 왔다.

쿠스코 터미널에서 숙소로 가기 위해 배낭을 메고 걷자 금방 숨이 차고 힘들다. 당연하지, 여긴 해발 3,400미터인 완전 고산지대니까. 관광객과 돈이 몰리는 곳이다보니 거리와 건물들은 페루의 다른 도시와 비교가 불가능할 정도로 깨끗하다. 페루 어딜 가나 볼 수 있던 시멘트블록으로 만든 허름한 집이나 거리에 정신 사납게 늘어진 전깃줄이 없을 정도로 잘 정돈된 도시다. 도시 한가운데 있는 아르마스 광장Plaza de Armas은 유럽 여느 도시 못지 않을 정도로 정원과 각종 조형물로 깔끔하게 꾸며져 있다.

하지만 뭔가 좀 어색한 느낌이 든다. 뭐랄까, '난 관광지야.'라고 이마빡에 써붙인 듯한 분위기? 난 좀더 자연스럽고 순박한 느낌이 나는 곳을 좋아하는데……. 관광지로 너무 많이 개발된 페루에서 그런 풍취를 기대하는 게 무리일까? 여기까지 왔는데 쿠스코에 오면 다들 찾아간다는 주변 유적지들을 한 번 돌아보기로 했다. 가장 먼저 간 곳은 쿠스코에서 버스로 한 시간 반 정도 떨어진 피삭Pisaq. 마추피추와 비슷하게 생겨 '작은 마추피추'라고 불린다는 유적지가 있는 곳이다. 매표소에서 쿠스코 인근 유적지를 모두 볼 수 있는 티켓을 산 후 한 시간 가까이 가파른 산비탈을 땀 뻘뻘 흘리며 올라가자 유적이 보인다. 그런데 이게 뭐지? 그냥 우리나라에서 흔히 볼 수 있는 산성과 비슷하다. 굳이 다른 점이 있다면 주변에 계단형 농경지가 있고 돌이 잘 다듬어져 있다는 정도? 멕시코, 과테말라에서 본 마야, 아즈텍의 유적지처럼 특이한 건물이나 멋진 조형물이 있는 것도 아니고 그렇다고 건축방식이 기발해 보이지도 않는다. 산에 있는 돌로 지은 산성, 그 이상도 그 이하도 아니다.

실망스러움을 안고 산에서 내려와 쿠스코 쪽으로 돌아가는 콜렉티보를 탔다. 피삭에서 쿠스코로 돌아가는 길에 유적이 더 있기 때문이다. 다음으로 간 곳은 탐보마차이Tambomachay. 《론리 플래닛》에 '아주 아름다운 의식용 목욕탕'으로 소개된 곳이다. 들어가보니 돌로 만든 계단식 수로에서 물이 쫄쫄쫄 내려온다. 그것으로 끝. 이걸 두고 수원을 알 수 없는 성스러운 샘이라고 하지만, 겉으로는 그런 성스러움을 확인할 방법이 없다.

기대를 만족시켜주지 못하는 유적들에 실망해 그냥 쿠스코로 돌아갈까 하다가 마지막으로 삭사이와만Saqsaywaman으로 걸어갔다. 삭사이와만은 쿠스코 바로 옆에 있는 거대한 성으로 100톤이 넘는 바위를 옮겨 만든 엄청난 규모로 유명하다. 확실히 다른 유적지에 비해 규모도 크고 건축기법도 훨씬 정교하지만 이미 김이 새버린 내 마음을 채워주진 못한다.

100년도 안 되는 기간 동안 전쟁만 하다가 멸망한 잉카 문명이 소문만큼 대단치는 않을 거라고 짐작은 했지만 실제로 와서보니 실망스

삭사이와만(위), 피삭

러운 마음은 어쩔 수 없다. 차라리 쿠스코를 먼저 보고 아즈텍, 마야의 유적을 봤다면 나았을 텐데. 얼마 전에 본 웅장하고 정교한 중미 유적의 이미지가 머릿속에 남아 있는 상태에서 이곳을 보니 어쩔 수 없이 비교가 된다. 역시 문명이 발달하고 훌륭한 유산을 남기기 위해서는 시간이 필요한 것일까? 잉카는 그런 시간을 가지지 못했기 때문에 남은 것은 전투용으로 지은 마추피추나 피삭, 삭사이와만 같은 산성들이 대부분인 것 같다. 쿠스코, 무척 유명한 곳이지만 나에겐 여행 중에 스쳐지나간 도시 이상의 의미로는 다가오지 않았다.

내겐 너무 비싼 마추피추

배낭여행자들이 쿠스코에 오면서 제일 고민하는 것은 무엇일까. 숙소? 식당? 모두 아니다. 여행자들이 가장 고민하는 것은 다름 아닌 '마추피추 가는 방법'이다. 쿠스코에서 마추피추로 가는 방법은 크게 네 가지가 있다.

1. 쿠스코에 있는 여행사를 통해 3박 4일 정도의 트레킹이나 짧은 투어로 간다.
2. 버스를 타고 오얀타이탐보Ollantaytambo에 가서 마추피추 바로 아래에 있는 아구아스 칼리엔테스Aguas Calientes행 기차를 탄다.
3. 버스로 산타 마리아Santa Maria로 간 다음 위험을 감수하고 철로를 따라 아구아스 칼리엔테스까지 걸어간다.
4. 그냥 깔끔하게 쿠스코에서 아구아스 칼리엔테스로 가는 기차를 탄다.

까짓것 그냥 쿠스코에서 기차 타고 가면 되지 않냐고? 물론 그게

마추피추 *Machu Picchn*

제일 편하지만 배낭여행자들이 이렇게 고민하는 이유는 기차가 정말 비싸기 때문이다. 얼마나 비싸길래 고민하냐고? 쿠스코에서 겨우 100 킬로미터 정도 떨어진 아구아스 칼리엔테스까지 가는 기차요금은 가장 싼 좌석이 50달러, 비싼 좌석은 70달러가 넘는다. 그것도 편도 요금이. 따라서 쿠스코에서 마추피추까지 열차로 다녀오면 최소 100달러가 넘는 비용을 오가는 데에만 써야 하는 것이다. 거기다 마추피추 입장료도 엄청나게 비싸다. 무려 40달러!

나도 다른 배낭여행자들처럼 어쩔 수 없이 고민하기 시작했다. 일단 트레킹은 제외. 여기가 와라스처럼 풍경이 멋진 곳도 아닌데 굳이 트레킹을 할 생각은 없다. 그렇다고 철로를 걸어가는 가장 저렴한 방법은 시간이 너무 많이 걸려서 제외. 결국 선택한 것은 조금 저렴한 방법인 오얀타이탐보를 거쳐가는 방법이었다. 조용한 시골마을인 오얀타이탐보에서 하룻밤을 보낸 후 새벽 첫 기차를 타고 도착한 아구아스 칼리엔테스. 역에서 산 정상에 있는 마추피추 입구까지의 거리는 8킬로미터 남짓. 그런데 버스비는 편도에 무려 7달러! 별 수 있나. 한 시간 반 동안 산길을 걸어 마추피추 입구에 도착하자 마침내 TV와 사진으로 무수히 봤던 마추피추가 눈앞에 펼쳐진다. 정말 사진으로 본 딱 그대로다. 그리고… 눈에 보이는 그것이 전부였다. 깎아지른 듯한 산 정상에 위치한 마추피추는 주변 경치와 어우러져 멋있긴 하지만 역시 내용물은 그냥 방어용 산성일 뿐이다. 별다른 구경거리는 없지만 비싼 돈 투자해서 왔는데 바로 떠날 수는 없어 단체관광객과 함께 온 가이드들의 설명을 훔쳐들었다.

그런데 설명을 귀담아 들어도 특별한 것은 없다. 마추피추가 종교의 중심지나 부와 권력의 중심지가 아닌데 뭐 특별한 것이 있겠나. 사람이 살던 곳이니까 당연히 주거지역과 신전이 있고 지휘관용 숙소가 있다. 가이드들은 열을 내며 설명하지만 글쎄, 아무리 들어도 마추피추는 그냥 산성이라는 것 이상의 의미를 모르겠다. 유적 자체가 하나의 도시였고 왕국이었던 티칼, 팔렌케, 테오티우아칸 같은 곳들과는 개념이 다른 곳이다.

마추피추. 나쁘진 않았다. 주변 풍경과 어우러진 유적의 모습은 장관이었다. 하지만 이곳에서 산성 이상의 환상적인 무엇인가를 기대하는 것은 무리 아닐까? 사실 많은 여행자들이 중미의 마야 문명과 잉카 문명을 헷갈려 한다. "수천 년 전에 어떻게 마추피추 같은 곳을 만들었을까?" 하는 말을 여러 번 들었으니까. 사실 우리나라로 치면 조선시대 중기에 만들어진 곳인데. 나도 이 지역에 관심을 가지고 책을 읽기 전에는 마야와 잉카 문명이 뭐가 다른지 알지 못했다. 뭐랄까. 언론과 마케팅, 그리고 여행자들의 환상에 의해 마추피추에는 실제 이상으로 과하게 부풀려진 이미지가 덧씌워진 것 같다. 차라리 그렇게 과장된 이미지가 없었다면 좀더 인상적인 여행지로 남았을 텐데.

페루, 아름다운 안데스산맥과 사막, 무엇보다 쿠스코와 마추피추라는 히트상품을 가지고 있는 나라. 하지만 이미 많은 여행자들이 찾았기 때문일까. 페루의 도시들은 싸구려 관광지 냄새를 강하게 풍겼고, 사람들은 어딜 가나 약삭 빠른 장사꾼 기질을 발휘하고 있었다. 글쎄, 좀더 소박하고 그윽한 걸 바라기에는 늦어버린 걸까.

볼리비아

티티카카의 별미   라파스, 내가 그렇게 만만해 보여?   우유니, 눈부신 소금사막으로   사막 위의 플라밍고 호수

BOLIVIA

수도 라파스La Paz, 수크레Sucre
인구 950만 명
화폐 볼Bol. 1볼 = 약 150~170원
치안 라파스는 치안상태가 안 좋기로 유명하다. 특히 경찰을 사칭한 강도나 택시 강도가 많다.
Must See 코파카바나의 아름다운 티티카카 호수, 눈부신 우유니 사막.

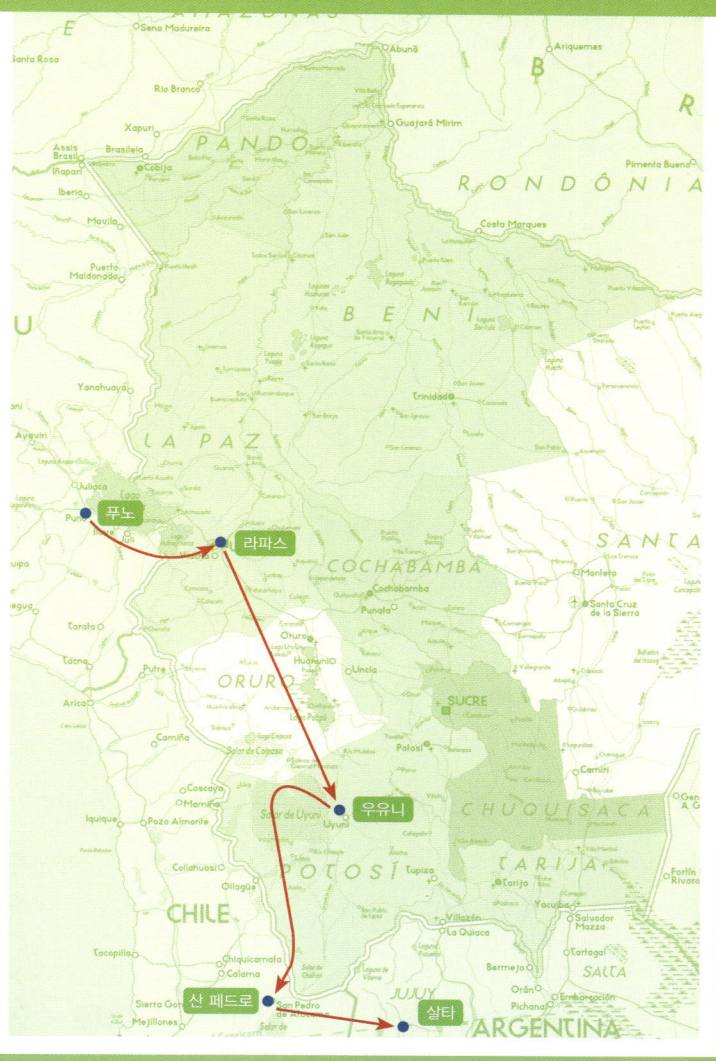

티티카카의 별미

참을 수 없는 향기(?)가 코를 쉴 새 없이 자극한다. 시궁창 냄새와 푹 삭한 치즈 냄새를 더한 것 같은 향기에 버스 화장실의 퀴퀴한 지린내 까지 어우러지자 숨을 들이쉴 때마다 오장육부가 모두 자극받는 것 같다. 정말 창문 열고 버스 밖으로 뛰어내리고 싶은 심정이다. 지금 내가 앉아 있는 곳은 푸노에서 볼리비아 코파카바나Copacabana로 가는 버스. 남미 버스가 대부분 그렇듯이 1층에 화장실이 있는 2층 버스다. 그런데 이 버스는 도대체 언제 화장실 청소를 한 걸까. 엄청난 암모니 아 때문에 눈이 따가울 정도다. 거기에다 푸노를 출발한 지 얼마 되지 않아 한 무리의 원주민 아주머니들이 올라타시자 본격적인 향기의 퍼 레이드가 시작된다.

검고 긴 머리를 우리네 댕기머리처럼 땋고, 검은 중절모에 알록달 록 예쁜 전통복장을 입은 인디오 아주머니들은 순박한 인상과 웃음 덕분에 거리에서 마주치면 마음이 푸근해진다. 하지만 버스 안에서 그분들과 만나면 상황이 180도 달라진다. 상수도가 없는 고산지대의 외딴 마을에 사는 원주민들이 많다보니 당연히 씻는 일이 쉽지 않다. 그래서 에콰도르부터 지금까지 버스에서 인디오 분들이 옆자리에 앉을 때마다 내 코는 고문에 시달려야 했다. 이럴 수밖에 없는 사정을 이해하지만 이해하는 것과 견디는 것은 별개의 문제다. 자주 접하면 익숙해질 줄 알았는데 이 냄새는 아니다. 문득 머릿속으로 스치는 생각 하나. 우리나라 버스나 지하철을 탄 외국인들도 같은 느낌을 받을까? 김치나 마늘 냄새가 좀 나겠지만 우리나라 사람들은 워낙 잘 씻으니까 이 정도는 아니겠지? 여행 와서 며칠씩 안 씻고 향수만 뿌려대는 서양 애들을 많이 봤더니 우리나라와 일본 사람들이 제일 깨끗한 것만 같다.

참을 수 없는 향기를 견디며 세 시간 만에 도착한 코파카바나는 푸노처럼 드넓은 티티카카 호숫가에 위치한 작은 도시다. 하지만 푸노와 달리 물이 깨끗하다. 그리고 저만치 수평선에는 늘 그렇듯이 하얀 구름이 아주 낮게 걸려 있다. 여기서 보니까 티티카카 호수 정말 멋있다. 푸노에서 볼 때는 그냥 넓기만 하고 별 매력이 없었는데. 라파스로 가는 버스는 두 시간 뒤에 출발한다. 마침 배도 출출해 호숫가로 가자 수십 개의 식당들이 늘어서 있고, 식당 아줌마들은 호숫가에서 여행객들을 가게 안으로 끌어들이느라 정신이 없다.

"우리 식당으로 와요. 뜨루차Trucha가 싸고 맛있어요."

뜨루차는 우리의 송어. 티티카카 호수에서 많이 잡히는 이 동네의 별미다. 푸노에서 12솔(약 4달러)이나 내고 먹은 뜨루차는 너무 바싹 튀겨서 맛이 없었는데 여긴 괜찮을까. 흥정 끝에 2,000원 정도의 저렴

티타카카의 별미, 뜨루차.

한 가격에 뜨루차 한 마리를 먹기로 하고 호숫가 식당에 앉았다. 푸른 호수 옆에서 시원한 바람을 맞으며 구수하게 구워지는 뜨루차 냄새를 맡는다. 냄새를 맡았더니 배가 더 고파지네. 오늘 내가 선택한 뜨루차 요리법은 알 라 쁠란차a la plancha. 생선을 기름 두른 팬에 굽는 것이다. 남미에서 오래 여행하다보니 이젠 이런 음식 조리법까지 알게 된다. 프리따Frita는 그냥 기름에 튀기는 것이고, 알 라 브로스떼르a la broster는 튀김옷을 입힌 다음 튀기는 것이고, 살따다saltada는 잘라서 볶음밥처럼 기름에 볶는 것이다. 이렇게 사소한 그들의 음식문화 하나하나를 알게 되는 것도 여행의 재미 아니겠어?

얼마 기다리지 않아 노릇노릇하게 잘 구워진 뜨루차 한 마리가 엔살라다ensalada(샐러드)와 함께 접시에 담겨 나온다. 레몬을 쭉 짜서 뜨루차 위에 뿌린 후 크게 한 조각 떠서 입안에 넣자 입안 가득 상큼한 레몬향과 진한 뜨루차의 맛이 퍼진다. 페루에선 매일 맛없는 닭요리를 먹느라 좀 질렸는데 생선이 싼 곳에 오니 좋다. 왜 닭 요리만 먹었냐고? 거짓말 안 하고 음식점의 절반 정도는 닭을 파는 뽀예리아Polleria였거든. 닭이 제일 싸니까. 나중엔 닭이 너무 지겨워 하루에 한 번씩은 중국식당에 가서 볶음밥과 완탕수프를 먹을 정도였다. 눈 깜짝할 사이에 뜨루차 한 마리를 먹어치우고 배를 두들기며 호숫가에 앉아 햇볕을 쫴다. 뭐, 대단한 것을 보고 굉장한 일을 겪어야만 훌륭한 여행인가. 이렇게 처음 와본 곳에서 처음 본 다른 세상의 음식을 먹고 아무 생각 없이 멍하니 시간을 보내는 것도 멋진 여행일 수 있다. 그리고 나는 이럴 때가 가장 행복하다. 한국에서 온갖 일에 신경 쓰고 걱정하며 짓눌렸던 내 영혼이 가벼워진 느낌이라고 할까…….. 늘 비슷하게 반복되던 바쁜 생활 속에서 잃어버렸던 소중한 것들을 이런 여유 속에서 다시 찾을 수 있다. 하지만 이런 여유도 무한정 누릴 순 없다. 코파카바나에서 라파스로 가는 버스가 곧 출발하니까. 가기 귀찮은데 그냥 여기서 하루 자고 갈까. 그러려면 숙소 알아봐야 하는데. 에이, 그냥 버스 타고 가자. 볼리비아는 빨리 지나가고 아르헨티나에 들어가서 여유 좀 부리지 뭐.

라파스,
내가 그렇게 만만해 보여?

"사진 좀 찍어줄래요?"

이곳은 라파스^{La Paz}. 볼리비아의 헌법상 수도는 수크레^{Sucre}지만 대통령 관저, 의회 등이 있는 실질적인 수도는 라파스다. 해발 3,600미터, 거대한 그릇처럼 생긴 분지에 자리잡은 도심에서 사방을 둘러보면 비탈길에 늘어선 엄청난 수의 허름한 집들이 눈에 띈다. 뭐라고 할까, 도시 전체가 거대한 달동네 같다고 할까? 지상에서 가장 높고 거대한 달동네. 좀더 멋있는 정의를 내렸으면 좋겠지만 보고 있으면 진짜 달동네라는 말밖에는 안 나온다.

그 가파르고 길다란 비탈길을 따라 숙소와 광장 그리고 시장이 있다. 그래서 수시로 비탈길을 따라 걸어야 하는데 아, 정말 힘들다. 쿠스코와 푸노를 지나면서 고산지역에 익숙해진 줄 알았는데 역시 고산지대. 물 한 병 사기 위해, 시장을 둘러보기 위해, 버스표를 사기 위해 거리를 걷다보면 몇 분 만에 숨이 차고 하늘이 노래진다. 그런데 라파스의 중심가인 무리요 광장^{Plaza de Murillo}에서 키 작고 통통한 여자 한

명이 다가와 자신은 칠레에서 온 여행자라고 소개하더니 사진을 찍어
달란다. 갑작스런 부탁에 조금 당황스럽긴 하지만 뭐 사진 정도야. 그
런데 사진기가 이상하다. 아주 오래된 조그만 필름카메라였는데 셔터
를 눌러도 사진이 안 찍히는 것 같다. 이상해서 사진기를 유심히 보는
데 그 여자가 다가와 또 말을 한다.

"저기 있는 성당 안에 들어가서 좀 찍어줘요."

순간 내 머릿속에 적색 등이 번쩍! 하며 '따라가지 마, 따라가지 마.'
라는 사이렌을 울린다. 아무래도 수상해. 이 카메라도 수상하고 성당
안으로 들어가자고 하는 것도 수상. 무엇보다 수상한 것은 많고많
은 주변 말 잘 통하는 현지인들 다 놔두고 왜 여행자에게 사진 찍어달
라는 부탁을 한 것일까? 갈 곳이 있다며 여자에게 사진기를 돌려주고
서둘러 그 자리를 빠져나왔다. 남미 대도시는 치안상태가 워낙 나쁘

기 때문에 아무리 조심해도 지나치지 않으니까. 그중에서도 라파스는 여행자 상대 강도사건이 많기로 아주 유명한 곳이다.

실제로 그 여자는 강도의 바람잡이었다. 내가 라파스를 떠난 몇 달 후 동일한 수법의 강도에게 한국 여행자가 당한 사건이 일어났다. 사진을 찍어달라고 부탁하면서 성당 같은 곳으로 유인한다. 그러면 라파스의 전형적인 강도수법 중 하나인 가짜 경찰이 등장. 검문을 해야 한다면서 여권을 요구한다. 여자는 태연하게 여권을 경찰에게 건네주면서 "너도 여권을 줘."라고 바람을 잡는다. 거기에 넘어가 여권을 주면 게임 끝. 그들이 요구하는 대로 들어줘야 하는 상황에 처한다. 사진기나 돈을 뺏기는 경우도 많다. 그래서 치안상태가 안 좋은 남미 대도시에서 안전하게 여행하려면 말을 거는 사람들을 우선 의심해보는 게 필요하다. 특히 경찰을 사칭하는 사람들을 경계해야 한다. 진짜 경찰이 여행자를 검문하고 여권을 요구할 가능성은 극히 낮다. 아, 물론 베네수엘라는 예외적인 케이스다.

그렇다면 말을 거는 현지인들은 모두 무시해야 할까? 이는 항상 딜레마였다. 말을 거는 사람을 모조리 못 본 체 하거나 의심하면 위험에 처할 가능성은 낮아지지만, 좋은 의도로 접근한 현지인과 교류할 기회를 잃어버린다. 내 경우엔 각 나라의 수도 같은 대도시에서는 위험에 처할 가능성을 줄이는 길을 선택했고, 특히 길거리에서 나에게 말을 거는 사람은 가능한 무시하며 여행했다. 그런 위험에 노출되는 것이 스릴 있지 않느냐고? 강도나 소매치기에게 귀중한 물건 뺏기고 나면 그런 생각이 안 들 텐데.

원래는 라파스에 며칠 머물 생각이었는데 시내를 돌아보니 볼 만한 것이 별로 없다. 근처에 높은 설산과 호수가 있지만 그건 페루 와라스에서 충분히 봤다. 해발 4,700미터 고지대에서 절벽 바로 옆에 있는 비포장도로를 따라 자전거로 내려오는 유명한 '죽음의 도로Death Road' 투어는 600볼(약 90달러)로 매우 비싸다. 자전거라면 지긋지긋하기도 하고. 에콰도르 바뇨스에서 절벽에서 떨어져 죽을 뻔했는데 그 짓을 또 반복할 엄두가 안 난다.

그래도 좋은 점이 있다면 엄청나게 싼 볼리비아의 물가. 시장에서 우리 돈 천 원만 내면 고기가 들어간 볶음밥을 실컷 먹고 만 원이면 따뜻한 점퍼를 사입을 수 있다. 커다란 슈퍼가 없어서 그런지 거리에는 과자, 음료수, 통조림을 비롯해 온갖 물건을 파는 노점상이 가득하다. 이런 곳에서 특별히 할 일이 뭐 있겠나. 그저 천천히 거리를 걸으며 사람 구경하고, 괜히 사지도 않을 물건값을 아주머니와 흥정하면서 이런저런 이야기를 나눠보고, 시장 좌판에 앉아 주변 사람들의 호기심 어린 눈길을 받으며 배부르게 음식을 먹는다. 이렇게 빈둥거리며 라파스에서 잠깐 쉰 후 남미에서 가장 가보고 싶던 곳 중 하나인 우유니 사막Salar de Uyuni으로 가는 야간버스에 몸을 실었다. 우유니. 사진만 봐도, 이름만 들어도, 생각만 해도 가슴이 설레던 그곳. 기다려라, 나 박재영이 간다.

우유니, 눈부신 소금사막으로

밤새 도로를 달린 버스는 아침 일찍 우유니에 도착했다. 일반적인 남미 장거리버스와 다르게 버스 안에 화장실이 없어서 고생 제대로 했다. 당연히 화장실이 있을 줄 알고 휴게소에서 안 내렸다가 참느라고 미치는 줄 알았거든. 덕분에 오늘도 버스에서 한숨도 못 잤다.

우유니는 사막 한가운데에 있는 아주 작은 마을이다. 거리는 온통 먼지로 덮여 있고 건물들은 흙벽돌로 엉성하게 지어졌다. 숙소도 상태를 보니 자고 싶은 생각이 전혀 들지 않는다. 원래 계획은 이곳에 하루 머물면서 주변 구경하고 2박 3일 투어 후 우유니로 돌아와서 아르헨티나로 갈 계획이었는데 바로 수정. 오늘 투어를 시작해서 곧장 칠레 산 페드로 San Pedro de Atacama 로 가기로 했다. 여행에 정해진 루트가 어디 있어. 마음 내키는 대로 가면 되지.

함께 투어를 떠나는 일행은 총 여덟 명. 여행자 여섯 명과 가이드 겸 운전수인 왈도, 왈도의 아내인 요리사다. 여행자는 멕시코 유부남 로베르또, 우루과이 총각 디노, 스웨덴 쌍둥이 자매, 쌍둥이 중 한 명의 남자친구인 호주 남자애와 나. 이렇게 여섯 명이다. 우유니를 출발한 투어 차량이 처음 도착한 곳은 쎄멘떼리오 델 뜨렌 Cementerio del Tren. 말 그대로 '기차의 무덤'이다. 예전에 볼리비아에서 캔 광물들을 칠레의 항구까지 수송하는 데 사용한 열차들이라고 하는데, 지금은 녹슨 모습으로 남아 관광객들의 눈요깃거리가 되고 있다. 소금사막에서 채취한 암염이 모이는 조그만 콜차니 Colchani 마을을 지나자 본격적인 소금사막이 시작된다. 꿈에 그리던 그곳, 바로 우유니 사막이다. 지구상에서 가장 거대한 소금사막인 우유니. 면적이 1만 2,000제곱킬로미터. 그러니까 가로 100킬로미터, 세로 120킬로미터 크기의 땅이 모두 소금으로 덮여 있다. 하얀 소금이 반사하는 빛은 너무나 강렬해 선글라스를 벗으면 눈을 뜰 수가 없을 정도다. 그 빛이 세상을 가득 채운 사막 위를 지프차는 바람처럼 질주한다. 어딜 봐도 눈에 들어오는 것은 눈부신 빛과 푸른 하늘. 가슴이 벅차오른다. 내가 보고 싶어했던 바로 그런 풍경이다. 우기에 오면 이곳에 물이 차서 하늘이 그대로 물 위에 비치는 모습을 볼 수 있다고 하던데. 우기에 못 온 것이 아쉽다. 나중에 다시 와야지. 소금사막을 한참 내달린 차는 일명 '물고기 섬'이라고 부르는 인카와시 섬 Isla Incawasi에 멈췄다. 원래 이 지역은 바다였는데 지각이 융기한 후 바닷물이 증발해서 소금사막이 됐다고 한다. 그래서일까. 사람들은 이곳에 있는 언덕을 모두 섬이라고 부른다. 인카와시 섬은 전체가 선인장처럼 생긴 깍뚜 밀레나리오 Cactu Milenario로 덮여 있다. 깍뚜는 일년에 단 1밀리미터씩만 자란다나? 언덕 위로 올라가자 사방에 보이는 것은 새하얀 소금사막뿐. 정말 이곳의 풍경은 지

우유니 사막 *Salar de Uyuni*

깍뚜 밀레나리오

구상의 풍경이 아니라고 느껴질 만큼 몽환적이다. 섬을 둘러보고 내려오자 그 사이에 요리사 아주머니가 점심을 준비해놨다. 점심 메뉴는 스테이크. 그런데 고기 맛이 쇠고기도 아니고 돼지고기도 아니네. 이건 무슨 고기지?

"야마 고기예요, 맛있죠?"

아, 쿠스코에 엄청 많던 그 털 복슬복슬한 야마. 쇠고기보다는 부드럽고 느끼하지 않은 맛이 일품이다. 소금사막에서 한참 동안 시간을 보낸 다음 숙소로 이동했다. 소금사막의 숙소답게 암염으로 만든 소금호텔이다. 소금이 건축재료가 될 수 있다니, 신기하다. 특히 건물 기둥과 장식을 깍뚜로 만든 것이 인상적이다. 요리사 아주머니의 정성 어린 저녁을 먹고 차를 마시다보니 어느새 해는 저물고 어둠이 찾아온다. 그때 갑자기 한 무리의 아이들이 몰려온다.

"쎄뇨르 Señor(선생님), 저희가 노래를 부를게요. 나와서 들어보세요."

동네 아이들이 관광객들 상대로 용돈을 벌려는 것이겠지. 모두 흔쾌히 밖으로 나가 어설프지만 열심히 노래하는 아이들과 함께 노래하고 춤을 추면서 흥겨운 시간을 보낸다. 이 늦은 시간에 추운 사막에서 용돈을 벌기 위해 이런 애를 쓰다니. 코끝이 찡하다. 아이들의 공연에 큰 박수를 보내고 조금씩 동전을 모아 팁을 주고 나자 어느새 잠들 시간. 해발 4,000미터가 넘는 우유니의 밤하늘에 별빛이 무수히 빛나고 있다. 밤하늘을 바라보며 낭만에 잠기고 싶었지만 우유니의 밤은 춥다. 피곤한데 들어가서 자야지. 이렇게 투어 첫째 날은 저물고 모두들 조용한 사막 한가운데서 잠이 들었다.

사막 위의 플라밍고 호수

투어 둘째 날, 아침부터 분위기가 좀 이상했다. 유럽에서 온 쌍둥이 자매와 그 남자친구 때문이다. 사실 문제는 어제부터 잠복해 있었다. 나와 로베르또, 디노는 가이드 왈도와 함께 차에서 짐을 싣고 내리는 일과 식사 준비를 돕는데 서양 애들 세 명은 꼼짝도 하지 않았다. 심지어 본인들 짐을 차에 실을 때조차 멀찍이 떨어져 담배만 피운다. 지들이 공주고 우린 하인인 줄로 아나. 중간에 구경을 마치고 모이는 시간에는 우리가 차 옆에서 기다리는 것을 뻔히 알면서도 늑장을 부린다.

자연스럽게 나와 로베르또, 디노는 서양 애들을 상대하지 않기 시작했다. 어제는 영어를 잘 못하는 왈도가 설명한 것과 우리끼리 스페인어로 이야기한 것도 다시 영어로 통역해주었는데, 오늘 아침부터 통역없이 스페인어로만 이야기하기 시작한 것이다. 로베르또, 디노와 미리 약속을 한 것도 아닌데 다들 생각이 비슷했나보다. 그러다 보니 가이드와 우리만 스페인어로 웃고 떠들고, 서양 애들은 벙어리가 되어버렸다. 한데 이것들 봐라? 그래도 태도가 변하지 않는다. 하여간……. 둘째 날은 어제에 비해 이동이 많고 지루하다. 한 시간 넘게 사막을 달린 후 잠깐 화산활동으로 만들어진 기이한 지형을 구경하고 다시 한참을 달린 후 내려서 잠깐 둘러보고. 계속 반복되다보니 스르 륵, 잠이 온다. 그때 왈도의 말에 눈이 번쩍 떠진다. 기다리던 점심시 간. 점심을 먹는 곳은 조그만 호숫가. 늘 보이던 다른 투어 팀들이 보 이지 않아 조용하고 한적하다. 여기가 어디야?

"여기는 뚜루끼리 호수Laguna Turuquiri야. 다른 여행사는 오지 않고 우 리만 오는 곳이지."

왈도가 이곳은 자기네 여행사의 스페셜코스라고 자랑한다. 사막 한 가운데 있는 조용한 호수에는 정말 우리를 제외하고는 아무도 없다. 조용한 호숫가를 거닐며 사진을 찍고 물새 울음소리를 듣고 풀을 뜯 는 야마 떼를 바라보면서 평화로운 시간을 만끽했다. 호수 주변에는 10미터는 넘을 듯한 거대한 공룡 모양, 버섯 모양 등 신기한 바위들이 즐비하고, 맑은 하늘에는 손을 뻗으면 닿을 것처럼 구름이 낮게 드리 워져 있다. 한가로운 점심식사를 마치자 다시 한참을 달린 차는 에디 온다 호수Laguna Hedionda에 도착. 앗, 저기 호수 가운데 분홍색으로 보 이는 것들은 뭐지? 가까이 가보니 플라밍고다. 하얀 보락스Borax(붕산 나트륨)가 깔린 호수에서 수백 마리의 플라밍고가 물속에 머리를 박은 채 미생물을 먹고 있다. 호수 주변에는 고라니처럼 생긴 삐꾸냐Vicuña 들이 풀을 뜯고 있다. 사람의 흔적이라곤 눈 씻고 봐도 찾을 수 없는 조용한 호숫가는 그저 평화롭고 아름답다.

호수를 지나 도착한 곳은 아르볼 데 삐에드라Arbol de Piedra. '돌나무'

사막에는 황량함만 있는 것이 아니다.
경이로운 생명들이 저마다의 생을 꾸려간다.

라는 뜻 그대로 나무처럼, 아니 버섯처럼 생긴 돌이 서 있다. 얼마나
오래 강한 바람을 맞았으면 돌이 이런 모양이 된 걸까.

　마지막으로 들른 곳은 꼴로라다 호수Laguna Colorada. 흔히 여행자들
이 '플라밍고 호수'라고 부르는 곳이다. 정말 큰 호수다. 호수 중간은
타오르는 붉은색, 바깥쪽은 짙푸른색과 하얀색이 섞여 있다. 그리고

이때까지 본 것보다 몇십 배는 많아 보이는 엄청난 수의 플라밍고들
이 호수에 있다. 입이 다물어지지 않는 장관이다. 난 추위도 잊은 채
넋이 나간 듯 호수를 바라봤다. 세상에 이런 호수가 있을 것이라곤 상
상도 못했다. 눈부시게 빛나던 소금사막과는 완전히 다른 느낌의 장
관이다. 한참 동안 호수를 구경하다 도착한 숙소. 어제와 달리 숙소가

열악해 여섯 명이 한 방을 써야 하고 더운 물도 나오지 않는다. 그래도 사막 가운데에 숙소가 있다는 것이 어디야. 감사할 따름이다. 그런데 아니나 다를까, 여자애들은 또 말썽이다.

"우린 방 따로 줘. 여행사에서 따로 쓸 수 있다고 했단 말이야."

어이가 없다. 아예 5성급 호텔로 보내달라고 말하지 그러니? 사막 한가운데에서 이 이상 뭘 바라는 것일까? 가이드가 난처해하는데, 다행히 남는 방이 하나 있어 서양 애들을 그곳으로 보냈다. 정말 대책 안 서는 애들이다. 바람은 점점 강해지고 해가 지자 기온이 뚝 떨어져 실내에서도 한기가 느껴진다. 이불을 머리 위까지 덮어쓰고 곧바로 잠이 들었는데 새벽 일찍부터 가이드가 우리를 깨운다. 눈도 제대로 떠지지 않은 상태에서 차를 타고 한참 산을 올라가 화산지역에 도착했다. 차에서 내리자 여기저기서 지열에 의해 수증기와 유황이 섞인 증기가 분수처럼 뿜어져 나오고 있다.

하지만 새벽 공기가 너무 차다. 덜덜 떨면서 구경을 마친 후 찾아간 곳은 기다리고 기다리던 온천. 온천물이 솟아나오는 곳에 벽을 쌓아 좌욕 정도만 할 수 있는 작은 곳이지만 이게 어디야, 어제 샤워도 못하고 잤는데. 탈의실이 없지만 여행자는 용감하다. 남들이 보든 말든 홀러덩 옷을 다 벗고 수영복으로 갈아입은 후 온천으로 들어갔다. 물은 뜨겁지 않고 미지근한 정도. 하지만 몸을 담그고 있자 어느새 추위는 사라지고 몸속까지 온기가 느껴진다. 거기다 떠오르는 따사로운 햇살까지 얼굴을 비춘다. 눈을 지그시 감자 세상 부러울 것이 없다.

오전 9시쯤 칠레 국경에 도착하면서 투어는 끝이 났다. 나는 여기서 칠레로 넘어가고 다른 사람들은 다시 우유니로 돌아간다. 지난 사흘간 함께 웃고 떠들며 즐거운 시간을 보낸 로베르또, 디노, 그리고 왈도와 작별할 시간이다.

"캄페체에 도착하면 꼭 우리 집에 와. 우리 집사람 소개해줄게."

로베르또가 어제부터 몇 번이나 나에게 다짐을 받았던 말이다. 고마워, 친구. 멕시코에 다시 가게 되면 꼭 들를게.

"이게 우리 아버지 연락처야. 우루과이에 가면 꼭 연락해."

페루에서 일하는 디노는 우루과이에 가면 꼭 자기 아버지 집에 들르라고 한다. 나 같은 빈대가 달라붙으면 아버님이 힘드실 텐데. 즐거운 시간을 함께 보낸 친구들과 작별을 하고 나는 칠레 산 페드로로 가는 버스에 올랐다.

우유니, 그 눈부시게 빛나던 소금사막과 아름다운 호수들, 별빛이 가득하던 밤하늘은 평생 동안 내 가슴속에서 사라지지 않을 것 같다. 이런 장관을 만날 수 있는 곳이 이 세상에 얼마나 될까. 국경을 넘으면서도 벅찬 감동에 내 가슴은 계속 뛴다.

우유니 투어

- 소금사막만 보는 당일 투어, 소금사막에서 하루 자는 1박 2일 투어, 칠레 국경까지 가는 2박 3일 투어 등 여러 종류가 있다. 2박 3일 투어의 가격은 100달러가 채 되지 않아 저렴하다.
- 라파스에서 야간버스를 타고 우유니에 도착하면 바로 투어를 떠날 수 있다. 버스에서 내리는 순간 엄청난 수의 삐끼들이 달려들기 때문에 투어를 구할 걱정은 하지 않아도 된다.

칠레 · 아르헨티나

맥주병을 위한 축복의 땅 짧은 동행, 긴 아쉬움 양심에 털 난 하루였다 안데스의 푸른 보석, 바릴로체 바람의 땅,
파타고니아에 발을 딛다 비바람이 몰아치는 빙하 위의 산책 대지를 뚫고 나온 거대한 탑, 토레스 델 파이네 마침내
장엄미의 진수를 눈으로 보다 오지 말았어야 할 세상의 끝, 우수아이아 칼라파테 취업기 환상적인 탱고 속으로
이과수라는 폭포는 없답니다

CHILE

수도 산티아고Santiago
인구 1,700만 명
화폐 페소Peso. 1 페소 = 약 2.2~2.4원
치안 남미에서 가장 치안상태가 좋은 나라. 하지만 그런 점에 마음을 놓았다가 산티아고에서 강도를
당하는 사건이 종종 발생한다. 남미 모든 대도시가 그렇듯이 산티아고도 주의 필요.
Must See 산 페드로의 아타카마 사막, 발디비아·푸콘의 아름다운 산과 호수, 토레스 델 파이네, 싸
고 맛있는 과일과 해물 실컷 즐기기.

ARGENTINA

수도 부에노스아이레스Buenos Aires
인구 4,100만 명
화폐 페소Peso. 1 페소 = 약 250~280원. 심한 인플레 때문에 화폐 가치 변동이 심하다.
치안 대도시를 제외한 지역은 안전한 편. 부에노스아이레스는 여행자 상대 강도사건이 많은 곳이므로
주의 필요.
Must See 부에노스아이레스의 탱고 공연과 산텔모 일요시장, 바릴로체의 산과 호수, 칼라파테의 모
레노 빙하, 피츠로이 트레킹.

맥주병을 위한
축복의 땅

"물 한 병이 얼마라고요?"

"800페소(2,000원)요."

우유니 투어를 마친 후 도착한 칠레. 그런데 볼리비아에서 300원이 던 생수 한 병이 2,000원이란다. 갑자기 몇 배가 오른 물가에 당혹스 럽다. 이곳은 칠레의 산 페드로 데 아타카마San Pedro de Atacama. 아타카 마 사막 한가운데에 있는 조그만 마을이다. 그런데 세계에서 가장 건 조한 지역이라서 그럴까? 물값은 황당할 정도이고 숙소, 식당 할 것 없이 볼리비아와 비교할 수 없을 정도로 비싸다. 시내를 한참 헤맨 후 에 겨우 찾은 저렴하고 깨끗한 호스텔은 물이 부족하다고 손빨래를 못하게 한다. 일주일간 빨래를 못해 갈아입을 옷이 없는데 세탁소에 맡기자니 그것도 엄청 비싸다. 별 수 없이 손빨래를 할 수 있다는 이 유 하나 때문에 더러운 화장실에 더운물도 안 나오는 지저분한 호스 텔에서 머물기로 했다.

배가 고파 식당들을 둘러봤더니 가격이 장난 아니다. 웬만한 밥 한 끼 먹으려면 5,000원 이상은 줘야 한다. 1,000원이면 한 끼 배부르게 먹을 수 있는 볼리비아에 있다가 왔더니 심리적 충격이 심하다. 칠레 물가에 적응하려면 시간이 필요할 것 같다(나중에 안 사실이지만, 산 페드로는 칠레에서 가장 물가가 비싼 지역이다). 별 수 없이 일년쯤 청소를 안 한 것 같은 호스텔 부엌에 쪼그려앉아 페루에서 사온 마지막 라면을 끓여먹는 것으로 허기를 달랬다. 다음날 아침 일어나니 온몸이 쑤시고 피곤하다. 하긴 지난 며칠간 야간버스에 우유니 투어에……. 하루에 10시간 이상 차를 탔으니까 지칠 만도 하다. 그래도 여기까지 왔는데 뭔가 보긴 해야지. 무거운 몸을 이끌고 여행사에 갔는데 뭘 해야 할지 모르겠다.

"달의 계곡에서 석양을 보는 투어가 인기 좋고 호수를 둘러보는 투어도 많이 해요."

직원의 말을 듣고 생각에 잠겼다. 사막의 일몰? 안 땡긴다. 호수라… 우유니에서 호수는 지겹게 봤는데 또 볼 필요가 있을까. 별로 탐탁치 않아 하는 내 표정을 읽은 직원이 재빨리 말한다.

"여기 사해Dead Sea처럼 몸이 둥둥 뜨는 호수가 있어요. 멋있어요."

뭐? 몸이 뜨는 호숫가 있다고? 그런 곳은 사해뿐인 줄 알았는데. 그럼 오늘 오후 일정은 호수 투어다. 투어버스가 한 시간쯤 사막을 달려 도착한 곳은 사해처럼 몸이 뜬다는 세하스 호수Laguna Cejas. 이 건조한 사막에 있는 호수가 수심이 깊고 넓다. 거참 신기하네. 금방 물이 증발해버릴 것 같은데. 이제 수영복으로 갈아입고 물속에 뛰어들 차례인데……. 분명히 호스텔에서 챙겨왔다고 생각한 수영복이 없는 게

아닌가! 추울까봐 반바지 말고 긴 바지 입고 왔는데. 난감하다. 혼자 어쩔 줄 모르고 서 있었더니 같은 차를 탔던 여자애들이 농담을 한다.

"옷 벗고 누드로 수영해. 우리가 봐줄게."

이것들이… 너희들이 누드로 수영해라, 내가 성의를 다해 구경해줄게. 내 누드보다는 너희들 누드가 한결 낫지 않겠어? 풀이 죽어 호숫가를 어슬렁거리고 있는데 누군가 날 부른다.

"이 반바지 입어. 난 그냥 수영복 입고 다니면 되니까."

버스 옆자리에 앉았던 미국 여자애가 자기가 입고온 반바지를 빌려주는 것이다. 아, 눈물나게 고맙다. 입이 닳도록 '땡큐'를 반복한 후 반바지로 갈아입고 호수 속에 몸을 담갔다. 그런데 안 뜨면 어떡하지? 수영도 잘 못 하는데. 두렵고 긴장돼 가슴이 두근거린다. 거기에다 사막 한가운데라 물이 따뜻할 줄 알았더니 차갑다. 난 찬물 완전 싫어하는데.

에라, 모르겠다. 설마 빠져죽진 않겠지. 과감하게 몸을 물속에 집어넣자… 와, 정말 몸이 둥둥 뜬다. 물속에서 누군가 내 몸을 떠받치고 있는 것 같다. 팔다리를 전혀 움직이지 않아도 몸은 계속 떠 있기만 한다. 엄청 신기하다. 주위 사람들 역시 마찬가지. 심지어 물 위에 누워 신문이나 책을 읽는 사람도 있다. 나도 저렇게 한번 누워볼까? 그런데 물 위에 가만히 떠 있는 상태에서 몸을 뒤집는 것이 생각처럼 쉽지 않다. 몸 여기저기에 힘을 주며 바둥바둥하는 순간, 그만 눈과 입에 물이 들어가고 말았다. 짜디짠 물이 들어가자마자 눈과 목이 타들어가는 것처럼 고통스럽다. 급히 물 밖으로 나오면서 가이드에게 소리쳤다.

"눈에 물 들어갔어요. 너무 아픈데 어떻게 해요?"

가이드는 '너 같은 애들 정말 많이 봤어.'라는 표정으로 실실 웃으며 미리 통에 담아온 물을 얼굴에 부어준다. 휴, 살 것 같다. 십년 감수했네. 다시 호수에 들어가 한참을 놀다 물 밖으로 나오자 수분이 증발하면서 온몸이 소금으로 하얗게 덮인다. 조그만 호수 하나를 더 구경한 후 마지막으로 도착한 곳은 떼벤끼체 호수Laguna Tebenquiche. 여긴 뭐 하는 곳일까? 저만치서 호수가 보이기 시작하는데, 예쁘다. 사막 한가운데 드넓은 호수가 펼쳐져 있는데 호수 색이 여러 가지다. 여기는 하늘색, 저기는 녹색, 또 어떤 곳은 파란색으로 빛나고 있다. 그 위에 붉은 석양이 내려앉자 잔잔한 물결이 투명하게 빛나며 아름다움을 더하고 있다.

이곳은 소금호수. 호수 가장자리뿐만 아니라 호수 바닥 전체가 소금이고 소금 위에 10센티미터 정도만 물이 있다. 신발을 벗고 호수 안에 들어가자 발바닥에 느껴지는 까칠까칠한 소금의 촉감과 발목에 찰랑거리는 차가운 물이 묘한 조화를 이룬다. 호수 한가운데에 서자 물 표면이 석양 속에서 붉게 빛나며 반짝인다. 가슴 시리도록 아름다운

풍경. 내가 사랑하는 과테말라의 아티틀란 호수나 페루의 69호수와는 다른 새로운 아름다움이다. 이 세상엔 아름다운 곳이 참 많다. 남미에 오길 잘했어. 박재영! 사표 쓰고 떠난 건, 정말이지 탁월한 결정이었어. 눈부신 석양 속에서 나 혼자 뿌듯해진 나머지 헤실헤실 웃음이 쏟아졌다.

아타카마 사막 투어

- 호수 투어, 달의 계곡 투어 등 아타카마 사막의 절경을 볼 수 있는 여러 투어가 있다. 우유니 투어도 산 페드로에서 예약이 가능한데 우유니에서 출발한 코스의 정반대로 가게 된다.
- 산 페드로는 칠레에서 가장 물가가 비싼 지역. 특히 물과 식품이 비싸기 때문에 다른 지역에서 충분히 사오는 편이 좋다.

짧은 동행, 긴 아쉬움

버스에서 내리자 호흡하기 힘들고 머리가 띵하다. 해발 4,000미터쯤
될까? 사방에 보이는 것은 설산뿐. 칠레 산 페드로를 떠나 10일간 아
르헨티나 북부의 살타^{Salta}, 코르도바^{Cordoba}, 멘도사^{Mendoza}를 여행했
다. 그런데 그 동네들, 어찌나 재미가 없던지. 특별한 볼거리도, 재미
있는 일도 없다. 게다가 6개월 가까이 여행했더니 이젠 슬슬 여행이
지겨워진다. 새로운 곳에 도착해도 별 감흥 없이 무덤덤하고, 워낙 멋
진 곳들을 많이 봤더니 어지간한 것을 봐서는 좋다는 생각이 들지 않
는다. 여행에 대한 설렘과 흥분이 사라지는, 장기여행자가 겪는 슬럼
프가 내게도 찾아온 것이다. 역시 여행을 길게 하는 것이 마냥 좋기만
한 일은 아니다. 오늘 무엇을 보고 경험하는가보다 어떤 숙소를 잡고
뭘 먹고 비용을 어떻게 줄이느냐에 더 큰 관심을 가지게 된다. 여행기
간이 길면 시간적으로 여유가 있고 더 풍부한 경험을 할 수 있지만 그
대가로 여행의 설렘과 긴장을 희생해야 하는 것이다. 슬럼프에 빠져
허우적거리던 아르헨티나 북부를 떠나 지금 서 있는 곳은 아르헨티

나 멘도사에서 칠레의 수도 산티아고^{Santiago}로 넘어가는 길. 버스는 안데스산맥 한가운데에서 멈추더니 출입국 도장을 받으라고 한다. 이런 곳에 국경이 있다니. 경치는 빼어나지만 국경사무소 직원들 출퇴근하는 것도 예삿일이 아니겠다. 산티아고 시내의 호스텔에 짐을 풀고 정원으로 나왔는데 옆 테이블에 예쁘장하게 생긴 동양인 여자애가 한 명 있다. 노트에 뭔가를 열심히 쓰고 있길래 슬쩍 옆에 가서 보니 오호, 일본인이다. 몇 마디밖에 모르는 일본어로 인사를 건넸다.

"스미마셍~, 니혼진데스까? 와따시와 간코쿠진데스(실례지만~, 일본인이세요? 전 한국인이에요)."

뭐, 이렇게 인사하면 일본인들이 반가워하니까. 자기 나라말로 인사하는데 누가 싫어하겠어? 여자애 이름은 카나코. 5개월 일정으로 세계일주 항공권을 사서 여행 중이란다. 그런데 이 여자애, 스페인어는 단 한마디도 못하고 영어도 아주 초보 수준이라 말 한마디 하려면 전자사전을 몇 번이나 찾아본다. 이러면서 세계 여행을 하다니 참 용감하다. 하긴, 모든 사람들이 제일 좋아하는 인기품목(?)인 동양인 여자니까 남자들이 많이 도와주겠지. 여기 올 때도 칠레 남자애 두 명이 짐을 다 들고 안내해줬다니까. 그러고 보니 아주 예쁘진 않지만 여린 인상과 가냘픈 몸매가 왠지 남자의 보호본능을 자극할 것 같다. 눈도 서양 애들이 제일 좋아하는 찢어진 동양 눈이고.

나? 동양인 남자야 뭐… 우리나라 남자 배낭여행자들끼리 만나면 하는 말이 있다. 동양인 남자는 지나가는 개도 안 쳐다본다고. 백인들은 좀 거지처럼 하고 다녀도 빈티지 스타일이라고 좋아하지만 돈 없고 꾸질꾸질한 동양인 남자를 누가 좋아하겠나. 심지어 한 숙소에 3~4일씩 머무는데도 아무도 나에게 말을 안 거는 일까지 종종 발생한다. 여행 초반에는 내가 신나서 말 걸고 했는데 그런 현실을 깨닫고 나서는 굳이 백인들 틈에 끼어다니려고 노력하지 않는다. 나도 자존심이 있지. 상황이 이렇다 보니 여행지에 대한 평가도 우리나라 남자와 여자는 극과 극. 모두에게 환영받아 기분 좋은 여자와 아무도 신경 안 써주는 남자의 시선이 같을 수가 있나.

그나마 나은 경우는 이렇게 동양인 여행자를 마주치는 것. 남미에서 보기 힘든 피부색이니 서로 만나면 괜히 반갑다. 카나코처럼 여자라면 더할 나위 없이 반가운 상황. 이런저런 이야기를 나누다 슬쩍 제안을 한다.

"내일 비냐 델 마르 Viña del Mar에 다녀올 생각인데 같이 갈래?"

오!! 좋단다. 이런 횡재가. 슬럼프에 빠져 우울했는데 여행을 시작한 이래 처음으로 떠나는 여자와의 동행에 싱숭생숭 설렌다. 산티아고에서 비냐 델 마르까지는 버스로 두 시간. 그런데……

"카나코, 학교에서 전공은 뭐니?"

그냥 상투적인 질문이다. 카나코가 영어를 잘 못해서 어려운 질문은 못하니까.

"전공 같은 것 없어요. 고등학교 3학년이에요."

이건 도대체… 무슨 황당한 시추에이션? 그렇다, 카나코는 이제 열여덟 살. 고등학교를 휴학하고 여행을 나왔단다. 여자랑 동행한다고 좋아했더니 고딩이었다네. 헐헐…….

비냐 델 마르에 도착해 함께 천천히 거리를 거닐며 해변으로 갔다. 대도시 바로 옆에 있는 유명한 해변답게 거리는 잘 꾸며져 있고 도심을 관통하는 강가에는 야자수가 줄지어 서서 휴양지의 분위기를 물씬 풍긴다. 해변에 도착하니 와우, 거대한 파도가 몰려와 부서지고 좁은 백사장에는 발 디딜 틈조차 없을 정도로 사람들이 바글바글하다. 굳이 비슷한 느낌의 장소를 꼽는다면 해운대? 혼자 왔으면 허접한 해변에 짜증날 뻔했다. 수영복으로 갈아입었지만 파도가 몹시 거칠어 수영을 할 수 없고 짐을 보관할 곳도 없어 카나코와 함께 백사장에서 맥주를 마시며 이야기를 나눴다. 아무리 어린애라지만 정말 아무 대책 없이 남미에 왔다. 다음 목적지인 이스터섬과 부에노스아이레스로 가는 방법도 모르고 심지어 칠레 돈을 환전하는 방법조차 모른다. 별 수 없지. 내가 해결해줄 수밖에. 하루 함께 동행한 사이인데 그 정도쯤이야. 다음날 새벽 이스터섬으로 가는 비행기를 타야 하는데 아무 준비를 안 한 카나코. 난 그날 밤늦게까지 공항 가는 버스를 예약해주고, 환전을 해주고, 짐 정리까지 도와주었다. 그런데 여행하는 애가 무슨 짐이 이렇게 많을까? 유리로 된 물병, 그림이 든 액자, 인형… 이런 필요 없는 것을 가지고 여행하는 사람은 처음 본다. 하긴 어딜 가나 나처럼 이렇게 두 팔 걷어붙이고 도와주는 사람이 있지 않았을까?

나흘 뒤, 카나코가 이스터섬에서 돌아왔다. 아니나 다를까. 돌아올 때도 이스터섬에서 만난 일본 남자애 세 명이 그 많은 카나코의 짐을 다 들고 호스텔까지 데려다준다. 역시 이 아이는 남자의 보호본능을 끌어내는 숨겨진 재주가 있는 것 같아. 카나코의 다음 목적지는 아르헨티나의 이과수폭포. 산티아고에서 동쪽으로 멘도사, 부에노스아이레스를 거쳐서 가야 된다. 내가 갈 곳은 칠레 발디비아Valdivia. 남쪽 방향이다. 고민된다. 일정을 바꿔서 카나코와 함께 다녀볼까? 남미에서 동양인 미인을 만나는 건 하늘의 별따기인데. 카나코도 스페인어를 할 줄 아는 나와 함께 다니는 걸 은근히 바라는 눈치다. 하지만… 참자. 카나코 따라갔다가는 남미 최남단 우수아이아까지 갈 내 여행루트가 왕창 꼬여버린다. 말도 잘 안 통해서 관계가 발전될 가능성도 낮다. 게다가 고딩이잖아. 결국 마지막으로 터미널에서 버스표 사는 것을 도와준 후 카나코는 멘도사로, 나는 발디비아로 떠났다. 아주 짧은 만남, 아쉬움이 남는다. 고딩인데 에잇, 쓸데없는 생각은 하지 말자. 항상 혼자였잖아. 그나저나 난 언제쯤 여행하면서 로맨스 한 번 만들어볼 수 있을까? 남들은 잘만 하던데…….

양심에 털 난 하루였다

"박 대리님, 칠레와 일정 잡혔습니다. 곧 연락이 갈 겁니다."

아싸, 이 과장님께 기다리던 연락이 왔다. 몇 주 전부터 준비해왔던 칠레 와이너리 방문 프로젝트가 성공한 것이다. 그게 무슨 대단한 일이냐고? 아르헨티나 멘도사에서 했던 허접스러운 와이너리 투어랑은 품격이 다른, 한국에서 온 VIP 바이어로 공식 초대를 받았기 때문이다.

무슨 사연인고 하니, 회사를 관두기 전 정유사에서 고급휘발유 마케팅을 담당하면서 판촉행사를 위해 와인을 일년에 몇만 병씩 사곤 했었다. 그러다 보니 와인에 대한 관심이 많았지만 싸구려 투어로는 제대로 된 설명을 들을 수가 없었다. 궁리 끝에 거래하던 와인수입업체 담당자님께 칠레 와이너리에 연락을 좀 해달라고 부탁했다.

회사를 그만뒀기 때문에 바이어 자격이 있을 리 없지만, 가난한 배낭여행자는 뻔뻔하다. 그래봐야 와이너리 투어 중 좀 비싼 것을 공짜로 하는 정도이지 않겠어? 이렇게 생각하고 벌인 일이었다.

한데 막상 'M' 와이너리와 방문 약속이 잡히고 이메일로 연락을 주고받으면서 일이 예상과 다른 방향으로 흘러갔다. 와이너리는 한국에서 진짜 '큰손'이 오는 것으로 받아들인 거다.

"산티아고에 언제 도착하시나요? 항공편 일정을 알려주시면 공항으로 차를 보내겠습니다."

"묵으실 호텔 이름과 방번호를 알려주시기 바랍니다."

윽! 배낭여행자가 무슨 호텔에 비행기. 버스 타고 가서 호스텔 도미토리에 묵을 건데. 한참 메일을 주고받은 후 방문 일정이 왔는데 이런, 아시아 담당 팀장님이 직접 픽업하러 오신단다. 일이 이렇게 커질 줄 몰랐는데. 내 생각만 하고 와이너리에서 어떻게 받아들일지 생각 못한 것이다. 하지만 이미 엎질러진 물, 지금 와서 취소할 수도 없고.

와이너리에서 나를 데리러오기로 한 시간은 오후 1시. 그런데 오전에 갑자기 택시기사가 찾아왔다고 한다. 택시 타고 오라는 말인가보네. 그런데 이건 무슨 일? 나이 지긋하신 기사님이 커다란 선물바구니를 들고 계신다. 알고보니 데리러온 것이 아니라 와이너리에서 미리 선물바구니를 보낸 것이다. 커다란 바구니 안에는 와인부터 프랑스제 고급 초콜릿, 쿠키, 칠레 전통 잼 등 먹을 것이 가득하다. 아, 갈수록 부담감이 커진다.

오후 1시, 1분의 오차도 없이 호스텔 초인종이 울린다. 아무래도 시간 맞추려고 미리 도착해 기다린 것 같다. 창문 너머로 흘깃 보니 깔끔하게 양복을 차려입은 두 사람이 날 기다리고 있다. 이 일을 어떡하지? 옷이라도 제대로 입을 걸. 난 늘 입고다니는 트레이닝바지에 반팔티셔츠, 운동화 차림인데. 배낭에 이런 옷밖에 없고. 쭈뼛쭈뼛 호스텔 밖으로 나오자 날 기다리던 두 사람은 순간 황당한 표정이 된다. 하긴 나라도 그렇겠다. 한국에서 왔다는 VIP 바이어가 싸구려 호스텔에서 트레이닝바지에 운동화 차림으로 나오니. 하지만 바이어라는데 어떡하겠어. 둘 중 나이가 들어보이는 쪽이 팀장님, 젊은 사람은 한국 담당 직원이란다. 반갑게 인사를 나눈 후 벤츠(!)를 타고 척 보기에도 고급스러운 식당으로 점심을 먹으러 갔다. 다행히도 미리 메일로 '휴직하고 여행 중'이라는 거짓말을 했더니 많이 놀라지는 않는 눈치다.

"제가 진행했던 프로모션은 고급휘발유를 일정 금액 이상 주유하면 와인을 주는 것이었죠."

"구매량이요? 꽤 많았죠. 한 번에 만 병 넘게 사곤 했으니까요."

'이놈이 진짜 바이어가 맞나?'라는 의심을 없애주기 위해 회사에서 했던 일에 대해 정말 많이도 떠들었더니 두 사람의 표정이 조금 밝아지는 것 같다. 천만다행이다. 점심식사는 칠레식 세비체와 생선스테

이크, 거기다 비싼 와인 두 병까지. 여행을 시작한 이래 처음 누려보는 호사지만 괜히 양심이 찔려 한마디 했다.

"이렇게 비싼 것을 먹어도 상관 없어요?"

팀장님은 크게 웃으며 호탕하게 대답하신다.

"괜찮아요. 회삿돈으로 먹을 때 잘 먹어야죠. 회삿돈이잖아요."

역시 세상 어딜 가나 직장인 심리는 똑같군. 그래, 부담없이 먹자. 회삿돈이라잖아. 식사를 마치고 담당 직원과 함께 산티아고 외곽, 까사블란까Casablanca 계곡에 있는 와이너리를 방문했다. 와이너리에 도착하자 관리책임자께서 직접 차를 몰고나와 구석구석을 안내하며 설명을 해주신다. 굳이 책임자가 안 나오셔도 되는데……. 아랫사람을 보내시지 그러셨어요? 안 그래도 불편한데. 그래도 와인에 대해 좀더 알고 싶어서 벌인 일. 스페인어로 설명을 해달라고 했더니 책임자께선 "아시아 바이어 중에 스페인어를 하는 사람은 처음이네요."라고 반

색하며 신이 나서 얘기하신다. 뭐, 당신도 영어보다는 스페인어로 설명하는 것이 편하시겠지. 지나치게 신이 나셔서 빠르게 말씀하시는 바람에 반 정도밖에 못 알아들었지만.

포도는 품종별로 재배 방법과 수확 시기가 다르다고 한다. 또 같은 품종이라도 산의 어느 쪽에 있느냐에 따라 햇빛이 비치는 양이 다르고 맛도 달라진단다. 음, 와인은 술이 아니라 예술이라고 하더니 정말 그런 모양이다. 햇빛의 양이나 물이 빠지는 정도에 따라 맛의 차이가 생기고 그런 것까지 세심하게 고려해 재배를 해야 한다니. 정말 쉬운 작업이 아니구나.

와이너리는 내가 생각했던 것보다 훨씬 거대하고 산과 강이 어우러진 풍경도 훌륭하다. 하지만 여전히 마음은 무겁고 부담감은 엄청나다. 좀 빨리 끝났으면 좋겠다. 한 시간쯤 둘러본 후 사무실 건물로 왔다. 이젠 끝났겠지, 인사하고 빨리 떠나야겠다. 그런데 끝이 아닌가보다.

"이쪽으로 절 따라오세요."

깔끔한 정장을 빼입은 어여쁜 여직원 한 명이 갑자기 날 안내한다. 영문을 모르고 따라가보니 넓은 회의실에 와인이 담긴 수십 개의 잔들이 빽빽이 깔려 있고 정장을 차려입은 직원 몇 명이 대기중이다. 이건 또 무슨 시추에이션?

"저희 와이너리에서 생산하는 와인들이 준비되어 있습니다. 맛을 보시고 평가해주세요."

하늘이 노래진다. 내가 일을 벌여도 너무 크게 벌였구나. 이젠 죄책

감까지 느껴진다. 지금이라도 난 바이어가 아니라고 자수할까? 아니야, 그러면 소개해준 분 입장이 곤란해지잖아. 끝까지 버텨야 해. 어쩔 수 없이 난생 처음 팔자에도 없는 와인시음회를 하게 되었다. 준비된 와인은 11가지. 왜 이렇게 많은 거야? 뭐가 뭔지 잘 구분도 못하는데. 담당 직원, 와이너리 책임자, 나 이렇게 세 사람이 자리에 앉자 시음회가 시작된다.

첫 번째 맛본 와인은 칠레에서 많이 재배한다는 레드와인 품종인 까베르네 쇼비뇽Carbernet Sauvignon. 그래도 TV에서 본 것이 있어서 와인잔을 살살 돌리고 코를 박아 향을 맡은 후 한 모금 꿀꺽. 음, 맛있군. 그런데 옆에 있는 희고 긴 병은 뭐하는 물건이지? 물병은 아닌데. 궁금함에 다른 사람들을 보니 허걱, 입안에서 와인을 굴려 맛을 본 후에 병에다 뱉는 것이 아닌가. 순간 얼굴이 후끈 달아오른다. 그래, 상식적으로 이 와인을 모두 마시면 취하겠지. 시음회에서 와인을 마시지 않고 뱉는다는 사실도 모르는 바이어. 다들 얼마나 황당할까. 화끈거리는 얼굴을 감추고 계속 와인을 맛봤다. 그래도 와인을 종류별로 하나씩 마시다보니 차이가 느껴진다. 레드와인 중 까베르네 쇼비뇽과 까르메네르Carmenere는 맛과 향이 부드럽다. 내가 좋아하는 스타일이군. 반면 피노 누아르Pinot Noir는 다소 강하고 떫은 맛이 난다. 윽, 멘도사에서 '말벡'과 '시라'를 마셨을 때 느낌이야. 화이트 와인이라도 쇼비뇽 블랑Sauvignon Blanc은 좀 드라이하고 샤도네이Chardonnay는 달콤하다. 미안한 마음에 최선을 다해 평가지를 작성하고 제품별 특징에 대해 마치 아는 것처럼, 살 것처럼 이야기했다. 에고, 이게 무슨 팔자에 없는 짓이래. 와인시음회를 끝으로 길고긴 와이너리 방문이 끝났다.

　가장 마음에 들었던 와인 한 병을 선물받고 돌아오는 길. 휴, 힘든 하루였다. 역시 사람은 정직하게 살아야 돼. 지독하게 길고 곤란했던, 양심에 털이 수북이 난 하루였다.

안데스의 푸른 보석,
바릴로체

아르헨티나 바릴로체^{Bariloche}. 어떤 여행자들은 스위스와 비슷하다고 말했다. 호수와 눈덮인 산, 푸른 숲이 있어서 '남미의 스위스'라고 불린다나? 남미 속의 유럽풍 분위기라… 뭔가 잘 안 어울리는 것 같긴 하다. 게다가 아르헨티나에서 제일 유명한 관광지 중 하나라 물가가 비싸단다. 아르헨티나는 안 그래도 물가가 높아 부담이 많았는데 거긴 더 하다고? 왠지 마음에 안 든다. 하지만 아르헨티나, 칠레 남부의 파타고니아 지역에 가려면 한번쯤 들러야 하는 곳. 별 수 없이 칠레 발디비아^{Valdivia}를 떠나 바릴로체로 가는 버스를 타긴 했지만 시큰둥했다. 아르헨티나 북부 도시들이 워낙 볼거리가 없어서 이 나라에 대한 기대치가 확 낮아졌기 때문이다.

발디비아에서 바릴로체까지는 버스로 일곱 시간 거리. 남미에서 장거리버스 타는 것에 워낙 익숙해지다보니 이 정도 거리면 여행자들끼리는 "바로 옆 동네 가네!"라고 표현한다. 그러고 보면 멕시코에서 처음 장거리버스를 탈 때는 정말 지루하고 힘들었는데……. 음악을 들어도 잠을 자도 시간이 잘 가지 않았었고. 그런데 이젠 버스를 타면 아주 특별한 풍경이 나타나지 않는 이상 잠이 든 것도 깨어 있는 것도 아닌 무아지경에 빠져버린다. 아무 생각 없이 멍하니 앉아 있다가 문득 시계를 보면 어느 사이 열 시간쯤 지나 있는 것이다.

바릴로체로 가는 버스에서도 여느 때와 마찬가지로 별 생각 없이 앉아 시간을 죽이고 있었다. 그런데 바릴로체에 가까워지면서 풍경이 갑자기 달라진다. 두 개의 높은 산 사이를 지나자 눈앞에 짙푸른 빛깔의 아름다운 호수가 펼쳐진다. 호수는 병풍처럼 산으로 둘러싸여 숲이 무성하다. 숲 중간중간에는 말라죽은 흰색 나무들이 섞여 있어 아름다운 조화를 이루고, 푸른 호수 위로 산과 하늘이 반사되고 있었다. 우와!! 이제껏 봐왔던 풍경과는 사뭇 다른 특이한 분위기다. 뉴질랜드 남섬에 온 느낌이라고 할까. 갑자기 바릴로체가 마구 궁금해진다.

숙소에 배낭을 벗어던지기 무섭게 바로 시내구경에 나섰다. 바릴로체는 눈덮인 산들로 둘러싸인 아름다운 나우엘 우아피 Nahuel Huapi 호숫가에 자리잡고 있었다. 호수 바로 앞에 있는 광장에 가자 시원한 바람에 온몸과 마음이 씻기는 것 같아 시원하다. 이 상쾌하고 멋진 광장에 앉아 하루 종일 시간을 보내도 즐거울 듯하다.

시내는 남미의 다른 도시들과 달리 깔끔하게 정돈돼 있고 고급스럽다. 유럽 이민자들이 많은 동네라고 하더니 남미가 아니라 여느 유럽 도시에 온 것 같다. 지금까지 지나온 남미 도시들과 분위기가 몹시 달라 어색한 기분이 들 정도다. 중심가에는 관광객을 겨냥한 수제 초콜릿과 기념품 가게, 고급 식당들이 가득하다. 그런데 듣던 대로 물가가 엄청나게 높다. 남미에서 밥 한 끼 먹는데 만 원 이상 내야 하는 동네가 있다니. 별 수 없이 아르헨티나에 들어온 이래 늘 그랬듯이 마트에서 쇠고기를 사서 구워먹는 수밖에.

호스텔에서 만난 여행자들과 버스에서 만났던 한국인 유학생의 의견을 종합한 결과 가장 풍경이 뛰어난 곳은 바릴로체 서쪽 지역이라고 한다. 바릴로체에서 18킬로미터 떨어진 곳으로 가서 자전거를 빌린 후 27킬로미터 지점에 있는 유명한 샤오샤오 Llao Llao 호텔을 다녀온 후 꼼빠나리오 언덕 Cerro Companario에 올라가 경치를 보는 것이 일반적인 여행코스.

그런데 자전거를 몇 시간 빌리는 데 드는 돈은 15달러 정도. 에콰도르에선 하루 종일 대여료가 5달러였는데……. 이럴 때 대안은 무조건 하나. 돈을 아끼고 몸을 튼튼하게 만드는 길, 바로 걷는 거다. 시내버스를 타고 샤오샤오 호텔로 향했다. 시내를 벗어나자 숲은 더 무성해지고 눈덮인 산들은 바로 옆에 있는 듯 가깝게 보인다. 보는 것만으로도 눈이 즐거워지는 풍경이다. 버스 종점에 도착하자 호수로 둘러싸인 언덕 위, 거대한 설산 바로 앞에 샤오샤오 호텔이 자리잡고 있다. 예전에 클린턴 대통령이 왔을 때 정상회담을 여기서 했을 정도로 유명한 곳이란다. 투명한 호숫가에는 꽃들이 만개하고 벌들은 꽃들 사이를 부지런히 날아다닌다. 이런 곳에선 눈부시게 아름다운 호숫가를 천천히 걸어다니는 것 외에 무엇이 더 필요할까. 캬! 돈만 넉넉하다면 여기서 몇 년쯤 조용히 살아보고 싶다.

샤오샤오 호텔 주변을 둘러본 후 길을 따라 바릴로체 쪽으로 발걸

바릴로체*Bariloche*

음을 옮겼다. 다른 여행자들은 자전거를 타고 가는 길이지만 돈 아끼려면 걸어야지. 그렇다고 아주 많이 걷는 것은 아니다. 다음 목적지인 꼼빠나리오 언덕까지는 겨우(?) 10킬로미터 정도? 이 정도쯤이야 군대 다녀온 대한민국 남자에겐 아무것도 아닌 거리지. 호숫가를 따라 두 시간 넘게 걸어서 꼼빠나리오 언덕에 도착했다. 그리고 30분쯤 더 헐떡거리며 수풀로 우거진 산길을 올라가 정상에 도착하자 갑자기 시야가 확 트이면서 주변 풍경이 한눈에 들어온다. 물감을 풀어놓은 듯한 짙푸른 호수들은 오후의 햇빛을 받아 반짝이고 눈덮인 산과 푸른 숲은 호수를 감싸고 있다. 호수와 산, 숲을 특히 좋아하는 나는 시원한 바람을 맞으며 넋 놓고 아름다운 바릴로체를 바라보았다. 그냥 바라보는 것만으로 마음이 충만해졌다. 그동안 쌓였던 아르헨티나 도시들에 대한 실망감이 일순간 다 사라지는 느낌이랄까. 바릴로체, 남미라기보다는 유럽적인 분위기를 강하게 풍기던 도시. 오랜 여행으로 슬럼프에 빠져 있던 나에게 경이로운 활력을 선사했던, 푸른 보석 같은 바릴로체. 아직도 나는 그곳의 풍경을 하나도 잊지 못한다.

바람의 땅,
파타고니아에 발을 딛다

파타고니아^{Patagonia}란 남미대륙 중 남위 약 40도 이하의 지역을 말한다. 지리적으로 아르헨티나와 칠레의 영토이며, 서쪽으로는 안데스산맥이 길게 뻗어 있고 동쪽은 낮은 평원으로 이루어져 있다. 하지만 이런 사전적인 의미 외에 파타고니아는 나를 잡아당기는 무엇인가 있었다. 한 번도 가본 적 없고 어떤 곳인지 알지도 못했지만 이 거대한 남미대륙의 끝에 가면 무언가 다른 세상이 있을 것 같았기 때문이다. 내가 늘 꿈꾸던, 내가 살던 세상과 전혀 다른 세계가.

바릴로체에서 파타고니아 여행의 중심지 칼라파테^{El Calafate}는 버스로 서른 시간 넘게 걸리는 먼 길이다. 하지만 긴 버스 여행에 지친 나는 30만 원에 가까운 거금을 주고 비행기를 선택했다. 마음 한편으로는 버스를 타고 남미대륙을 한 바퀴 돌고 싶은 욕심도 있었지만 마르고 닳도록 탄 버스가 이제 지겹다. 역시 돈의 힘은 위대해서 비행기는 한 시간 반 만에 칼라파테에 도착. 이거 배낭여행자가 너무 편하게 여행하는 것이 아닌지 어색할 정도다.

하지만 그런 마음도 잠시. 비행기에서 내리자마자 하늘색으로 빛나는 호수와 넓고 광활한 대지, 그리고 사방을 둘러싼 설산들이 내 시선을 잡아챈다. 뼛속까지 시원해질 것 같은 바람은 무서운 기세로 불고 있고, 그 바람을 따라 하얀 구름이 빠르게 움직인다. 부산과 서울에서만 30년 넘게 살았던 내가 늘 마음속으로 꿈꾸던, 이번 여행에서 꼭 만나고 싶던 '대자연'이다. 난 첫눈에 파타고니아에 반해버렸다. 칼라파테에서 머물게 된 곳은 한국인 사장님 부부가 운영하는 '린다 비스타 Linda Vista'라는 콘도. 뜻밖에도 멕시코 팔렌케 버스터미널에서 우연히 만나 내 스페인어 사전을 선물했던 재하를 여기서 다시 만났다. 이 광활한 남미 땅도 이럴 땐 좁은 것 같다. 멕시코로부터 수천 킬로미터 떨어진 파타고니아에서 다시 만나게 되다니. 재하는 두 명의 한국인 자매와 동행하고 있었다. 자식, 여자와 다니고 좋겠다. 반가운 마음에 한동안 이야기를 나누다 내일 뭐 할 예정인지 물어봤다.

"저희 엘 찰튼 El Chalten 가요. 피츠로이 Fitz Roy 가려고요."

맞다, 피츠로이. 트레킹으로 유명한 산이라던데. 그럼 나도 가봐야지. 그런데 재하 일행은 당일 코스로 다녀온단다. 난 기왕 간 김에 1박 2일로 구석구석 돌아보고 싶은데. 운 좋게도 바로 동행을 구할 수 있었다. 그 주인공은 얼마 전 칠레 산티아고의 호스텔에서 만났던 진영이. 산티아고에서 헤어질 때 칼라파테에서 만나자고 약속을 했었는데 또 다른 한국인 숙소인 '후지여관'에 머물고 있었다. 내 제안을 듣더니 흔쾌히 동의했고 같은 숙소에 있던 윤환이도 동행하기로 했다.

우리 일행 세 명, 재하 일행 세 명. 이렇게 총 여섯 명이 아침 일찍

엘 찰튼행 버스를 타러 터미널로 갔는데 황당한 일이 생겼다. 버스 좌석이 42개뿐인데 재하 일행은 43~45번 좌석이 배정되었고 우리 일행 세 명은 돌아오는 표가 없다. 직원이 쩔쩔 매는 사이 버스는 떠나고 한동안 기다리던 우리는 버스회사에서 급히 수배한 미니버스를 타게 되었다. 승객은 우리 여섯뿐. 와우! 이건 전세버스네! 사람이 적으니 버스기사도 신이 난 모양이다. 버스 안에서 담배를 피우자고 하더니 경치가 좋은 곳을 보면 멈춰서 사진 찍을 시간을 주고 달릴 때는 무서운 속도로 밟는다. 결국 우린 먼저 떠난 버스보다 빨리 엘 찰튼에 도착. 이런 걸 전화위복이라고 하지?

배낭을 둘러메고 트레킹을 시작했다. 우리가 택한 코스는 피츠로이 바로 아래에서 하룻밤을 보내고 새벽 일출을 본 후 또레 호수 Laguna Torre로 가는 1박 2일 코스. 린다 비스타에서 본, 피츠로이 전체가 빨갛게 물든 일출 사진에 반해 꼭 그 광경을 보고 싶었다. 날씨는 따뜻하고 바람은 시원하다. 숲속을 걷다보니 여러 사람들이 나무 위를 쳐다보고 있다. 무슨 일이지? 앗, 저건 만화에서만 보던 딱따구리! 딱따구리가 불타는 듯한 붉은 머리를 쉴 새 없이 움직이며 나무껍질을 깨서 그 속에 있는 벌레를 먹고 있다. 캠프장에 가까워지자 넓은 들판에는 빙하가 녹은 깨끗한 개울이 흐르고 나무가 빽빽이 들어찬 숲이 펼쳐진다. 경치 좋고, 물 맑고, 걷기 좋고. 정말 분위기 최고다. 캠프에 도착해 텐트를 치고 나자 구름이 몰려오더니 날씨가 조금 나빠진다. 지금은 남미의 한여름인 12월. 한국으로 따지면 6월이니 춥진 않겠지. 그런데 해가 지면서 날씨가 완전히 달라진다. 바람이 세차게 불더니

구름 속에서 얼핏 드러난 피츠로이.

눈이 내리는 게 아닌가! 지금은 바야흐로 한여름인데. 저녁을 먹자마
자 세수도 하지 않고 텐트에 들어가 침낭을 뒤집어썼다. 밤이 깊어가
자 날씨는 더 추워지고 텐트 위로 눈이 사각사각 쌓이는 소리가 들린
다. 그래도 새벽에 일어나 멋진 일출을 보면 이렇게 고생한 보람이 있
겠지.

　새벽 4시, 알람 소리에 잠이 깼다. 피츠로이를 가장 잘 보기 위해서
는 캠프장에서 한 시간 반쯤 떨어진 로스 토레스 호수 Laguna de los Tores

까지 올라가야 하는데 다들 일어날 생각을 하지 않는다. 날씨를 살펴보기 위해 밖으로 나오자 으악! 무식하게 추운데다 여전히 구름은 피츠로이를 뒤덮고 있다. 텐트로 들어와 다시 누웠다가 동생들을 깨워 캠프장 근처 언덕 위로 올라갔다. 추위에 발을 동동 구르며 일출을 기다렸는데 피츠로이를 가린 구름은 사라질 기미를 보이지 않는다. 일출 보려고 개고생을 하면서 캠핑까지 했는데 보람이 없다. 해가 뜨자 산은 잠깐 붉은색으로 물들었다가 이내 황금색으로 변한다. 산봉우리와 옅게 깔린 구름이 붉은색과 황금색으로 변하는 모습은 장관이지만 제일 중요한 피츠로이가 보이지 않으니 맥이 풀린다.

대강 일출을 보고 텐트로 돌아와 아침을 준비하기 시작했다. 어젯밤 메뉴는 라면, 오늘 아침 메뉴는 스파게티. 대충 데워진 물에 얇은 스파게티 면을 왕창 넣고 휘휘 저어가며 익히자 허걱, 면은 많고 물은 부족하다보니 면이 엉키면서 '죽'파게티가 되고 말았다. 에잇, 그래도 배고프니 먹고보자. 토마토 소스를 대충 뿌려 억지로 먹을 수밖에. 다시 한 번 물을 끓여 남은 면을 몽땅 넣고 재시도! 이번엔 잘 만들어보자! 하지만 물이 더 부족했나? 면이 몽땅 달라붙어서 뭉치더니 겉은 물컹물컹하고 속은 안 익은 '떡'파게티가 되고 말았다. 아, 눈물난다. 음식 같지 않은 음식으로 아침을 때우고 캠프장을 떠나 다음 목적지인 또레 호수를 향해 걷고 있는데 진영이가 갑자기 소리친다.

"형, 피츠로이가 보이려고 해!"

급히 고개를 돌리자 피츠로이를 둘러싼 구름이 조금씩 사라지고 있다. 그러더니 잠깐, 아주 잠깐 그렇게 보고 싶던 봉우리가 보였다가 순식간에 모습을 감춘다. 짜식, 엄청 비싸게 구네. 다음에 오면 좀 화끈하게 네 얼굴 보여줘. 30분쯤 걷자 산기슭 아래 자리잡은 아담한 호수 두 개가 나온다. 지도를 보니 호수 이름은 '엄마와 딸' 호수 Laguna Madre e Hija. 정말 엄마와 딸처럼 조금 큰 엄마 호수와 작은 딸 호수가 나란히 사이 좋게 자리잡고 있다. 여긴 사람들이 지나가지 않는 루트일까. 길도 제대로 나 있지 않더니 우리 말고는 지나가는 여행객이 없다. 깨끗하고 고요한 호숫가에서 어젯밤에 못한 세수와 양치질을 하고 잠시 여유를 부렸다. 이런 호숫가에서 텐트 치고 하룻밤 잘 걸.

다시 배낭을 메고 또레 호수로 가는 길. 바람은 시원하게 불고 바로 옆 계곡에는 빙하 녹은 물이 콸콸콸 흐르고 있다. 다섯 시간을 부지런히 걸어 또레 호수 밑에 도착했는데 호수에 가까워질수록 바람이 거세게 분다. 이건 그냥 바람이 아니라 태풍 수준이다. 몸무게 80킬로그램 가까이 되는 내가 무거운 배낭을 짊어졌는데도 바람이 한 번 불면 똑바로 걷지 못하고 옆으로 몸이 쭉 밀려난다. 게다가 바람에 마치 총알처럼 모래가 날려 온몸을 마구 두들겨대니, 얼굴을 들고 걸을 수가 없다. 겨우 언덕을 오르자 와우! 유빙이 둥둥 떠다니는 호수가 눈앞에 펼쳐진다. 저만치 호수 끝에 보이는 것은 거대한 빙하. 하지만 그 광경을 제대로 보는 것은 불가능하다. 쿠바에서 만났던 허리케인보다 더 강한 바람에 똑바로 서 있을 수가 없고 바람에 실려오는 모래와 물방울, 얼음조각에 눈 뜨기조차 힘들다.

그런데 갑자기 가슴속에서 무엇인가 벅찬 것이 끓어오른다. 세상 모든 것을 날려버릴 듯 불어오는 강한 바람에 몸을 맡기자, 나도 모르게 웃음이 터져나오는 것이다. 그래, 서른다섯이라는 나이에 사표를 내고 전셋집과 차를 팔고 아무렇지도 않은 듯 떠났지만, 내 마음 깊은 곳에는 미래에 대한 걱정과 고민이 남아 있었다. 그래서 가슴 한 구석에 무거운 돌덩어리가 놓여 있는 것처럼 답답해서 여행을 온전히 즐길 수만은 없었다. 하지만 마음속에 남아 있던 모든 근심들이 파타고니아의 바람에 실려 날아가는 것 같다. 이런 것을 떨쳐버리기 위해 멀고먼 파타고니아에 꼭 와보고 싶었던 건 아닐까. 폭풍처럼 몰아치는 바람 속에서 한참 동안 미친 듯이 웃고 나자 가슴이 뻥 뚫린 것처럼 후련하다. 엘 찰튼 트레킹. 아니 피츠로이 트레킹이라고 불러야 하나? 뭐라고 부르든 간에 그곳에서 난 파타고니아가 왜 '바람의 땅'인지를 제대로 느꼈다. 그리고 그 바람 속에 내 안의 모든 짐을 날려보냈다.

피츠로이 트레킹

- 칼라파테에서 아침에 떠나 피츠로이 봉우리만 보고 돌아오는 당일 코스, 캠프장이나 엘 찰튼 마을에서 1박을 하는 1박 2일 코스가 일반적이다.
- 텐트, 침낭 등 모든 캠핑장비는 칼라파테 시내에서 빌릴 수 있다.
- 피츠로이 내 캠핑장은 무료라서 샤워, 취사설비가 없다.

비바람이 몰아치는
빙하 위의 산책

칼라파테에서 제일 유명한 것 하나를 꼽으라면 단연 페리토 모레노 Perito Moreno 빙하. 로스 글라시아레스 Los Glaciares 국립공원에 있는 빙하로 폭이 5킬로미터, 높이는 60~80미터쯤 되는 거대한 규모다. 버스를 타고 빙하 앞 전망대에 가서 구경하는 것이 일반적이지만 멀리서 구경만 하려니 아쉬운 생각이 든다. 이 먼 곳까지 왔는데 빙하 위에 한 번 올라가보고 싶다는 욕심이 생기는 것이다. 하지만 문제는 다시 돈. 빙하트레킹은 두 가지가 있었는데 짧은 거리를 두 시간 동안 걷는 미니트레킹 Mini Trekking 은 18만 원! 이 가격도 다리가 후들거릴 정도인데 다섯 시간 동안 제대로 걷는 빅 아이스 Big Ice 는 무려 22만 원!! 한나절 투어에 일주일 생활비를 투자해야 한다.

한참을 고민하다 결국 미니트레킹을 해보기로 했다. 확 질러서 빅아이스를 하고 싶지만 20만 원 넘는 가격은 심리적으로 부담스럽다. 사실 하루에 50명만 할 수 있는 빅 아이스는 예약이 다 차서 며칠을 기다려야 한다니. 그런데 옷을 어떻게 입어야할지 고민이다. 여름이

지만 피츠로이 갔을 때처럼 추워지면 어쩌지? 얼음 위에서 걷는 것인데. 아니야, 근래 며칠 날씨가 좋은데 가볍게 입으면 되지 않을까? 그때 막 미니트레킹을 하고 돌아온 재하가 고민을 해결해준다.

"형, 더워서 죽는 줄 알았어요. 반팔 차림으로 가도 덥더라구요."

미니트레킹을 하는 날 아침이 되자 햇빛은 쨍쨍 내리쬔다. 역시 여름은 여름. 아무리 파타고니아라도 더운가보다. 가벼운 옷에 물 한 병 달랑 들고 모레노 빙하로 향했다. 그런데 빙하 근처에 도착하자 먹장구름이 몰려오더니 부슬부슬 비가 내리기 시작한다. 설마 하루 종일 오지는 않겠지? 배를 타고 빙하 바로 앞으로 가자 갑자기 빗줄기가 굵어지면서 날씨가 더 나빠진다. 설상가상으로 바람이 강하게 불면서 호수는 거친 바다처럼 파도친다. 이거 분위기가 싸한데. 배에서 내려 가이드에게 주의사항을 듣고 빙하 위를 걷기 위한 커다란 아이젠을 신발에 끼우는 동안에도 비는 그칠 줄 모르고 계속 내린다. 아직 시작도 안 했는데 비에 젖은 몸은 벌써 으슬으슬 떨린다.

하지만 빙하 위에 올라서자 빙하가 녹은, 투명할 정도로 깨끗한 물이 작은 개울이 되어 흐르고 얼음이 갈라진 크레바스들이 여기저기 입을 쩍 벌리고 있다. 빙하 위를 걷는 것은 생각보다 힘들지 않다. 그냥 발을 약간 팔자로 벌려 걸음을 디딜 때마다 아이젠을 얼음 깊이 박으면서 걸으면 된다. 하지만 일행에 노인과 여자들이 많고 가장 느린 사람의 걸음에 맞추다보니 속도가 엄청나게 더디다. 몇 걸음을 걸었다 멈추고, 걸었다 멈추고. 잔뜩 찌푸린 하늘에서 쉬지 않고 내리는 비 때문에 온몸이 젖었는데, 차디찬 얼음바람까지 불자 너무 추워 턱이 덜덜거릴 정도다. 빨리 걸어서 몸에 열이라도 내고 싶은데 한없이 더딘 전진속도에 몸은 점점 얼어간다. 가이드는 계속 "포토타임, 포토타임." 하면서 걸음을 멈춘다. 아, 추워 죽겠으니 제발 빨리 좀 걷자. 이러다 얼어서 쓰러지겠다.

거북이처럼 움직인 행렬이 겨우 눈앞을 가로막던 얼음언덕 정상에 도착하자 이런, 눈앞에 드넓은 모레노 빙하가 쫙 펼쳐지는 멋진 풍경이 보일 줄 알았더니 더 높은 언덕이 떡하니 앞을 가로막고 있다. 더 올라가야 되나? 그런데 그 순간, 돌아다니며 사람들 사진 찍어주기 바쁘던 가이드가 폭탄선언을 한다.

"자, 지금부터 출발했던 곳으로 돌아갑니다."

뭐야, 장난치냐? 몇백 미터도 안 걸었는데 벌써 돌아간다고? 허무해 죽겠네. 그래도 돌아오는 길에 고대하던 시간이 왔다. 바로 빙하 얼음을 넣은 위스키를 마시는
시간. 가이드는 즉석에서 피켈
로 얼음을 캐더니 잔에 가득 넣
고 위스키를 부어준다. 난 꽁꽁
얼어버린 몸을 데우기 위해 독
한 위스키를 연속으로 원샷했
다. 네 잔쯤 마시고 나자 그제
야 몸에 열이 나면서 추위가 좀 가시는 것 같다. 음, 러시아 사람들이
왜 보드카를 마시는지 이제 좀 알 듯하다.

　온종일 나를 괴롭힌 추위가 사라지자 술맛을 즐길 여유가 생긴다.
이건 빙하를 넣었으니 '위스키 온 더 록'이 아니라 '위스키 온 더 글래
시어 Whisky on the Glacier'라고 불러야 하나. 빙하 얼음이나 냉장고에서 얼
린 얼음이나 사실 별 차이는 없겠지만 왠지 더 시원하고 맛있게 느껴
진다. 그래서 그런지 가이드가 준 싸구려 위스키도 서울의 고급 바에
서 마시던 비싼 위스키보다 훨씬 입에 착착 감기며 넘어간다. 생애 처
음 빙하 위를 걸었던 날. 신선한 경험이었지만 감질만 나는 투어 코스
에 날씨까지 나빠 아쉬운 하루였다. 다음에 칼라파테에 오면 빅 아이
스를 꼭 한번 질러봐야지. 빙하 얼음을 넣은 시원한 위스키는 한 열
잔쯤 마시고. 취할까봐 다섯 잔밖에 못 마신 게 두고두고 아쉽다.

대지를 뚫고 나온 거대한 탑,
토레스 델 파이네

"진영아, 그러지 말고 토레스 델 파이네 같이 가자, 응?"

"형, 미니트레킹에 돈을 너무 많이 써서 아무래도 못 가겠어요."

난감하다. 진영이와 함께 칠레 토레스 델 파이네Torres del Paine 트레킹
을 할 예정이었다. 한데 녀석이 칼라파테에서 돈을 많이 쓰는 바람에
파이네를 포기하고 부에노스아이레스에 가서 장기체류를 하겠단다.
울트라 헝그리 모드로 여행하는 녀석이니 어쩔 수 없지만 혼자서 파
이네 트레킹을 해야 된다니.

토레스 델 파이네의 유명한 W코스 트레킹은 산에서 3박 4일간 캠
핑장비와 음식을 모두 짊어지고 다녀야 한다. 둘이 가야 캠핑장비도
좀 나눠들고 할 텐데, 혼자 떠날 생각을 하니 막막하다. 난 텐트에서
자는 것을 끔찍이 싫어해 와라스에 있을 때 그 유명한 산타 크루스
Santa Cruz 트레킹조차 안 했었다. 그래도 여기까지 왔으니 한번은 도전
해봐야 할 것 같아 칠레 푸에르토 나탈레스Puerto Natales행 버스에 몸을
실었지만 가는 내내 썩 내키지 않았다. 텐트에서 3일간 자면서까지 트

레킹을 할 가치가 있을까? 뭐, 아니다 싶으면 하루만 자고 돌아오면 되겠지.

푸에르토 나탈레스는 칼라파테보다 더 작은 항구도시다. 하지만 토레스 델 파이네에 근접한 덕에 여행자 숙소가 무수히 많다. 그렇더라도 지금은 크리스마스를 막 지난 연말 성수기. 숙소마다 토레스 델 파이네를 가기 위해 찾아온 사람들로 만원이라 한 시간 넘게 시내를 헤맨 끝에 겨우 숙소를 구했다.

하루 쉬면서 캠핑장비를 빌리고 슈퍼에 들러 식량과 간식을 준비했다. 하루에 10만 원쯤 쓰면 따뜻한 산장에서 자고 음식도 사먹을 수 있겠지만 장기여행자에겐 상상할 수 없는 사치다. 트레킹 하는 동안 고기와 야채를 가져와 요리해 먹는 사람들도 있다지만 그런 것을 배낭에 넣고 걸을 생각만 해도 머리가 어질어질하다. 무게를 최대한 줄이기 위해 내가 선택한 식사 메뉴는 아침 컵라면, 점심 빵, 저녁 라면과 밥이다. 이런 것만 먹고 하루 종일 걸을 수 있을까? 에이, 어떻게든 되겠지 뭐. 될 대로 되라는 심정으로 배낭을 메고 토레스 델 파이네로 가는 버스에 몸을 실었다.

토레스 델 파이네는 거대한 산 주위를 W자 모양의 코스를 따라 걷는 트레킹으로 유명하다. W의 위쪽 세 꼭지점에 있는 세 개의 전망대를 보기 위해서인데 명실공히 남미에서 가장 유명한 트레킹 코스다. 코스의 길이는 무려 76킬로미터. 그 긴 산길을 3박 4일간 걸어야 한다.

푸에르토 나탈레스에서 버스를 타고 토레스 델 파이네로 가는 동안에도 설렘이나 기대감은 생기지 않는다. 그동안 멋진 풍경을 많이 봐

서 웬만한 풍경에는 별 감흥이 없는 거다. 게다가 같은 파타고니아 지역이니 며칠 전에 다녀온 피츠로이와 비슷하지 않을까? 이런 생각 때문에 실제로 파이네를 포기하는 여행자들을 칼라파테에서 만났었다.

하지만 그런 생각은 버스에서 내려 뒤를 돌아보는 순간, 사라져버린다. 거대한 산 위로 수십 개의 창을 꽂아놓은 듯 하나하나 독창적인 형태로 솟아오른 토레스 델 파이네의 산봉우리들이 입을 딱 벌어지게 만드는 것이 아닌가! 마치 거대한 대지의 힘이 그 강대함을 주체하지

우뚝 솟은 토레스 델 파이네.

못하고 지표면을 꿰뚫고 땅 위로 솟구친 듯하다. 게다가 저 봉우리들의 높이가 해발 3,000미터 정도 된다니…….

파이네는 첫인상에서부터 나를 압도한다. 이때까지 여행하면서 이런 느낌을 받은 것은 처음이다. 눈부시게 빛나던 우유니의 그 사막조차 처음부터 이런 감정을 주지는 못했었다. 배를 타고 빙하가 녹은 물로 이루어진 하늘빛 뻬오에 호수를 건너는 내내 나는 파이네의 압도적인 위용에 눈길을 뗄 수가 없었다.

첫날 야영지인 파이네 그란데 Paine Grande 캠프 역시 할 말을 잊게 만든다. 앞에는 아름다운 뻬오에 호수 Lago Pehoe가, 뒤로는 해발 3,000미터가 넘는 거대한 파이네 그란데 봉우리가 있는 캠핑장은 그 자체만으로도 감탄사가 나온다. 파이네는 처음부터 '어때? 이 정도면 만족하지?'라고 나에게 말하는 것 같다.

오후 1시쯤 캠핑장에 텐트를 친 후 바로 첫 번째 전망대로 출발했다. 전망대까지 왕복 여덟 시간 정도가 걸리는 먼 거리. 다행히 파타고니아의 여름은 낮이 무진장 길어서 밤 10시가 넘어야 해가 지기 때문에 어두워지기 전에 돌아올 수 있다.

계곡과 호수를 따라 이어지는 아름다운 트레킹 코스를 걸으니 힘들다는 생각이 전혀 나지 않는다. 신기하게도 대부분의 나무는 똑바로 자라지 못하고 강한 바람에 옆으로 꺾인 모양 그대로 자라고 있다. 그래, 파타고니아의 바람에 저렇게 적응해야겠지. 얼마를 걸었을까, 조그만 언덕을 오르자 갑자기 저 멀리 거대한 호수와 첫 번째 코스의 핵심인 그레이 빙하 Glaciar Grey가 펼쳐진다. 이곳은 경치 하나하나가 그야말로 장관이네.

다시 한참을 걸어 그레이 빙하 전망대에 도착했다. 이런 곳에 전망대라는 시설물이 따로 있을 리는 없고 호수 옆에 있는 바위 언덕이 전망대. 언덕에 올라가자 그레이 빙하와 유빙들이 떠다니는 그레이 호수의 모습이 펼쳐진다.

이런 대자연의 장관 앞에서는 말이 필요없다. 나는 한참동안 바람을 맞으며 그레이 빙하를 바라보았다. 파이네는 정말 '대.자.연.' 그 자체다.

토레스 델 파이네. 첫날부터 이토록 멋진 풍경을 보게 될 거라고는 기대 안 했었다. 내일은 또 어떤 풍경이 나를 기다리고 있을까? 여덟 시간에 걸친 트레킹을 끝내고 라면과 밥뿐인 간단한 저녁을 먹으면서도 내 가슴은 두근거렸다. 하지만 밤이 되자 갑자기 파타고니아 특유의 강풍이 몰아치기 시작한다. 나는 잠을 잘 때 다소 예민한 성격인데 좁아터진 텐트가 계속 요동을 치니 도저히 잠이 오지 않는다. 밤새 잠을 자지 못하고 뒤척이다보니 어느새 해가 떠오르고 아침이 밝아온다. 어제 그렇게 많이 걷고 한숨도 못 잤는데 걸을 수 있을까? 그런데, 어라? 다리가 전혀 아프지 않고 졸리거나 피로하지도 않다. 어제 아침과 마찬가지로 컨디션 최고! 물 좋고 공기 좋아서 그런 걸까? 정말 신기할 일인데.

오늘 아침식사 역시 컵라면. 끓일 물을 받기 위해 화장실로 간다. 먹을 물을 받는데 왜 화장실로 가냐고? 이곳에서 쓰는 물은 모두 빙하가 녹은 호숫물. 화장실에서 나오는 물도 당연히 빙하가 녹은 물이다. 여긴 파타고니아니까. 그래서 여행자들끼리 농담 삼아 "파타고니아는 변기 내리는 물도 에비앙이야."라고 말하곤 했다.

아침식사를 마치고 다시 걷기 시작한다. 어제보다 길은 험하지만 파이네를 곁에 두고 걷는 기분은 상쾌하다. 그렇게 얼마나 걸었을까? 갑자기 짙푸른 호수가 나타난다. 지도를 보니 스코뜨스베르그 호수Lago Skottsberg 이거 뭐라고 읽어야 되는 거야? 이름 한 번 어렵다. 햇살이 비치는 호수 위로 물안개가 피어오른다. 그런데 가까이 가서 보니 물

안개가 아니다. 강한 바람에 안개처럼 물보라가 일어나면서 수면을 따라 호수 끝에서 끝까지 움직이는 것이다. 처음 보는 신기한 그 모습을 나는 한참 동안 바라보았다.

캠프를 떠난 지 두 시간 만에 이탈리아노^{Italiano} 캠프에 도착해 배낭을 던져놓고 프랑스 계곡^{Valle Frances}에 있다는 두 번째 전망대로 걸어갔다. 그곳에 뭐가 있는지 모르지만 일단 가봐야지.

그런데 길이 아주 험하다. 경사가 심하고 바위들이 많아 길 찾기도 힘들다. 바로 옆에는 급경사를 따라 계곡물이 요란한 소리를 내며 흐

압도적인 풍경 앞에서
우리는 말을 잃는다.

르고 왼쪽, 오른쪽, 정면으로 파이네의 수많은 봉우리가 나타난다. 난 지금 U자 모양으로 생긴 파이네의 가운데를 지나가고 있기 때문이다. 거기다 뒤를 돌아보자 멀리 하늘색 뻬오에 호수가 보인다. 와, 엄청 예쁘다.

그렇게 세 시간쯤 힘들게 올라가자 조그만 바위언덕이 있다. 휴, 오늘 코스는 많이 힘드네. 언덕 위에 올라가자 갑자기 시야가 탁 트인다. 이곳이 바로 전망대다. 그곳에 서는 순간 누가 뒤통수를 해머로 한 대 친 것 같다. 어딜 둘러보나 하늘 높이 솟구친 파이네의 거대한 봉우리들이 나를 감싸고 있는 것이 아닌가! 깎아지른 절벽 위에 저마다 다른 모양으로 우뚝 솟은 봉우리들이 마치 나를 내려다보는 것 같다. 나도 모르게 주체할 수 없는 웃음이 터져나온다. 기대감이 낮아서 더 그랬을까. 내가 이 풍경 속에 들어와 있다는 사실이 그렇게 벅차고 통쾌할 수가 없었다.

하루 종일 찌푸렸던 날씨도 전망대에 선 그 순간 쨍하게 맑아졌다. 온몸이 흔들릴 정도로 부는 강한 바람 속에서 나는 고개가 아픈 줄도 모르고 파이네의 봉우리들을 올려다보았다. 그렇게 10분쯤 지났을까. 다시 구름이 봉우리들을 감싸더니 빗방울이 떨어지기 시작한다. 파이네가 나에게 '이 정도면 충분하지? 이제 내려가.'라고 말하는 것 같다. 흥분한 마음을 다독이며 길을 되짚어 내려오기 시작했다. 가슴속에는 파이네의 환상적인 모습을 담고 입가에는 미소를 머금으며.

마침내 장엄미의 진수를
눈으로 보다

해가 지자 비가 내리기 시작한다. 그러더니 기온도 뚝 떨어져 침낭 밖으로 얼굴을 내밀기 힘들 정도다. 오늘도 강한 바람이 불어 나는 또다시 잠을 잘 수가 없다. 아, 난 캠핑 체질이 아닌가봐. 이틀 연속으로 잠을 못 잤으니 내일 어떻게 걷지?

그런데 웬걸! 오늘도 어제와 마찬가지로 몸이 가뿐하다. 다리도 전혀 아프지 않고 정신도 말똥말똥하다. 역시 공기와 물이 좋아서일까, 아니면 파이네가 나에게 마술같은 힘을 불어넣어주는 것일까? 거참, 신기한 일이다. 다른 곳에서 이 정도면 하루 걷고 이틀은 쉬어줘야 할 텐데.

오늘은 트레킹 코스 중 가장 힘들다는 칠레노Chileno 캠프까지 가는 코스. 일곱 시간 넘는 산길을 배낭을 짊어지고 걸어야 하는 코스다. 하지만 파이네 덕분에 힘이 넘치니 오늘도 배낭을 메고 힘차게 시작. 아름다운 파이네를 곁에 두고 몇 시간이나 걸었을까? 꽃이 가득한 언덕이 나타난다. 여기서부터는 계속 오르막이네. 한참 동안 언덕을 오르다 배낭을 옆에 던져두고 점심으로 빵을 꺼내 씹는다. 사흘 전에 산 빵이라 눅눅하고 씹기 힘들지만 파이네 속에서 먹는 그 무엇이 맛이 없을까? 빈약하지만 즐거운 식사를 후다닥 끝내고 조금씩 무거워지는 배낭과 지쳐가는 다리를 달래며 발걸음을 옮긴다.

언덕 정상에서 산허리를 돌자 깊고 거대한 계곡이 나타난다. 그리고 저 멀리 계곡이 끝나는 곳에 칠레노 캠프가 보인다. 낭떠러지 옆에 있는 좁은 길을 걷는데 파타고니아의 강한 바람이 계속 몰아친다. 이거 잘못하면 계곡으로 굴러떨어질 수도 있겠다. 최대한 산 쪽으로 붙어 조심조심 걸음을 옮겼다.

칠레노 캠프에 도착하니 오후 2시. 일곱 시간 정도 걸린다는 길을 쉬지 않고 부지런히 걸었더니 다섯 시간 만에 주파한 것이다. 갑자기 생각이 바뀐다. 오늘 트레킹을 끝내고 푸에르토 나탈레스로 돌아갈 수도 있겠는데? 그러면 오늘 호스텔에서 편하게 잘 수 있잖아.

바로 캠프에 배낭을 던져두고 마지막 전망대로 향했다. 길은 완만하고 아직 힘이 남아 있어 거의 달리다시피 하며 금세 전망대 아래 언덕에 도착했다.

이제 이 언덕만 올라갔다 내려오면 W 코스가 끝난다. 그런데 이게 웬일이야? 갑자기 힘이 쭉 빠진다. 왜 이러지? 조금 걷다보니 이유를 알 것 같다. 배가 고픈 거다. 오늘 그 먼 거리를 걸으면서 먹은 것이라고는 컵라면과 빵 몇 개, 과자 몇 조각이 전부다.

그런데 서두르느라 배낭에서 먹을 것을 가져오지 않았다. 갑자기 힘이 떨어져 겨우 몇 걸음 옮기고도 힘들어 쉬어야만 한다. 이러다 제

시간에 도착 못하겠는데. 계곡물을 벌컥벌컥 마시며 버텨봤지만 걷기 위해서는 에너지가 필요하다.

안 되겠다. 면상에 철판 좀 깔자. 내려오는 사람들 붙잡고 먹을 것 좀 달라고 부탁해야겠다. 첫 번째 타깃으로 삼은 백인 아줌마는 처참하게 실패. 어눌하게 말을 걸었더니 들은 척도 안 하고 그냥 내려간다. 두 번째는 백인 아저씨 세 명. 아예 길을 막고 가장 인상 좋아 보이는 아저씨에게 거의 울 듯한 말투로 사정을 했다.

"죄송한데요, 먹을 것 좀 주실 수 있어요? 먹을 것을 안 가져왔더니 배가 고파 도저히 못 걷겠어요."

딱 보기에도 가난뱅이 배낭여행자 냄새가 폴폴 나는 내가 부탁을 하자 아저씨는 측은한 표정을 짓더니 바로 가방에서 쿠키와 견과류를 꺼내주신다. 아, 눈물이 앞을 가린다. 음식을 조금 먹었는데도 거짓말처럼 기운이 솟아난다. 인체의 신비가 따로 없네. 다시 힘차게 발걸음을 옮겨 언덕을 오른다. 언덕 꼭대기에 도착하자 오늘도 역시 장엄한 풍경이 눈앞에 펼쳐진다. 초록색 호수 뒤로 칼을 꽂아놓은 것처럼 날카롭게 생긴 거대한 세 개의 봉우리가 하늘 높이 솟구쳐 있다. 이른바 '토레스 델 파이네 삼봉'이라고 불리는 봉우리들이다. 역시 파이네는 마지막까지 나를 실망시키지 않는구나. 멋진 풍경을 바라보다 옆에 있던 칠레인들에게 말을 걸었다. 배가 다시 고파졌거든. 괜히 이런저런 여행 이야기를 하다가 슬쩍 운을 띄웠다.

"오늘 엄청나게 걸었는데 컵라면과 과자 몇 개밖에 못 먹었더니 힘이 없네요."

앗, 눈치가 빠른 아주머니 한 분. 바로 가방에서 오렌지와 과자를 꺼내 선뜻 주신다. 양심에 찔리지만 먹고 살아나는 게 우선이다. 고맙다는 인사를 하는데 키 크고 잘생긴 남자애 한 명이 가방을 뒤지더니 내 손바닥보다 더 큰 대형 햄버거와 음료수를 준다. 허걱! 당황해서 괜찮다고 했는데 자기는 하나 더 있다면서 먹으라는 거다.

"이 녀석은 먹을 것은 5일치를 싸왔으니까 걱정하지 마."

다른 일행들이 농담을 하며 즐겁게 웃는다. 아, 친절한 칠레 사람들. 난 칠레가 무지하게 좋아요. 그뿐이 아니다.

"너 사진 못 찍었지? 혼자 왔잖아. 내가 사진 찍어줄게."

햄버거를 준 잘생긴 애다. 이 녀석은 얼굴도 잘생겼는데 어쩜 이리 착하기까지 할까. 언덕 아래 호숫가까지 나를 따라와 사진을 찍어준다. 너 정말 멋진 놈이구나. 앞으로 3대가 복 받아랏!

엄청나게 큰 햄버거를 먹고 다시 힘을 내 질풍같이 달려 칠레노 캠프로 돌아오니 오후 5시. 정말 2박 3일 만에 W코스를 끝냈네. 캠프에 던져둔 배낭을 챙겨들고 내려가는 길. 며칠간 무리한 탓에 다리는 후들거리지만 어느새 화창하게 갠 하늘에서 내리쬐는 햇빛을 받아 반짝반짝 빛나는 파이네를 보니 힘이 난다. 한 시간쯤 걸어서 마침내 버스 타는 곳에 도착했다. 오늘 하루 남들이 이틀 걷는 거리를 걸었다. 몇 킬로미터나 걸었을까? 35킬로미터 정도? 정확히는 모르겠지만 W코스를 끝냈다는 생각에 스스로 뿌듯해하며 풀밭에 누워 멍하니 하늘을 바라본다.

파타고니아의 하늘은 언제나 봐도 살아 움직이는 것 같다. 강한 바람에 구름은 끊임없이 흩어졌다 모이기를 반복하며 형태가 변한다. 멍하니 누워 파타고니아의 하늘을 바라보는 것만으로도 기분이 좋다. 버스를 타고 국립공원 입구로 향하는 길. 뒤를 돌아보니 파이네가 햇살 속에 찬란하게 빛나고 있다. 볼수록 힘이 느껴지는 멋진 곳이다. 버스 안의 다른 사람들도 나와 같은 심정일까. 하나같이 흐뭇한 표정으로 고개를 돌려 파이네를 바라보고 있다.

토레스 델 파이네. 등산을 안 좋아하고 캠핑은 끔찍이 싫어하는 나에게 모든 불편함과 고통을 까맣게 잊게 할 만큼 인상적이었다. 너무 급하게 트레킹을 끝낸 것이 아쉬워질 정도로. 누군가 나에게 남미에서 가장 장엄하고 아름다운 곳이 어디냐고 물어보면 한치의 망설임도 없이 자신 있게 토레스 델 파이네라고 대답할 것이다. 쭉 뻗은 그 기운과 웅장함, 나를 압도하던 다채로운 풍경들. 토레스 델 파이네, 너! 최고다!

토레스 델 파이네 트레킹

- 모든 캠핑장비는 푸에르토 나탈레스에서 빌릴 수 있고, 트레킹 기간 중 짐은 숙소에 보관할 수 있다.
- 트레킹 구간은 개울이 많고 비가 오는 날이 잦다. 따라서 방수가 되는 신발이 필수.
- 파타고니아 산악지역의 날씨는 하루에 사계절이 있다고 말할 정도로 변화가 심하다. 바람막이재킷, 여분의 속옷 등 바람과 비에 대한 대비를 하는 것이 좋다.

오지 말았어야 할 세상의 끝,
우수아이아

우수아이아^{Ushuaia}, 남미대륙의 끝. 남위 54도에 있는 지구 최남단 도시다. 그래서 '세상의 끝'이라고도 불리는 곳. 내가 우수아이아에 가고 싶어한 것은 그 명성도 명성이지만 어느 영화 때문이었다. 내가 가장 좋아하는 감독 중 한 명인 왕가위 감독의 1997년작 〈해피 투게더〉. 아르헨티나를 배경으로 양조위와 장국영이 동성연애자의 사랑을 보여준 작품이다. 영화의 주무대는 부에노스아이레스이지만 영화 후반부에 나오는 우수아이아의 등대가 아주 인상적이었다.

　원래 계획은 토레스 델 파이네 트레킹을 마친 후 12월 31일에 우수아이아로 가서 새해를 맞이하는 것이었다. 세상의 끝에서 맞이하는 새해! 멋있잖아? 그런데 문제는 많은 여행자들이 나와 똑같은 생각을 한다는 것. 파이네 트레킹을 시작하기 전부터 우수아이아행 버스표를 알아봤는데 세상에, 열흘 뒤에나 표가 있단다. 버스표 구하기가 이렇게 어렵다니. 이런 일은 처음이라 당황스럽다. 대신 푸에르토 나탈레스에서 세 시간 떨어진 항구도시인 푼타 아레나스^{Punta Arenas}에 가면

1월 2일에 출발하는 버스표가 있단다. 어쩔 수 없이 푸에르토 나탈레스의 호스텔에서 혼자 와인을 마시며 새해를 맞이한 후 푼타 아레나스로 가서 우수아이아행 버스에 올랐다.

아침 일찍 출발한 버스에서 꾸벅꾸벅 졸다보니 갑자기 내리라고 한다. 바로 남미대륙 최남단에 있는 마젤란 해협을 건너기 위해서였다. 사실 우수아이아는 남미대륙에 붙어 있는 도시가 아니라 마젤란 해협 건너 '불의 땅'이라는 뜻의 띠에라 델 푸에고 Tierra del Fuego 섬에 있는 도시다. 따라서 그곳에 가기 위해선 페리를 타고 마젤란 해협을 건너야 하는 것이다. 버스에서 내리자 바닷물이 얼굴로 날아온다. 파도는 거칠게 넘실거리고 페리 안까지 바닷물이 몰아친다. 마젤란 해협을 건넌 후 버스는 다시 우수아이아를 향해 달려 열 시간 만에 도착했다.

어렵게 도착한 우수아이아. 도시 뒤쪽은 산으로 둘러싸여 있고 앞쪽에는 비글 해협이 있는 항구 도시다. 하지만 이미 칼라파테, 피츠로이부터 시작해 감동의 도가니 그 자체이던 토레스 델 파이네 풍경을 보고와서 그럴까? 그저 평범한 인상이다. 시내는 관광객용으로 어설프게 꾸며놔서 멋있다는 느낌도 한적하다는 느낌도 들지 않는다. 차라리 푸에르토 나탈레스처럼 아주 고요하면 나을 텐데.

물가는 또 어찌나 비싼지. 평소에도 비싸다는데 1월부터 성수기라고 가격을 더 올렸단다. 장기여행자에게 가장 민감한 부분인 가격인상 소식에 기분이 팍 상한다. 내가 가보고 싶던 등대로 가는 비글 해협 투어도 너무 비싸다. 배 타는 것 말고 별 프로그램도 없는데 5만 원이 넘는다. 게다가 등대가 있는 섬에는 올라갈 수가 없단다. 이런,

허영심은 늘 이렇게 쓸쓸한 뒷모습을 남긴다.

그 섬에 한 번 올라가보고 싶었는데. 근처에 있는 띠에라 델 푸에고 국립공원에 가면 호수와 산들이 있다는데 토레스 델 파이네에서 실컷 본 풍경의 다운그레이드 버전을 보면 별 감흥이 없을 듯하다. 오래 머물 곳은 아니구나. 떠나는 버스표를 알아보니 제길, 우라지게 비싸다. 푸에르토 나탈레스에서 우수아이아를 버스로 왕복하는 데만 20만 원 가까이 드는 것 아닌가.

횟김에 마트에서 와인 한 병 사서 저녁을 먹으며 홀짝홀짝 마셨다. 많은 생각이 든다. 내가 왜 며칠씩 기다리고 비싼 버스비를 들여가며 여기까지 왔을까? 우수아이아가 멋있을 걸로 기대했으니까? 아니다. 우수아이아가 멋있다는 이야기는 한 번도 못 들어봤다. 기껏 좋은 의견이 "나쁘지 않았다." 정도. 〈해피 투게더〉에 나온 등대를 보려고?

내가 언제부터 그렇게 감성적인 여행자였지? 그런 적 없었는데. 그건 나 스스로를 합리화하기 위한 핑계가 아니었을까?

그래, 내가 여기 온 이유는 단순한 허영심 때문이었다. "나 남미 끝까지 갔다 왔어."라고 자랑하고 싶다는 얄팍한 허영심. 물론 일년 동안 여행하겠다는 결심 자체가 이미 허영심을 내포하고 있었다. 어찌 보면 그래서 3개월도 6개월도 아닌 일년이라는 기간을 선택한 것이다. "나 일년 여행 다녔어."라고 말하기 위해. 그리고 또다시 많은 시간과 돈을 "우수아이아에 가봤다."라는 자랑 한마디 보태기 위해 허비한 것이다. 우수아이아에서 짧게 머문 후 나는 푸에르토 나탈레스를 거쳐 칼라파테로 돌아갔다. 이런 바보 짓을 하다니……. 아직도 더 많은 것을 배우고 깨달아야 하는가보다. 그동안 여행을 하면서 여행작가들의 책에 과장이나 자뻑이 많다고 불평하곤 했었는데, 나도 허영심에 그들과 비슷한 짓을 하고 있는 꼴이다. 지금부터라도 허영심 쫙 빼버리고, 내가 어떤 여행을 원하는지 잘 생각해봐야겠다.

칼라파테 취업기

유명 관광지인 칼라파테는 사실 인구가 2만 명 정도밖에 안 되는 조그만 시골도시라 재미있는 놀거리가 없다. 그나마 있는 유흥시설이라고는 손바닥만한 카지노뿐이고 저녁이 되어 관광객이 사라진 거리는 썰렁함 그 자체다. 하지만 도시 바로 옆에는 빙하가 녹은 물로 형성된, 남미에서 세 번째로 크다는 아르헨티노 호수 Laguna Argentino가 하늘색으로 빛나고 있고, 맑디맑은 하늘에는 무수한 구름이 강한 바람 따라 수시로 모양을 바꾸면서 살아 움직이고 있다.

한국에서 지구 정반대편에 있는 이 조그만 도시에 한국인이 운영하는 숙소가 두 개나 있다는 것은 놀랄 만한 일이었다. 하나는 일본인 아저씨와 결혼한 한국 아주머니가 운영하는 후지여관, 또 하나는 나에게 잊지 못할 추억을 선물해준 린다 비스타였다. 저렴한 배낭여행자 숙소인 후지여관과 달리 린다 비스타는 고급 콘도였다. 호텔 평가 사이트인 트립어드바이저 tripadvisor에서 칼라파테 호텔 중 세 손가락 안에 들어가는 유명한 곳이다. 하지만 배낭여행자를 좋아하시는 한국인 사장님 부부는 빈 방이 있으면 저렴한 가격에 배낭여행자들을 재워주신다. 린다 비스타에 들어서면 무엇보다 눈에 띄는 것이, 파타고니아에서 보기 힘든 꽃이 가득 피어 있는 아름다운 정원이다. 그 뒤에는 통나무로 지은 듯한 깔끔한 독채 콘도들이 늘어서 있고 바로 옆에는 아르헨티노 호수가 펼쳐져 있다. 일주일간 린다 비스타에 머물면서 낮이면 아르헨티노 호숫가를 산책하고 밤이면 사장님 사모님과 세상 사는 이야기를 나누며 시간을 보냈다.

우수아이아에서 칼라파테로 돌아온 이유는 여행을 하기 위해서가 아니었다. 내가 영어와 스페인어를 하는 것을 보신 린다 비스타 사장님 내외분이 성수기인 1월에 린다 비스타에서 머물며 일하는 것이 어떻겠냐고 제안하셨고, 나도 오랜 여행에 지쳐서 한군데에 마음 편하게 머물고 싶었다. 일을 해서 돈까지 벌 수 있으니 금상첨화. 일은 아주 간단했다. 바쁜 사장님을 대신해 여행사에 가서 손님들의 투어 티켓을 사고 은행에 가서 환전하는 것, 그리고 사모님 대신 프런트에서 전화를 받거나 새로 도착한 손님들을 방으로 안내하는 것이 주된 일이었다. 가끔씩 아사도를 구워달라고 요구하는 손님이 있으면 사장님께 전수받은 요리실력을 발휘한다.

아르헨티나의 대표적인 고기요리인 아사도^{Asado}를 만드는 방법은 간단했다. 먼저 진짜 나무로 만든 숯에 불을 붙인다. 잘 달궈진 숯을 바닥에 골고루 편 후 석쇠 위에 아주 두껍게 썬 쇠고기와 양 다리, 닭을 통째로 올리고 소금과 후추를 뿌려준다. 이때 숯을 얇게 펴서 고기가 타지 않고 천천히 익을 수 있도록 하는 것이 핵심포인트. 고기를 약한 숯불에 몇십 분 정도 익히다가 뒤집어서 다시 익힌다. 숯이 타서 화력이 약해지면 화덕 가장자리에 쌓아두었던 숯을 조금씩 옮겨 일정한 화력을 유지해준다. 이런 과정을 두 시간 정도 반복하면 아사도 요리 끝. 아사도를 요리하는 과정은 그야말로 기다림의 미학이다. 며칠간 비슷한 일을 하면서 지내다보니 금방 적응된다. 일처리가 느려터진 아르헨티나 국립은행에서 환전하기 위해 한 시간 넘게 줄 서는 것도 익숙해지고, 친구와 채팅을 해가면서 속터지는 속도로 투어 티켓과 영수증을 적는 여행사 직원들의 일처리에도 관대해진다. 손님들이 모두 투어를 나간 오후에는 오랜만에 조깅을 한다. 호수에서 불어오는 시원한 바람을 맞으며 물새들 날아다니고 멀리 설산이 늘어선 아르헨티노 호숫가를 조깅하는 그 기분이란.

린다 비스타에는 정말 다양한 사람들이 찾아왔다. 약 3분의 1은 한국 교민과 여행객, 3분의 1은 아르헨티나 사람들, 3분의 1은 유럽이나 미국, 브라질 등지에서 온 사람들이다. 특히 한국 사람들과 이런저런 이야기를 나누면서 이민 온 분들의 애환이나 기업들의 남미 진출 이야기를 듣는 것은 신선한 경험이다. 여기가 아니면 내가 어디서 이런 생생한 이야기를 들을 수 있을까? 그런데 재미있는 점이 하나 있다. 이민을 오셨거나 이곳에서 일하고 계시는 분들과 국내에서 바로 여행을 나온 분들은 성향 자체가 확연히 다르다. 남미에 살고 계시는 분들은 남미 특유의 느린 일처리와 펑크가 펑펑 나는 일정에 그러려니 하면서 여유 있게 여행을 즐기는 반면, 한국 여행객들은 그런 일이 생기면 계속 짜증을 낸다. 그렇게 스트레스를 받다보니 짧은 여행 기간 동안 즐기지 못하고 몸에 탈까지 나서 여행을 망치는 사람들이 많다. 그런 모습을 보면서 나도 그동안 여행을 즐기지 못하고 조급해하지는 않았나, 자성하게 된다.

일을 하다보면 하루가 정말 빠르게 지나간다. 아침 일찍 일어나 손님들 식사 준비하고 티켓 사고 환전하고 프런트에서 안내하다보면 밤이 찾아온다. 사장님 부부와 차나 와인을 마시며 세상 사는 이야기를 도란도란 나누다보면 어느새 잘 시간. 여행을 시작한 이래 처음으로 손에서 카메라를 놓고 오늘 하루를 어떻게 보낼까 하는 고민 없이 살았다.

그러던 어느 날, 반가운 얼굴들이 나를 찾아왔다. 내가 린다 비스타에서 일하고 있다는 소문을 듣고 쿠바 여행을 함께 했던 한동이가 콜롬비아에서 만났던 우성이, 태나와 함께 등장한 것이다. 우성이는 한

의대를 졸업하고 여행 중인 녀석이었고, 태나는 휴학하고 여행을 나온 어여쁜 여대생이었다. 보고타의 같은 숙소에 머물면서 며칠간 함께 지낸 동생들인데, 우연히 한동이를 만나 몇 달간 동행해서 여기까지 왔다고 한다. 거참, 자주 느끼지만 이 넓은 남미 땅이 알고 보면 정말 좁다. 이렇게 서로의 인연이 엮이고 엮이게 되니.

한창 여행하는 동생들을 만나자 새삼 내가 여행 중이라는 사실이 실감난다. 칼라파테와 린다 비스타가 좋긴 하지만 언제까지 이곳에서 머무를 수는 없지 않은가. 생각해보니 벌써 한 달 가까운 시간을 파타고니아에서 보냈다. 파타고니아의 하늘과 바람, 구름과 호수는 너무나 사랑스럽지만 내게 시간이 무한정 있는 건 아니다. 이젠 정든 칼라파테를 떠나 다시 여행자로 돌아갈 때가 된 것 같다.

"사장님, 사모님. 이제 저 가봐야 할 것 같아요. 부에노스아이레스

로 올라갈게요."

"벌써? 좀더 있다 가지 그래. 여기서 지내는 것 좋아하잖아."

사장님 부부는 아쉬움에 만류하셨지만, 나는 떠나야 했다.

"몇 년 내로 꼭 다시 올게요. 그때 제가 좋아하는 아사도 맛있게 구워주세요."

칼라파테를 떠나는 날 새벽, 마지막으로 한동이 일행과 함께 렌터카를 빌려 모레노 빙하를 다시 찾았다. 미니트레킹을 한 날은 날씨가 너무 나빠 빙하를 제대로 보지 못했기 때문이다. 그런데 오늘도 새벽부터 비가 온다. 지난 일주일 동안 덥고 화창하더니 내가 구경을 하러 나서자 날씨가 나빠지네. 오늘도 운이 없는 것일까? 그래도 마지막으로 파타고니아가 내게 윙크를 한다. 빗속에서 새벽 도로를 달려 모레노 빙하에 도착하자 다행히 비가 그치고 하늘이 맑아지기 시작한다. 밤새 얼었던 빙하는 해가 뜨면서 천둥소리 같은 굉음을 내며 쩍쩍 갈라지고 부서져 호수로 떨어진다. 햇살 속에서 하늘색 크리스털처럼 눈부시게 빛나는 모레노 빙하는 참으로 아름답다.

몇 시간 동안 멍하니 모레노 빙하를 바라보다 칼라파테로 돌아오는 길. 햇살은 빛나고 푸른 하늘과 호수 위로 파타고니아의 시원한 바람이 분다. 여기를 떠나면 이 모든 것이 많이 그립겠지? 언제쯤 이 땅으로 돌아올 수 있을까?

공항까지 배웅해주신 사장님과 작별하고 파타고니아를 떠나는 비행기에 몸을 실었다. 다시 복잡한 도시로 돌아갈 시간. 창 밖을 바라보자 아름다운 파타고니아의 대지가 저만치 보인다. 파타고니아를 만

모레노 빙하, 언젠가 다시 만날 날이 오겠지?

나고 나니 이제야 여행작가들이 "내 영혼을 그곳에 묻어두었다."라고 하던 말이 과장이 아닌 것을 알겠다. 정말 내 영혼의 절반 정도는 파타고니아에 남아 바람과 구름을 따라 이 땅 위를 떠돌아다니고 있는 것 같다. 언젠가는 그 반쪽의 영혼을 찾아 돌아오겠다 굳게 다짐하며 내 영혼이 가장 사랑하는 땅, 파타고니아를 떠나는 아쉬움을 달랜다.

환상적인 탱고 속으로

여행을 떠나기 전이었다. 내가 사표 내고 여행을 간다는 소문이 회사 내에 파다하게 난 어느 날, 후배 한별이가 남미에 있다는 친구 이야기를 했다.

"형님, 저랑 대학에서 같이 미식축구하던 친구 부부가 부에노스아이레스에 있어요. 가면 한번 연락해보세요."

알고보니 그 친구 부부는 여행정보를 얻기 위해 자주 찾던 어느 블로그의 주인공이 아닌가. 역시 세상은 참 좁아. 부에노스아이레스에서 '남미사랑'이라는 한국인 숙소를 운영하는 덩헌, 멜라니 커플과의 인연은 이렇게 시작되었다. 이 둘, 참 특이한 커플이다. 로마 여행 중에 처음 만나 결혼까지 골인한 커플인데 2007년, 두 사람 모두 직장에 사표 내고 네 살배기 아들 한규와 함께 자동차로 미국과 중미를 거쳐 남미까지 여행을 했다. 그러다 부에노스아이레스에서 커다란 가정집을 빌려 여행자 숙소를 만든 것이다.

부에노스아이레스에 도착한 날, 남미사랑에서 처음으로 덩헌과 멜라니를 만났다. 덩헌이를 딱 보자마자 곰이 떠올랐다. 커다란 덩치에 새카만 얼굴, 덥수룩한 머리와 수염. 시간 날 때마다 방에 대자로 누워 정신없이 자는 그 모습은 딱 곰이다. 비교적 게으른 덩헌이를 대신해 숙소를 챙겨야 하는 멜라니는 마침 둘째를 밴 만삭의 몸. 불편한 몸을 이끌고 덩헌이와 함께 많은 여행자들 뒷바라지를 하면서 빨래, 청소, 요리 등의 살림을 챙기고 한창 말썽 피우는 첫째 한규까지 키우는 그 모습을 보니 대단하다는 생각이 든다.

그 유명한 부에노스아이레스에 왔으니 열심히 구경을 다녀야겠지만… 1월의 부에노스는 너무 덥다. 우리나라로 따지면 7월 삼복 더위 정도 되려나? 마침 아르헨티나 사람들의 여름 휴가철이라 시내는 텅텅 비어 있고 잠깐만 나가서 걸어다녀도 땀은 비오듯 쏟아진다.

무료한 며칠을 보낸 일요일 오후, 시내에 옷을 사러 나갔다가 엘리

열정은 무대를 가리지 않는다.

를 길거리에서 만났다. 엘리는 페루 와라스에서 69호수를 갔다가 내려오는 길에 만났던 늘씬한 호주 아가씨인데, 페루 와카치나에서 다시 마주쳤고 이번에 세 번째 만난 것이다. 반갑게 인사를 나누자마자 엘리는 저녁에 이곳을 떠난다면서 이런 말을 한다.

"산 텔모 San Telmo에 가봤니? 지금 시장이 열리고 있으니까 빨리 가봐. 무조건 봐야 돼."

산 텔모? 아, 덩헌이가 가보라고 하던 곳. 갑자기 마음이 급해진다. 발걸음을 재촉해 산 텔모에 들어서자 거리에는 엄청난 인파가 가득하고 기념품과 골동품을 파는 노점상들이 사방에 늘어서 있다. 거리 곳곳에서는 악사들이 연주를 하고 부에노스의 상징이라고 할 탱고 댄서들이 길거리에서 춤을 추고 있다. 놀라운 것은 그들의 실력. 음악과 춤을 잘 모르는 내가 봐도 상당한 실력이라고 느껴질 정도로 수준 높은 공연을 선보이고 있다.

어떻게 이렇게 수준 높은 연주자들이 많을 수 있지? 유심히 관찰을 해보니 아, 대부분 시내에서 공연을 하는 팀들이다. 평소엔 공연을 하는 연주자들이 일요일이면 거리로 나와 홍보용 공연을 하면서 팸플릿을 나눠주고 즉석에서 앨범을 팔기도 하는 것이다.

길거리 공연이 이 정도니 실제 공연장에서 보면 얼마나 멋있을까? 그래서 나도 팍팍한 여행자 살림에 탱고 공연을 보러가기로 마음먹었다. 하지만 탱고 공연을 남자 혼자 본다면 정말 우울하겠지? 마침 좋은 대안이 있었다.

"가비, 나 재영 오빠야. 부에노스에 도착했어."

"어머, 오셨어요. 시내에서 한번 봐요."

내가 가비를 처음 만난 것은 모레노 빙하 미니트레킹을 갔을 때였다. 버스 옆자리에 앉은 미국인 아저씨와 이야기를 나눴는데 웬걸? 한국말을 몇 마디 하신다. 그때 누군가 뒤에서 "안녕하세요."라고 인사를 하길래 돌아보니 헛, 정말 예쁘장하게 생긴 여자 한 명이 생글생글 웃고 있다. 알고보니 어머니는 우리나라 분이고 한국에서 초등학교까지 다녔다는 그녀의 이름은 가비. 미국에서 대학을 다니다 부에노스아이레스에 교환학생으로 와 있다고 해서 부에노스에 가면 만나기로 약속을 한 터였다.

또 여자에게 껄떡대는 거냐고? 이번엔 절대 아니다. 가비는 부에노스에 아르헨티나인 남친이 있다. 난 대학 때 남친 있는 여자 한번 만났다가 대차게 고생해본 이후로 그런 여자에겐 절대 접근하지 않는다. 가비를 만나 간단하게 저녁을 먹은 후 미리 예약한 탱고 공연장으로 찾아갔다. 전문 공연장이 아니라 식당 한쪽에 무대를 두고 간단한 식사나 와인을 하면서 보는 것이었다. 물론 커다란 무대에서 열리는 고급 공연도 있지만 내가 무슨 돈이 있다고 그런 것을 보겠나. 2~3만 원 정도에 공연을 보고 와인과 간단한 안주도 주는 저렴한 곳을 갈 수밖에. 와인을 마시며 잠깐 기다리자 조명이 꺼지면서 공연이 시작된다.

어둠 속에서 천천히 피아노 소리가 울려퍼지더니 바이올린, 반도네온, 콘트라베이스가 차례로 등장하면서 감미롭고 부드러운 탱고를 연주하기 시작한다. 음악이 사라지자마자 댄서들이 무대로 올라온다. 야시시한 옷을 입고 춤을 출 줄 알았는데 1930~1940년대 옷을 입은 댄서들이 올라와 우아하게 스텝을 밟기 시작한다. 아, 여긴 뮤지컬처럼 스토리가 있는 공연을 하는 곳이었다. 공연장 티켓을 함께 파는 곳에서 대충 위치와 가격만 보고 골랐기 때문에 그런 것을 알 턱이 없다. 댄서들의 공연이 끝나자 멋지고 우아한 남녀 가수들이 번갈아 나와 환상적인 목소리로 노래를 부른다. 또다시 밴드의 연주, 댄서들의 공연, 가수들의 노래.

나는 탱고라 하면 영화 〈여인의 향기〉에서 나왔던 것처럼 경쾌하면서도 살짝 느린 것인 줄로만 알았는데 이렇게 다양할 줄이야. 밴드의 음악과 댄서들의 춤은 때로는 로맨틱하고 때로는 슬프고 때로는 흥겨워지면서 나를 매혹시켰다. 주인공들의 사랑과 이별이 이어지며 공연은 점점 클라이맥스로 다가간다. 연주는 점점 힘차게 울려퍼지고 댄서들은 화려한 동작으로 무대 위를 날아다닌다. 그리고 가슴 아프게 헤어졌던 주인공들이 재회하며 댄서들의 강렬한 피날레!

나도 모르게 자리에서 일어나 탄성을 지르며 박수를 쳤다. 정말 기대 이상이다. 시계를 보니 어느새 한 시간 반이나 지나 있다. 말 그대로 시간 가는 줄 몰랐던 공연이다. 식당에서 열린 공연이 이 정도 수준이라면 큰 무대에서 열리는 비싼 공연은 어느 정도일까? 어쩌면 난 이런 작은 공연장을 좋아하기 때문에 여기가 더 마음에 들었을 수도 있겠지. 내 취향으로 말하자면, 뮤지컬도 화려한 대형 뮤지컬보다 조그만 소극장 뮤지컬을 좋아한다. 시원하고 한적한 파타고니아에 있다가 왔더니 부에노스아이레스의 푹푹 찌는 더위와 자동차 매연이 영 탐탁치 않았는데, 부에노스가 사랑스러워진다. 정말 탱고  하나만으로도 부에노스아이레스는 여행할 가치가 있는 것 같다. 이 멋진 공연을 함께 봐준 귀여운 동생 가비에게도 감사의 인사를.

이과수라는 폭포는 없답니다

"우바^{UBA}(부에노스아이레스 대학) 학생인데 할인 되나요?"

매표소 직원은 의심스러운지 나를 아래위로 한 번 쓱 훑어보더니 물어본다.

"부에노스아이레스 어디 살아요?"

얼른 아는 지역 한 군데를 둘러댔다.

"보에도^{Boedo}에 사는데요."

이곳은 세상에서 가장 크다는 이과수 폭포가 있는 이과수 국립공원^{Parque Nacional Iquazu} 매표소. 여행 전에 만들었던 국제학생증의 유효기간이 거의 끝나가 부에노스아이레스에서 재발급을 받았는데 소속 대학이 부에노스아이레스 대학으로 되어 있다. 그런데 아르헨티나 학생증이 있으면 입장료가 대폭 할인된다는 소문에 학생증을 내민 것이다.

스페인어를 하고 부에노스아이레스 동네 이름까지 아는 나에 대한 의심이 풀린 모양이다. 매표소 직원은 바로 할인된 가격으로 입장권을 준다. 세상살이에는 이런 융통성이 필요해, 음하하.

부에노스아이레스에서 푸에르토 이과수 Puerto Iquazu까지는 버스로 열여덟 시간이 걸렸다. 피곤한 몸을 이끌고 버스에서 내리자 무시무시한 더위가 온몸을 통해 느껴진다. 듣던 대로 장난이 아니군. 더울 뿐만 아니라 엄청난 습도에 몸이 금방 끈적끈적해져서 불쾌하다. 이 동네가 이렇게 더운 이유는 기온이 높기도 하지만 이과수 폭포에서 나오는 가공할 수증기 때문이란다. 그래서 일년 내내 습도가 80퍼센트 이상이라고 한다.

원래 호스텔을 잡고 좀 쉬다가 나가려고 했는데 더 더워지기 전에 빨리 이과수를 보러 가야겠다. 숙소에 배낭을 던져놓자마자 버스를 타고 이과수로 향했다. 국립공원 안으로 들어와 지도를 보니 규모가 굉장하다. 하루 만에 보려면 엄청 부지런해야겠는데. 그런데 조그만 오솔길에서 갑자기 너구리 비슷하게 생긴 녀석들이 튀어나오더니 내 가방에서 빵냄새를 맡고 달려든다. 어쭈, 이것들 봐라. 가방에 매달린 한 마리를 확 떨쳤더니 떨어진 녀석은 다시 잽싸게 다른 아저씨 가방으로 달려든다. 한 마리가 매달리기 무섭게 서너 마리가 더 달려들더니 결국 가방에서 과자봉지 하나를 빼앗는 데 성공, 떼거리로 달려들어 먹기 시작한다. 아메리카대륙에 많이 사는 너구리과의 코아티 Coati라는 동물인데 식탐이 대단한 놈들이다. 딱 길을 지키고 있다가 음식 냄새를 맡으면 사람에게 바로 달려든다.

여기서 퀴즈 한 가지. 이과수 폭포에는 몇 개의 폭포가 있을까요? 이과수 폭포 하나 있는 것이 아니냐고? 땡! 이과수 국립공원에는 270개가 넘는 폭포가 있다고 한다. 즉, 이과수 폭포는 하나의 폭포가 아

니라 여러 폭포들이 모여 있는 것이다. 가장 규모가 큰 악마의 목구
멍 Garganta del Diablo을 비롯하여, 산 마르틴 San Martin, 도스 에르마노스 Dos
Hermanos, 보세티 Bossetti 등 수백 개의 폭포들이 넓게 퍼져 있다.

　그런데 베네수엘라 앙헬폭포를 시작으로 안데스산맥에서 수백 미터
높이의 폭포를 많이 봐서 그런가? 이곳 폭포들은 봐도 별 감흥이 없
다. 그냥 작아 보인다. 그래도 산 마르틴 섬 Isla San Martin 전망대에 가까
이 가자 마치 비가 내리듯 엄청난 양의 물보라가 쏟아진다. 여긴 좀 폭
포에 온 느낌이 나는군. 쏟아지는 물보라를 맞으며 전망대에 서자 산
마르틴 폭포 주변으로 수십 개의 폭포가 일렬로 쭉 늘어서 있다. 야,

멋있다. 그때 남미사랑에서 만난 동생들이 하던 이야기가 생각난다.

"이과수에 가면 보트를 타고 폭포 밑으로 들어가는 투어가 있어요. 그것 꼭 해봐요."

그래, 좋다고 하니 한번 타보자. 그런데 왜 이렇게 비싸? 보트 한 번 타는데 75페소(3만 원), 기다리는 사람까지 많다. 한참을 기다려서 보트를 타고 이제 이곳에서 가장 큰 악마의 목구멍으로 돌진!… 하는 줄 알았는데 보트는 산 마르틴 폭포 밑으로 향한다. 몇 초 정도 폭포 수가 세차게 떨어지자 사람들은 환성을 지르고 난리가 났다. 사람들이 "오뜨라Otra(다시 한 번)!!"를 외치자 보트는 다시 폭포 밑으로 돌진.

'자, 이제 악마의 목구멍 근처로 가겠지.'라고 생각했는데 그걸로 끝이다. 내리란다.

이게 뭐야. 기다린 시간보다 보트 탄 시간이 훨씬 짧잖아. 그것도 산 마르틴 폭포로 끝. 알고보니 내가 정보를 잘못 들은 것이다. 가까이 가면 위험한 악마의 목구멍은 원래 근처에도 안 간단다. 그쪽으로 가는 줄 알고 괜히 기대했다. 베네수엘라 카마이마 국립공원에선 폭포 밑에서 폭포수 샤워를 몇십 분 동안이나 했었는데……. 겨우 몇 초 폭포수 맞으려고 낸 요금이 아깝다. 투덜거리며 이과수 폭포의 하이라이트인 악마의 목구멍으로 향했다. 길은 그늘 하나 없고 40도가 넘는 더위 속에 쏟아지는 햇빛과 엄청난 습도에 숨이 턱턱 막힌다. 한참을 걸었더니 마침내 눈앞에 악마의 목구멍이 나타난다. 높이가 80미터 정도 된다는 폭포는 굉음을 내며 부서져 내리고 물방울은 비처럼 쏟아진다. 그런데… 난 왜 이렇게 감흥이 없지? 그냥 '물이 많은 폭포'라는 느낌밖에 안 든다. 내가 너무 큰 폭포를 상상한 것일까? 난 "이과수, 이과수."라고 사람들이 노래를 부르길래 이때까지 본 폭포들보다 어마어마하게 큰 슈퍼 울트라 메가 사이즈의 폭포가 나올 줄 알았다. 하지만 이건 별로 크다는 생각조차 들지 않는다. 그럼 여기보다 훨씬 작다는 나이아가라 폭포는 도대체 얼마만 한 거야?

앙헬폭포를 보고 일년쯤 뒤에 이과수를 봤다면 느낌이 달랐을까? 얼마 전에 누가 내게 남미에서 가장 인상적인 풍경이 뭐냐고 물어봤을 때 칠레 토레스 델 파이네, 베네수엘라 카나이마 국립공원, 볼리비아 우유니 사막, 페루 와라스의 산과 호수를 꼽았었다. 그리고 다섯

번째가 이과수가 되지 않을까 생각했었는데……. 그래, 여행을 오래
한 후유증일 수도 있겠다. 이과수 폭포. 여행 초반에 만났다면 멋있고
감명 깊었을 텐데, 하필 남미 여행이 끝나갈 때 너를 찾아오다니. 어
쩌겠니? 우리의 인연이 그러한 것을.

브라질

BRAZIL

수도 브라질리아Brasília
인구 1억 9,000만 명
화폐 헤알Real(영어식 발음은 '레알'). 1헤알 = 약 600∼650원
치안 상파울루, 리우데자네이루 등 남부 대도시의 치안상태는 매우 나빠서, 총기살인 및 강도가 빈발하는 지역이다. 따라서 위험지역에는 접근을 피하고 밤늦은 시간에는 외출을 삼가는 것이 좋다. 북부는 남부에 비해 치안상태가 양호한 편이나 대도시는 주의가 필요하다.
Must See 제리코아코아라의 모래사장, 살바도르의 올드타운, 포르토 데 가리냐스의 해변.

리우보다 일하 그란데

아, 허리가 아파서 뒤질 것 같다. 머리는 멍하고 속은 울렁거린다. 아르헨티나 푸에르토 이과수에서 브라질 리우데자네이루 Rio de Janeiro로 가는 길. 24시간이나 걸리는 장거리버스를 탔더니 힘들다. 파타고니아에서 너무 편하게 지내서 몸이 물렁해졌나? 브라질에 오자 갑자기 사람들과 말이 안 통하기 시작해 당황스럽다. 길을 물어보려고 해도 도대체 무슨 말을 하는지 알아들을 수조차 없다. 지금까지는 현지인들에게 길을 물어보면 됐기 때문에 아무 준비 안 하고 리우에 왔는데 호스텔까지 찾아가는 일조차 쉽지 않다. 그동안 스페인어가 통하는 지역만 여행해서 말이 안 통한다는 게 이 정도로 불편한 일인지 몰랐다. 스페인어를 못하면서 남미를 오래 여행하던 사람들은 얼마나 답답했을까? 갑자기 그런 여행자들이 대단해 보인다.

코파카바나 해변 근처에 숙소를 잡고 리우의 상징, 예수상이 있는 코르코바도 Corcovado 언덕을 향했다. 코르코바도 언덕 위는 사람들로 발 디딜 틈이 없을 정도였다. 다들 예수상을 배경으로 사진 한 장 찍

기 위해 서로 밀고당기며 난리
도 아니다. 그 대단하다는 리
우의 예수상은 가까이서 보
니… 크긴 하지만 이게 왜 세
계 몇 대 불가사의인지 이해
가 안 된다. 현대에 만든 커다
란 구조물일 뿐인데. 좁아터진
언덕 위는 예수상 하나 말고는
볼거리가 없고 지나가기 힘들
정도로 많은 사람들 때문에 피
곤하기만 하다.

　서둘러 내려와 코파카바나 해변을 찾았다. 어떤 사람은 이곳을 보
고 '세계 3대 해변'이라고 했다더라. 혹시 그 사람은 태어나서 해변을
딱 세 개만 본 것 아닐까? 내 눈에는 해운대나 광안리보다 백사장이
좀 넓다는 느낌뿐이다. 게다가 600만 명 넘는 인구가 사는 대도시 근
처인데다 대서양에 근접해 있어 파도는 강하고, 백사장엔 쓰레기와
담배꽁초가 구석구석 파묻혀 있다.

　시내 중심가도 가봤지만 역시 볼거리가 없다. 보고타나 키토처럼
고풍스러운 올드타운도, 부에노스아이레스 같은 낭만적 분위기도 없
다. 매년 1,000명 이상이 총기로 살해될 만큼 치안이 불안한 곳이라
인적이 드문 곳에 가자니 겁이 난다. 리우가 너무 심심해 근처에 있는
다른 곳을 가보기로 했다. 내가 선택한 곳은 리우 남쪽 두 시간 거리

에 있다는 일하 그란데^{Ilha Grande} 섬. 생전 처음 들어보는 곳이었지만 관광 안내책자에 있는 사진이 예뻐서 선택했다.

일하 그란데로 투어버스를 타고 가는 길. 한여름의 리우는 찜통처럼 더워서 많이 지친데다가, 어제 새벽 술 처먹고 도미토리에 들어와 불 켜고 술주정 부린 잉글랜드 애들 때문에 잠을 설쳐서 더 피곤하다. 그때 옆자리에 앉아 있던 인상 좋은 할아버지께서 스페인어로 말을 거신다.

"어느 나라에서 왔어?"

말 안 통하는 사람들에게 둘러싸여 지내다 스페인어를 들으니 무지하게 반갑다.

"전 한국에서 왔어요. 그런데 제가 스페인어를 한다는 것은 어떻게 아셨어요?"

"보니까 남미에서 여행을 많이 한 친구 같아서. 그러면 스페인어를 할 수도 있다고 생각했지."

귀신이시네. 하긴 내가 좀 남미스럽게 보이기는 하지. 새까맣게 탄 얼굴, 제멋대로 기른 머리, 목에는 목걸이 세 개가 주렁주렁 매달려 있는 나의 몰골. 할아버지의 이름은 네스또르^{Nestor}였다. 푸에르토리코 출신으로 지금은 캘리포니아에 살고 계신단다. 직장에서 은퇴한 후 할머니와 함께 쿠바 출신의 로베르또^{Roberto} 할아버지 부부와 여행을 오셨다고 한다. 스페인어를 하는 동양인을 만난 것이 신기한지 네 분은 쉴 새 없이 질문을 퍼부으신다.

"여행은 얼마나 하니? 와, 일년간 한다고? 어디어디 다녀왔니? 앞으로 어느 나라 가니?" 등등.

늘 받는 질문이지만 나이 지긋하신 분들과 이야기하는 것은 처음이라 정성껏 대답하는 사이 창밖에는 리우와 전혀 다른 풍경이 펼쳐진다. 바다에는 섬이 가득하고 수많은 요트와 예쁘게 단장된 마을이 늘어서 있다. 오, 신선하다.

버스에서 내려 배를 타고 바다로 나서자 시원한 바닷바람이 불어와 상쾌하다. 이제야 좀 살 것 같다. 역시 난 도시보단 시골 스타일이야. 시원한 바람을 맞으며 갑판에 누워 있자 피곤한지 금세 잠이 온다. 잠깐 졸다 일어나니 어느새 배는 섬에 도착. 카리브해처럼 멋진 바다는 아니고 그냥 작고 깨끗한 섬마을의 느낌이지만 리우 시내보다는 훨씬 나으니 이 정도면 만족이다.

내가 선택한 투어는 섬 몇 개를 돌아보는 투어. 작은 해변에서 수영을 즐기다 다음 해변으로 가기 위해 바다로 나서자 수많은 조그만 섬들이 보이고 고급 요트들은 바다를 질주하고 있다. 카리브해처럼 눈부시게 아름답지는 않아도 편안하게 느껴지는 바다다. 배는 두 번째 해변에 멈춰섰다. 이때까지는 어떤 곳에 도착하면 현지인들에게 여기가 어디냐고 물어봐서 이름을 받아적곤 했는데 브라질에 온 뒤로 그게 쉽지 않다. 대답을 해줘도 내가 포르투갈어를 모르기 때문에 받아적을 수가 없는 것이다. 내가 발을 디딘 곳의 이름조차 제대로 알아들을 수 없는 이 답답함이란.

배에서 내려 어르신들과 함께 사진을 찍다가 고개를 들자 앗, 다른 일행들이 안 보인다. 배도 어디론가 가버렸고. 가이드가 걸어서 다른

두 손을 꼭 잡고 여행을 다니시는 노부부.

해변 쪽으로 간다고 했던 것이 생각나 어르신들과 함께 숲속 길을 걸었다. 그런데 네스또르 할아버지 다리가 어딘지 불편해 보인다.

"무릎이 안 좋아서 작년에 인공관절 수술을 했어. 얼마 전엔 허벅지가 부러져 핀을 박았고. 그래도 여행 다니는 데는 문제 없어. 허허."

다리를 절룩거리시면서도 할아버지는 할머니 손을 꼭 붙잡고 숲속을 걸으신다. 그 모습이 얼마나 아름다워 보이는지. 나이가 들어서도 함께 여행다닐 수 있는 반쪽을 나는 언제쯤에나 만날까. 에고, 이놈의 지겨운 솔로 팔자. 마침내 도착한 세 번째 해변. 그런데 여기는 물이 차가워서 들어가기가 싫다. 백사장에 그냥 앉아 있었더니 어르신들은 내 주변으로 오셔서 계속 나를 챙겨주신다.

"우리가 사진 찍어줄까? 뭐 먹고 싶은 것 없어? 수영은 안 하니?"

얼마 만에 받아보는 보살핌인가. 고등학교를 졸업하고 서울에 올라와 혼자 산 지 16년째. 다른 사람으로부터 이런 관심을 받는 것이 오랜만이라 어떻게 행동해야 할지도 모르겠다. 해변에서 시간을 보낸 후 레스토랑이 있는 해변으로 다시 이동. 우와, 식사가 뷔페다. 닭과 생선튀김, 샐러드, 스파게티 정도가 있는 간단한 뷔페지만 항상 배고픈 배낭여행객에게 이게 웬 떡? 그야말로 접시에 머리를 처박고 열심히 먹는데 어르신들은 "천천히 먹어. 이런 식사는 오랜만이지?" 하시면서 맥주와 음료수를 계속 사주신다. 그뿐이 아니다. 사람들이 나무를 흔들어 어떤 과일을 떨어뜨리고 있길래 가까이 가보니 패션 프루트 Passion Fruit라는 과일. 내가 흥미롭게 보고 있자 이번엔 할머니들께서 어디선가 주워오시더니 칼로 예쁘게 써신다.

"이 과일 못 먹어봤지? 자, 먹어봐."

센스쟁이 우리 할머니! 맛있게 먹고 있는데 가방을 뒤지더니 뭔가를 꺼내 봉지에 단단히 싸서 내게 주신다.

"새벽에 비행기 타고 포르탈레자^{Fortaleza} 간다며? 배고플 텐데 공항 가서 이것 챙겨 먹어."

할머니가 주신 것은 비스킷, 요구르트 같은 간식. 이분들에겐 내가 타지에 나와 고생하는 아들 같으신가보다. "그라시아스^{Gracias}(감사합니다)."를 몇 번이나 말하며 고개 숙여 인사드렸지만 어떤 말로도 이 고마움을 다 표현할 수 없을 듯하다.

"내 조카가 푸에르토리코에서 여행사를 하고 있어. 조카에게 얘기해서 잘 도와주라고 할 테니까 가게 되면 연락해봐. 난 캘리포니아에 사니까 올 일이 있으면 꼭 연락하고."

네스또르 할아버지는 종이를 못 찾으시자 냅킨에다 연락처와 이메일, 주소와 집 위치까지 꼼꼼하게 적어서 주신다.

"예, 할아버지. 가게 되면 꼭 연락드릴게요."

냅킨을 곱게 접어 가방에 넣으면서도 가슴이 아프다. 과연 내가 다시 할아버지를 뵙게 될 가능성이 얼마나 될까? 밤늦게 돌아온 리우. 할아버지와 할머니는 나를 꼭 안아주시며 작별을 아쉬워하신다.

"항상 건강하고 안전하게 여행해. 캘리포니아에 오면 꼭 연락해."

그 자리에 한참을 서서 호텔로 들어가시는 어르신들을 지켜봤다. 호텔 입구에 도착한 어르신들은 뒤돌아 나를 보고 웃으시며 다시 한 번 손을 흔드신다. 나도 활짝 웃으며 손을 흔든다. '할아버지, 할머니. 언젠가 꼭 찾아뵙겠다는 약속은 못 드리지만 여행 잘하고 건강하게 지낼게요.'라고 마음속으로 말하면서.

일하 그란데, 멕시코나 쿠바의 카리브해처럼 멋진 바다는 아니다. 그냥 조용하고 깨끗한 작은 섬에 왔다는 느낌. 하지만 그 유명한 리우의 예수상보다 몇백 배는 기억에 남는 추억을 그곳에서 만들었다. 할아버지 할머니, 항상 건강하세요. 지금처럼 늘 손 꼭 잡으시고 행복한 여행하시길 빌어요. 가슴 따뜻한 추억을 남겨주셔서 감사합니다.

제리코아코아라를
아시나요?

내가 브라질을 여행할 수 있는 기간은 한 달 남짓. 이제 문제는 남미 면적의 절반이 넘는 이 넓은 브라질 어디를 가볼까 하는 것이다. 한국 여행자들이 주로 가는 곳은 남부의 상파울루, 리우데자네이루, 쿠리치바Curitiba 정도가 전부. 남미에서 물가가 가장 비싸다는 평이 자자한 이 나라에서 도대체 어디를 가야 할지 알 수가 없다.

가이드북인 《론리 플래닛》에 여행지 평가가 있지만 경험에서 터득한 사실이 있으니, 론리의 평가는 함부로 믿어서는 안 된다는 것. 걸핏하면 'must see' 'beautiful' 'fantastic'이라는 말을 늘어놓는데 그런 곳에 찾아갔다가 낭패 본 것이 한두 번이 아니기 때문이다.

그러던 어느 날, 부에노스아이레스의 한 여행사에서 브라질 관광청이 배포한 관광안내서를 보았다. 지역별로 유명 관광지의 사진을 수록한 책이었는데, 브라질 북부의 사진을 보는 순간 눈이 번쩍 뜨였다. 푸른 바다 옆 해안선에 늘어선 모래언덕과 야자수, 파랗게 빛나는 호수들. 우와, 예술이다. 여기 한번 가봐야겠다. 뭐, 아무것도 모르지만 맨땅에 헤딩 한번 제대로 하면 되지.

　첫 여행지로 결정한 곳은 제리코아코아라^{Jericoacoara}. 모래언덕 사이
로 푸른 호수가 있는 풍경사진이 아주 멋있었기 때문이다. 리우에서
버스를 타면 육십 시간이 넘게 걸리는 곳이라 인근 대도시인 포르탈
레자까지 비행기를 타고갔다. 포르탈레자 공항에 도착한 시간은 새벽
4시. 제리코아코아라로 가는 버스가 언제 어디서 출발하는지 알아봐
야 하는데 쉽지 않다. 말이 안 통하니까. 온 공항을 휘젓고 다니며 만
나는 사람마다 붙잡고 손짓발짓으로 물어봤다.

　"제리코아코아라? Bus? Where? Donde? Time? Tiempo?"

　영어, 스페인어, 바디랭귀지 몽땅 동원해 알아낸 정보는 제리코아
코아라행 버스가 오전 10시에 공항으로 온다는 것. 밤새 한숨도 못 잤
는데 또 한참을 기다려야 한다. 아, 힘들어. 공항 정문 앞에 퍼져 앉아
있는데 폭우가 쉬지 않고 쏟아진다. 리우에 있을 때도 비가 자주 내렸
는데……. 그때 누군가 말을 건다.

　"너도 제리코아코아라로 가니?"

　뒤돌아서니 캐리어를 끌고 있는 한 커플이 나를 바라본다.

　"응, 10시에 버스가 온다고 해서 기다리고 있어."

　"잘 됐네. 우리도 거기 가는 길이야."

　남자애는 캐리어를 의자 삼아 내 옆에 털썩 주저앉는다. 보기만 해
도 훈남인 남자애의 이름은 주앙. 상파울루에서 마케팅 회사를 직접
운영하고 있으며, 여름휴가로 여대생인 여친 파밀라와 함께 한 달 동
안 여행을 하고 있단다. 여름휴가가 한 달이라니, 부럽다. 저렇게 예

쁜 여자친구와 여행하는 건 더 부럽고.

긴 기다림 끝에 올라탄 버스. 네 시간을 달린 버스는 바닷가 조그만 마을에 멈추더니 모두 내리라고 한다. 버스에서 내리자 커다란 트레일러 위에 버스처럼 좌석과 지붕을 설치한 차량이 온다. 어떤 곳이길래 이런 별난 차를 타고가야 하는 것일까? 비포장도로를 한참 달리던 버스는 해변으로 접어든다. 이렇게 어렵사리 찾아가는 곳이니 멋있을 거야, 멋있을 거야 주문을 외며 고개를 돌려 바다를 보니, 이건 웬 서해안? 바다와 해변이 딱 서해안이다. 내가 사진에 낚인 건가? 한 시간 넘게 해변을 달리던 버스는 사방이 모래언덕으로 둘러싸인 작은 마을로 들어선다. 아주 조그맣고 볼품없는 이 마을이 제리코아코아라. 여행자들이 제리라는 애칭으로 부르는 제리코아코아라의 첫인상은 별로 마음에 들지 않았다.

다음날 아침 일찍 일어나 숙소를 나섰다. 어젯밤, 주앙이 함께 버기를 빌려 제리 주변의 호수들을 둘러보자고 제안했기 때문이다. 우리 셋을 실은 버기는 힘차게 출발하더니 해안을 질주한다. 경차보다 작은 버기 뒷자리에 걸터앉아 해안을 쏜살같이 달리는 기분은 아주 짜릿하다. 안전벨트 없이 순전히 팔힘만으로 버텨야 하기 때문에 혹시나 버기 밖으로 떨어지지나 않을까 하는 생각에 긴장감이 장난 아니다. 우와, 브라질 버기 죽이는데!

해안을 달리던 버기는 한 나무 앞에 멈춘다. 신기하게도 옆으로 누워서 자라는 나무다. 나무 아래 부분만 위로 뻗어 있고 가지와 잎이 있는 부분은 모조리 옆으로 누운 채 10미터 넘게 뻗어 있다. 파타고니

아에서 강한 바람 때문에 옆으로 꺾여서 자라는 나무는 봤어도 이렇게 완전히 누운 나무는 처음 본다. 해변를 따라 이어진 모래언덕 사이에는 많은 호수들이 있고 한 호수 중간에는 해먹이 있다. 물 위에 설치된 해먹에 눕자 호숫물과 바람의 시원함이 동시에 느껴진다. 여기에 누워 있으면 모든 근심이 사라질 것만 같다.

몇 개의 호수를 거친 후 도착한 곳은 푸른 호수라는 뜻의 아술 호수 Lagoa Azul. 호수에 도착하자마자 난 여기가 사진에서 봤던 그곳임을 알 수 있었다. 하늘색과 옥색의 아름다운 물이 빛나는 호수. 비록 지금은 우기라 하늘엔 구름이 잔뜩 끼어 있고 비가 많이 내려 물 색깔은 사진에서 봤던 것보다 못했지만 그래도 충분히 아름답다. 수영복을 입고 물속으로 들어오자 햇살을 받아 적당히 따뜻해진 호수가 나를 감싼다. 물도 깊지 않아 마치 수영장에 온 것 같다.

"제이, 여기 맥주 마셔!"

우리의 통 큰 주앙 사장님. 가난한 배낭여행자를 위해 마구 맥주를 쏘신다. 그러고 보니 이 녀석 어젯밤에 만났을 때도 계속 맥주를 마시더니 하루 종일 맥주를 손에서 놓지 않네. 술꾼이구나. 한참을 아름다운 호수에서 수영을 하고 맥주를 마시며 놀다가 제리로 돌아오는 길. 어제 버스를 타고올 때와는 전혀 다른 기분이다. 제리의 바다가 점점 마음에 든다. 뭐랄까, 제리는 시간이 지날수록 마음을 뺏는 묘한 매력이 있다. 제리는 치안상태가 좋지 않다고 소문난 브라질에 와서 잔뜩 긴장해 있던 나를 완전히 무장해제시킬 만큼 나른하고 편안한 곳이다. 자연 그대로의 모래사장 위에 건물만 세워서 조성한 마을. 그래서 버스도 택시도 없고 포장된 길도 주소도 없다. 걸어서 5분이면 끝에서 끝까지 갈 수 있는 이 손바닥만한 마을에서는 주민이든 여행객이든 모두 느긋하게 하루하루를 즐긴다. 제리에서는 모든 것이 느리게 흘러가는 느낌이다. 그 느림 때문일까? 나도 모르게 원래 생각했던 여행 일정을 잊어버리고 제리에 하루하루 더 머무르게 된다. 어느새 나를 알아보고 인사를 하는 가게 주인들도 생긴다. 동양인이 드문 곳이니 내가 눈에 잘 띄나보다. 가게 주인들은 전날 밤에 물어본 내 이름을 기억하고 인사를 건넨다.

"네 이름 제이 맞지? 오늘 재미 있었어?"

그럼 나도 "봉 Boom(좋아)."이라고 말하며 엄지손가락을 치켜든다. '봉'이 뭐냐고? 브라질에서 지내며 알게 된 것은 '봉'이라고 말하며 엄지를 올리면 어지간한 의사소통은 다 된다. 아침에 일어나서 '잘 잤어?' 하는 인사도 "봉?"이라고 물어보면 되고, 음식이 맛있어도 "봉."이라고 하면 된다. 식당에서 주문을 확인할 때도, 고맙다는 인사도 "봉."이라고 하면 된다. 좀 많이 좋다고 표현할 때는 "뚜또 봉 Tudo Boom(모두 좋아)."이나 "무이또 봉 Muito Boom(아주 좋아)." 아니면 그냥 간단하게 "봉봉."해버리면 끝! 정말 '봉'의 쓰임새는 무궁무진하다.

아침에 일어나서 느긋하게 숙소에서 쉬다가 심심해지면 마을 주변을 천천히 걸어다녔다. 제리의 풍경은 화려하거나 요란하지는 않지만 차분하고 친근하다. 바다는 특별히 아름답지 않아도 뭔지 모를 적막함과 차분함을 느끼게 한다. 여행객들은 여유롭게 백사장에서 산책이나 조깅을 하고, 서퍼들은 바다에 뛰어들어 파도 속에서 서핑을 즐긴다. 해변 바로 앞에는 높은 모래언덕이 있다. 제리를 찾은 사람들은 모래언덕에 올라가 신나게 샌드보드를 타거나 산책을 즐긴다. 하지만 제리의 분위기에 가장 어울리는 일은 가만히 정상에 앉아 석양을 감상하는 것. 높은 모래언덕 위에 앉아 하염없이 주변을 바라다보노라면 어느새 황혼은 바다를 붉게 물들이고 제리를 아름다운 빛깔로 바꿔놓고 있다. 해가 지면 하루도 빠지지 않고 주앙 커플과 만나 저녁을 먹고 밤늦도록 술을 마신다. 그런데 한창 뜨거울 20대 커플이 나를 매일 만나면 싫지 않을까? 영어를 잘하고 술을 좋아하는 주앙은 괜찮겠지만 영어를 못해서 나와 의사소통이 안 되는 파밀라가 혹시나 싫어하지는 않을까 걱정된다.

"걱정하지 마. 우리끼리 여행하는 것이 조금 지겨웠거든. 너랑 같이 노는 걸 파밀라도 좋아해."

주앙 녀석, 그런 걱정일랑 붙들어매라고 정말 싹싹하게 대답한다. 그래, 철없는 애들도 아닌데 나랑 노는 것이 싫었다면 진작에 자기들끼리 놀았겠지. 밤이 되면 제리의 해변에는 포장마차들이 즐비하다. 바로 즉석 칵테일을 파는 포장마차들이다. 술을 본 주앙은 신이 나서 나에게 브라질 칵테일에 대해 설명을 해준다.

"잘 봐. 이 술이 까샤사Cachaca란 술인데 사탕수수로 만든 거야. 메뉴에 까이삐리냐Caipirinha라고 있지? 그건 까샤사에 파인애플을 넣은 칵테일이야. 까아삐우바Caipiuva는 포도를 넣은 거고……."

주당 주앙은 메뉴에 적힌 수십 종류의 칵테일에 대해 하나하나 설명해준다. 주로 까샤사와 보드카에 과일을 넣은 칵테일을 많이 팔았는데 특이한 점이 있다면 과일주스를 넣는 것이 아니라 포장마차에 주렁주렁 매달린 생과일을 바로 짜서 만든다는 것. 커다란 플라스틱 잔에 얼음과 생과일이 가득 들어간 칵테일이 단돈 3~4헤알 (1,800~2,400원). 정말 싸고 맛있다.

이렇게 빈둥대다보니 시간이 술술 흐른다. 마음 같아서는 제리에 더 오래 머물고 싶지만 나에게 주어진 시간은 단 한 달. 나는 떨어지지 않는 발걸음을 재촉해 제리를 떠나야만 했다.

제리코아코아라. 화려한 풍경도, 훌륭한 바다도, 멋진 건물도 없다. 하지만 모든 것이 느리게 움직이는 제리에서 내 마음과 영혼은 모처럼 안식을 얻을 수 있었다. 에콰도르 바뇨스, 아르헨티나 칼라파테와 함께 이번 여행에서 가장 마음에 드는 곳이다. 혹시 당신도 제리에 간다면 그 특유의 안락함 속으로 풍덩 빠져보시라. 내가 느낀 특별한 행복이 어떤 것인지 알게 될 것이다.

바다의 수영장 속으로!

제리코아코아리를 떠나 브라질 북부의 대표적 휴양지 나탈^{Natal}을 거쳐 향한 곳은 포르토 데 가리냐스^{Porto de Galinhas}. 내가 가지고 다니는 《론리 플래닛》 남미편에 나오지 않을 정도로 정보가 없는 동네다. 여기로 향한 것 역시 한 장의 사진 때문이었다. 에메랄드빛 바다 위에 조그만 돛단배들이 늘어서 있는 사진이었다. 가는 방법에 대한 정보가 전혀 없었지만 지도상으로 헤시피^{Recife} 약간 남쪽이라 무작정 헤시피행 버스를 탔다. 터미널에 도착해 안내 센터에 물어보니 지하철과 버스로 공항까지 간 후 거기서 다시 버스를 타면 된다고 한다. 복잡하다! 그때 버스에서 만났던 독일 아주머니 두 명이 보인다. 맞다, 저 아주머니들도 포르토 데 가리냐스에 간다고 했었지? 어떻게 갈 생각이냐고 물어보니 택시를 타겠다고 한다. 그럼 공항까지 같이 택시를 타면 싸게 가겠군!

"저도 같이 가요. 공항까지 35헤알이니까 일인당 12헤알 정도네요."

그 말에 아주머니는 크게 웃는다.

"아니, 우리는 포르토 데 가리냐스까지 택시를 타고 갈 생각인데. 같이 갈래?"

거기까지 택시를 탄다고? 버스로 한 시간이 넘게 걸린다는데. 택시비는 무려 140헤알(8만 4,000원)!

"전 장기여행자라 돈이 없어요. 지하철 타고 갈게요."

그러자 아주머니는 잠깐 기다리라고 하더니 자기들끼리 독일어로 이야기를 한다. 좀 깎아주려나? 아냐, 한 푼이라도 아껴야지. 내 팔자에 택시는 무슨. 그때 이야기를 끝낸 아주머니가 놀라운 말을 한다.

"장기여행자를 위한 특별 가격. 10헤알(6,000원)만 내고 같이 가."

왈칵, 눈물이 날 것 같다. 10헤알, 버스와 지하철을 타도 이것보다 더 비쌀 것 같다. 염치없게도 당장 고맙다고 인사를 한 뒤 택시를 같이 탔다. 택시를 타고 편안하게 도착한 포르토 데 가리냐스. 깔끔하게 정비된 거리에는 고급 식당과 기념품 가게, 호텔들이 즐비하다. 하지만 배낭여행자를 위한 저렴한 숙소를 구하기란 역시 만만치 않다. 겨우 구한 호스텔은 벽에 온통 곰팡이가 피어 있고 더운물도 안 나오고 화장실은 지저분하고 방은 찜통이다. 그래도 여기서 잘 수밖에 없다.

지저분한 숙소에서 하룻밤을 보낸 후 아침 일찍 바다로 나갔다. 관광안내서에는 이곳에 삐시나 나뚜랄piscina natural 즉, 천연수영장이 있다고 소개했었다. 그게 뭔지 궁금했는데 해변으로 나가자 바로 알 수 있었다. 해변에서 얼마 떨어지지 않은 바다에 커다란 산호초 지대가 해안선을 따라 있었던 것이다. 마침 썰물이라 산호초는 바닷물 위로 나와 있고 산호초 중간중간에 물이 고여 수영장처럼 보인다. 바다는

잔잔하고 물 색깔은 카리브해처럼 아름다운 에메랄드빛이다.

해변에서 조그만 돛단배를 타고 산호초로 가는 길. 파도가 잔잔한 아름다운 바다 위에서 사공은 노를 젓는다. 바다의 풍경은 그림 그 자체다. 바닥엔 하얀 모래가 깔려 있어 바닷물이 하늘색으로 보이고, 물고기들이 헤엄치는 모습까지 다 보여 마치 수족관 같다.

산호초에 도착해 배에서 내리자 거짓말처럼 바다 한가운데에 서 있을 수 있었다. 연못처럼 생긴 곳에는 물이 빠지면서 갇힌 물고기들이 바글바글 모여 있고 바닥에는 성게가 가득하다. 한쪽을 바라보면 야자수가 늘어선 해변, 다른 쪽을 바라보면 망망대해다. 정신없이 카메라 셔터를 눌러대다가 커다란 연못에 왔더니 물고기가 정말 많다. 웬만한 횟집 수족관 저리 가라 할 수준. 이곳이 바로 삐시나 나뚜랄이라고 한다. 가이드에게 물안경을 받아 잠수를 했다. 눈앞에서, 왼쪽에서, 오른쪽에서, 뒤에서… 물고기들이 사방에서 휙휙 지나다니고 몸에 부딪히기까지 한다. 이걸 뭐라고 표현할 수 있을까? 어산어해^{漁山漁}^海인가?

스노클링을 즐기고 있는데 갑자기 사람들이 몰려든다. 사람이 많아지다보니 바닥의 모래가 물속을 떠다니면서 시야가 탁해진다. 수영장이 아니라 이젠 목욕탕이네. 산호초 지역 끝쪽으로 걸어가자 사람들이 거의 없다. 사람들이 많은 곳은 산호초가 많이 파괴되어 있는데 여기는 거의 원형 그대로 보존되어 있다. 깨끗한 에메랄드빛 바다, 야자수가 늘어선 백사장, 파란 하늘과 하얀 구름. 카리브해를 떠난 이후 최고의 바다다. 바다를 바라보다가 물속에 풍덩 뛰어들고, 다시 바

재미와 씁쓸함 사이…
포르토 데 가리냐스의 조형물.

다를 바라보다가 풍덩 뛰어들고……. 그렇게 오랜만에 만난 아름다운
바다를 만끽했다.

　점심이 가까워지자 밀물이 들어오면서 산호초가 물에 잠긴다. 한여
름의 햇살은 피부를 지글지글 태우고, 수영을 했더니 배도 고프고 목
도 말라 어슬렁거리며 마을 구경에 나섰다. 관광객이 몰리는 곳이라
시내에는 기념품 가게와 비싼 식당이 들어찼다. 그런데 독특한 조형
물들이 많다. 버스정류장 벤치도, 공중전화 부스도 모두 닭 모양을 하
고 있는 것이다. 알고보니 포르토 데 가리냐스는 닭들의 항구라는 뜻.
오래 전, 여기가 노예무역 항구였을 때 노예들을 닭이라 부르고, 노
예가 도착하면 닭이 도착했다고 말하던 것에서 유래한 지명이라고 한
다. 과거의 음울한 역사가 서린 이곳이 지금은 브라질 최고의 해변이

된 것이다. 오래 머물면서 아름다운 해변을 즐기고 싶지만 그러기엔 물가가 비싸서 부담스럽다. 결국 겨우 이틀간 해변에서 놀다가 포르토 데 가리냐스를 떠나야만 했다.

　이렇게 아무것도 모르고 찾아간 포르토 데 가리냐스는 참으로 예뻤다. 이건 마치 복권에 당첨된 기분! 포르토 데 가리냐스는 가장 특별한 아름다움을 뽐내던 해변이었다.

어디서 본 듯한 풍경

렌소이스 Lençóis는 브라질 북동부 바이아Bahia 주의 차파타 디아만티나Chapata Diamantina 국립공원 안에 위치한 조그만 마을이다. 살바도르Salvador에서 삼바 카니발이 시작되기 전에 어딜 다녀올까 고민하다가 안내 센터에 있는 멋진 사진을 보고 찾아온 곳이다. 이곳엔 내가 정말 좋아하는 베네수엘라 카나이마 국립공원처럼 테이블 마운틴과 검은 강물이 있고 푸른 빛의 동굴들이 있다고 한다.

사실 여기를 갈까 말까 많이 고민했다. 브라질에서 몇 손가락 안에 꼽히는 유명한 여행지라고 하지만 비슷한 풍경을 카나이마에서 실컷 봐서 특별할 것 같지 않았다. 하지만 살바도르에서 특별히 할 일이 없어서 한 번 가보기로 했다. 살바도르에서 버스로 여섯 시간 걸려 도착한 렌소이스는 높은 산과 울창한 숲으로 둘러싸인 조용하고 작은 마을이다. 삼바 카니발이 열리는 최성수기 2월인데도 사람이 적어서 아주 마음에 든다. 물가도 싸서 싱글룸이 겨우 25헤알(1만 5,000원). 리우데자네이루의 18인실 도미토리보다 싼 가격이다.

마을 밖으로 산책을 나가자 조그만 계곡이 나온다. 계곡에는 카나이마처럼 검은색 강물이 흐르고 있고, 아주머니들은 빨래를 하고 아이들은 수영을 한다. 차가운 계곡물에 발을 담그자 작은 물고기들이 몰려와 발에 있는 굳은살을 뜯어먹기 시작한다. 이것들 봐라? 너희들이 닥터피쉬인 줄 아니? 그러고 보니 오랜 여행 동안 매일 엄청나게 걸었더니 발에는 온통 굳은살이다. 하긴, 이젠 쪼리를 신고 가다 돌에 발가락이 부딪혀도 별로 아프지 않을 정도로 단련이 되어 있다. 브라질에 들어온 이후 해안지역에서 엄청난 더위에 시달리다 산동네로 와서 시원한 계곡물에 발을 담그고 있으니 기분이 좋다. 피로가 싹 사라지는 기분!

저녁이 되어도 마을은 고요하다. 술 마시고 흥청망청하는 사람들은 보이지 않고, 얼마 안 되는 여행자들은 노천 카페에서 맥주를 마시며 도란도란 이야기를 나누고 있다. 밤하늘엔 별이 가득하고 시원한 밤공기가 살짝 춥게 느껴지기까지 한다. 나도 마을 광장 옆에 있는 노천 카페에 앉아 맥주 한 병을 마시며 오랜만에 한가로운 시간을 보냈다.

다음날 주변 지역을 둘러보는 하루투어에 나섰다. 원래 이 동네는 트레킹으로 유명하다는데 나에겐 시간과 힘들게 걸어다닐 의지, 둘 다 부족하다. 오랜만에 조용한 동네에 왔는데 천천히 구경하며 여유를 부리고 싶다. 내가 선택한 일정은 몇 개의 산과 폭포, 그리고 동굴을 돌아보는 코스였다. 차를 타고 달리자 카나이마의 테푸이들처럼 테이블 형태로 생긴 산들이 나타난다. 하지만 카나이마보다는 많이 작다. 카나이마에는 높이가 수천 미터에 이르는 테푸이들이 즐비했는

저 멀리 테이블 마운틴이 펼쳐진다.

데 이곳의 산들은 동네 뒷산 느낌이다.

혹이 두 개 있는 낙타의 등처럼 생긴 것으로 유명한 빠이 이나시오 산Morro do Pai Inácio 정상을 지나 쁘라띠냐 동굴Gruta Pratinha이라는 곳으로 가니 오, 멋있다. 커다란 동굴 속에서 흘러나온 물은 하늘색 호수를 이루고 있다. 파타고니아에서 봤던 빙하가 녹은 호수와는 확연히 다른 느낌이었다. 아주 투명한 물에서는 작은 물고기들이 헤엄치고 사람들은 그 속에서 스노클링을 즐기고 있다. 와라스의 69호수, 파타고니아의 아르헨티노 호수, 그리고 이 쁘라띠냐 동굴까지 모두 비슷한 색인 것 같지만 느낌이 전혀 다르다. 물은 도대체 얼마나 많은 색을 가지고 있을까?

그런데 갑자기 컨디션이 나빠지면서 피로가 몰려오고 머리는 무겁

쁘라띠냐 동굴

다. 브라질에 들어와서 매일같이 무더운 날씨에 강행군을 한 후유증이 한꺼번에 몰려오는 것 같다. 몸 상태가 나빠지기 시작하자 모든 경치가 더 이상 눈에 들어오지 않는다.

결국 난 며칠간 숙소에서 푹 쉬기만 하다가 살바도르로 돌아왔다. 역시 여행이 즐거우려면 좋은 컨디션을 유지해야만 한다는 사실을 다시 한 번 절감했다. 몸이 아프면 아무리 멋진 곳을 가도 즐길 수가 없다. 여러모로 아쉬운 렌소이스 여행을 정리하고 살바도르로 돌아가는 버스 안이다. 이제 8개월간의 긴 남미 여행을 마무리할 삼바 카니발의 막이 오른다.

삼바 카니발,
그 폭풍 속으로

살바도르^{Salvador}. 브라질 바이아^{Bahia} 주에 있는 인구 200만이 넘는 대
도시로 16세기부터 18세기까지 브라질의 수도였던 곳이다. 유네스코
세계문화유산으로 지정된 역사 지구^{Historical center}에 아름답고 고풍스러
운 파스텔톤 건물들이 늘어서 있는 살바도르는 남미의 다른 도시들과
는 느낌이 많이 달랐다. 주민의 절대다수가 흑인이다보니 음악, 패션,
기념품 등 모든 것에서 흑인문화의 향기가 풍긴다.

　렌소이스로 가기 전에 잠깐 들렀던 살바도르는 벌써부터 삼바 카니
발의 열기에 빠져 있었다. 광장과 거리에선 매일같이 삼바 드럼 팀이
연습을 하고, 사람들은 저마다 그 리듬에 맞춰 춤을 추었다. 렌소이
스 여행을 마치고 돌아오자 살바도르는 폭발 직전이다. 거리는 엄청
난 인파로 가득하고 축제 준비로 북새통이다. 리우 카니발에 이어 브
라질에서 두 번째로 규모가 크다는 살바도르 삼바 카니발이 시작되는
날이다.

　내가 그 유명한 리우 카니발이 아니라 살바도르 카니발을 선택한

이유는 단순했다. 리우 카니발은 삼보드로모^{Sambodromo} 경기장(삼바 전용 경기장)에서 삼바 팀의 퍼레이드를 지켜보는 반면, 살바도르의 카니발은 거리에서 함께 축제를 즐기는 형태라고 한다. 난 무슨 일이든 지켜보는 것보다는 직접 하는 쪽을 좋아하는 성격. 한순간의 망설임도 없이 살바도르를 선택했다. 하지만 카니발이 시작되는 이 즐거운 날에 마음이 편하지는 않다. 끝 간 데 모르고 오른 물가와 숙소 때문이다. 카니발 기간에는 숙소들이 일주일 단위로만 예약을 받는데다 평소 가격의 무려 7배! 하지만 비싼 돈 주고 예약한 호스텔은 최악이다. 곰팡이가 가득 핀 벽과 악취가 풍기는 화장실, 각목으로 대충 만들고 얇은 스펀지 한 장을 깐 침대. 이런 숙소에 일주일이나 있어야 한다고 생각하니 막막하다. 이래서 나는 직접 가서 숙소를 보고 선택을 하지 예약같은 것 안 했는데……. 진짜 한숨만 나온다.

리우보다 싸다는 살바도르 카니발 참가비용도 만만치 않다. '블로꼬^{Bloco}'라고 부르는 길거리 행렬에 참여하려면 '아바다^{Abada}'라는 티셔츠를 사야 하는데, 제일 싼 행렬이 하루 5만 원, 유명가수가 나오는 행렬은 40만 원이 넘는다. 숙소에 이미 50만 원 넘는 돈을 써버린 내게는 아주 부담스러운 가격이다. 그래서 카니발 첫날은 아바다를 사지 않고 그냥 거리에서 즐기기로 했다. 어둠이 깔린 시내로 나서자 자동차 대신 엄청난 인파가 거리를 가득 메우고 있다. 커다란 아이스박스를 어깨에 멘 노점상들은 목청 높여 맥주를 사라고 외치고, 사람들은 모여서 술 마시고 춤추며 카니발의 시작을 기다리고 있다.

한참을 기다리자 갑자기 큰 음악 소리가 들리고 사람들이 우르르 몰려간다. 살바도르 삼바 카니발이 시작된 것이다. 살바도르에는 리우처럼 야한 옷, 정확히 말하자면 거의 벗은 채로 가슴을 흔들어대는 무희들이 없다. 무대로 쓰는 초대형 트레일러 위에서 밴드와 가수는 열정적으로 노래를 부르고, 똑같은 아바다를 맞춰입은 참가자들은 음악소리에 맞춰 흥겹게 춤을 추고 환호성을 지르며 밤새도록 도로 위를 걷는다. 아바다를 사지 않은 나는 사람들로 터질 것 같은 비좁은 인도에서 행렬이 지나는 모습을 바라보며 함께 춤을 춘다. 구경만 하는 축제가 아니라 모두 참여하고 하나가 되는 축제다.

카니발 행렬이 지나가지 않는 작은 거리에서도 축제의상을 입은 사람들이 요란한 드럼 소리에 맞춰 춤을 추며 행진한다. 리우 카니발처럼 화려한 행진이 아니라 동네 아주머니, 할머니와 아이들이 준비한 소박한 축제 행렬이다. 어설픈 춤에 조잡한 의상이지만 자연스럽게 사람들과 함께 웃고 춤추고 노래하며 축제 자체를 즐기는 모습은 아름답다. 술과 춤에 취한 사람들은 불쑥 나타난 동양인이 신기한지 계속 나에게 다가와 말을 건다. 그런데 정도가 좀 심하다. 여장 남자들은 날 껴안으려 하고 동네 아줌마들은 엉덩이나 머리, 종아리를 쓰다듬으면서 야릇한 추파를 던진다. 에휴, 부담스러워라!

그런데 카니발 3일째, 같은 호스텔에 머물던 일본 아가씨 유키와 나오코가 도와달라고 한다. 같은 동양인이라 함께 요리를 하고 술도 마시곤 했던 친구들이지만, 정작 카니발에서는 다른 일본인들과 어울리기 바빠 한 번도 나와 나간 적 없었다.

"브라질 남자들이 자꾸 우릴 만져. 보디가드 좀 해줄 수 있니?"

음, 그런 일이 있구나. 하긴, 아줌마들도 날 만져대는데 귀여운 동양 여자를 남자들이 가만둘 리가 있나. 혼자 놀기 심심하던 참이라 함께 거리로 나섰다. 아바다를 처음으로 사서 유키, 나오코와 함께 숙소 밖으로 나오자 유미와 미사토라는 일본 여자 두 명이 기다리고 있다. 호, 그중에 미사토란 애가 예쁘다. 내 스타일인데. 친하게 지내야겠다. 하지만 거리로 나서자 정신이 없다. 브라질 남자들은 술과 축제에 취해 단체로 돌아버린 듯하다. 작고 귀여운 동양 여자들이 눈앞을 지나가자 굶주린 늑대처럼 덤벼든다. 허리나 엉덩이를 만지는 정도는 양반이고 강제로 키스를 하거나 아예 끌어안고 마구 부벼대는 남자들도 있다. 거리에 가득한 사람들 사이를 뚫고 걸어가는 내내 브라질 남자들을 떼어내느라 쉴 틈이 없다. 황당한 것은 이런 성추행을 모두 당연하게 생각한다는 사실. 내가 화를 내거나 인상을 쓰면 '원래 이런데 넌 왜 그러냐.'는 표정이다.

겨우 우리가 참가할 카니발 행렬이 출발하는 곳에 도착해 한숨을 돌렸다. 평소 같으면 10분 만에 걸어올 곳인데 한 시간이 걸렸네. 그런데 밤 10시에 출발한다는 행렬은 아무리 기다려도 감감무소식이다. 그리고 늘 그렇듯이 세찬 소나기가 쏟아진다. 쏟아지는 빗속에서 브라질 사람들은 드럼 연주에 맞춰 미친 듯이 춤을 추지만 내가 춤에 환장한 놈도 아니고 매일 춤을 추니 지겨워 죽겠다. 한 시간도 지나지 않아 난 지쳐서 구석에 쪼그리고 앉아 졸기 시작했다. 하지만 그것도 잠시, 카니발 행렬에 있던 브라질 남자들이 일본 애들을 건드리고 여자애들은 도움을 요청하고 난 또 출동. 이것들아, 그만 좀 해라. 형님

피곤해 죽겠다.

한참 동안 내가 서슬 퍼렇게 인상을 쓰고 욕을 하자 남자들은 그제야 포기를 하고 슬금슬금 물러난다. 겨우 여유가 생겼으니 그동안 미뤄왔던 궁금증을 풀 시간이다.

"미사토, 일본 어디 사니?"

"I… not… english……."

이런! 영어를 못하는구나. 그럼 스페인어는? 제길! 포르투갈어만

한단다. 여행오기 전에 일본어 좀 배워올 걸. 여행 중에 일본 여자들만 만날지 누가 알았나? 그런데 미사토가 계속 무슨 말을 하려는데 도저히 무슨 말인지 모르겠다. 답답했는지 영어를 잘하는 유키가 나선다.

"미사토랑 유미는 결혼했어. 유부녀야."

유부녀? 그럼 바로 포기하고 꼬랑지 내리는 수밖에. 그나저나 남편들도 대단하다. 일본에서 이 먼 브라질까지 아내들만 여행 보내다니. 그것도 이렇게 늑대들이 바글바글한 삼바 카니발에! 카니발 행렬은 예정 시간보다 네 시간 늦은 새벽 2시에 출발했다. 그런데 이건 또 뭐미? 조그만 트럭이 한 대 왔는데 웬 아저씨 혼자 올라가서 반주 없이 생음악으로 노래를 부른다. 뭐야, 일본 여자애들이 정식판매소가 아니라 아는 사람을 통해 싸게 샀다고 하더니! 아, 제대로 낚였구나. 역시 싼 게 비지떡이다. 돈 아까워 죽겠네.

그래도 어떻게 하겠나. 생음악에 맞춰 열심히 춤추며 거리를 누빈다. 그렇게 초허접 행렬을 따라 다니다 새벽 5시가 넘어서야 피곤한 몸을 이끌고 호스텔로 돌아왔다.

다음날 일어나니 아주 몸이 작살난 것 같다. 이렇게 놀기엔 나이가 들었나? 처음 며칠 재밌던 카니발도 매일 비슷하게 진행되다보니 지겨워진다. 춤추는 걸 많이 좋아하지도 않는 내가 일주일 내내 어떻게 춤을 추겠나.

역시 나에겐 사람 바글바글한 축제가 어울리지 않는다. 옆 침대에 있는 캐나다 애처럼 소도시에서 살다가 온 사람들은 평소에 보지 못한 이런 엄청난 인파가 반갑겠지만, 30년 넘게 대도시에서 시달리며 살아온 나에게 이런 인파는 전혀 달갑지 않다.

결국 나는 마지막 사흘을 호스텔에서 조용히 보내며 지난 8개월에 걸친 남미 여행을 정리했다. 8개월 동안 거의 매일같이 적었던 블로그와 가계부를 돌아보니 우와, 내 평생 이토록 부지런한 적이 있었을까? 처음엔 일기를 쓴다는 생각으로 블로그에 기록하기 시작했는데, 하루하루 쌓이다보니 벌써 100개가 훌쩍 넘었다. 어떻게 이 정도로 꼼꼼하게 정리를 하고 기록을 했는지 스스로도 신기할 정도다.

그동안 찍었던 수만 장의 사진을 뒤져본다. '아, 여기 정말 마음에 들었는데 좀더 머무를 걸……. 음, 이 식당 음식은 정말 맛없었지……. 이 친구는 지금 어디서 뭘 하고 있을까……?' 사진을 넘길 때마다 때로 즐겁고, 때로 짜증나고, 때로 아쉽고, 때로 행복했던 지난 8개월의 기억이 뭉텅뭉텅 다시 살아난다. 보람도 아쉬움도 진하게 배어 있는 시간. 내 인생에 다시 이런 날이 올 수 있을까? 엄청난 인파와 소음이 가득한 살바도르에서 남미의 마지막 밤이 깊어간다.

아디오스, 그리운 남미

"비행기가 곧 이륙합니다. 자리에 앉아 안전벨트를 착용해주시기 바랍니다."

살바도르를 떠나 스페인 마드리드로 가는 비행기는 활주로 위를 서서히 움직이더니 순식간에 하늘을 날기 시작한다. 지난 8개월간 여행한 남미를 떠나 새로운 땅에서 새로운 여행을 시작해야 한다. 갑자기 그간의 풍경들이 뇌리를 스치며 이 땅에서 경험한 좋았던 일, 싫었던 일, 즐겁기도 힘들기도 했던 모든 과정이 그리워진다. 유쾌한 사람들과 매일매일 즐거운 시간을 보냈던 멕시코, 음울하지만 인상적이었던 과테말라, 날 무던히도 괴롭히던 쿠바, 참 힘들었지만 눈부시게 아름답던 베네수엘라, 춤바람 났던 콜롬비아, 고향에 돌아온 것처럼 편안했던 에콰도르, 우울하고 힘들었던 페루, 눈부시게 빛나는 우유니의 볼리비아, 과일과 해물에 푹 빠져 시간 가는 줄 몰랐던 칠레, 내 영혼의 땅 파타고니아를 만난 아르헨티나, 뜨겁고 열정적인 브라질.

8개월간 마주친 수많은 남미 사람들이 머릿속을 스쳐간다. 시장 좌판을 기웃거리기만 하던 내게 타코 하나를 먹어보라며 주시던 멕시코 아주머니, 순대국 파는 아가씨를 데려가라며 폭소를 터뜨리던 에콰도르 아저씨들, 택시 안에서 먹고살기 힘든 세상에 대해 이야기를 하다 얼마 안 되는 택시비를 깎아주고 조심히 여행하라고 격려해주시던 멕시코 택시기사 아저씨, 비좁은 만원 콜렉티보에서 몇 시간씩 불편하게 가면서도 내게 페루 옥수수 맛을 보라며 삶은 옥수수를 건네주던 페루 아저씨…….

내가 그들처럼 행복한 웃음을 짓지 못하고 살아갈 이유가 뭐 있을까. 가진 것에 만족할 줄 알고 사소한 것에 행복할 줄 아는 사람들과 매일 이야기를 나누는 사이, 삶과 행복에 대한 내 생각이 완전히 달라졌음을 실감한다.

돌아보면 나는 참 졸렬하고 둔하게 살아왔다. 내가 가진 행복의 크기를 가늠하지 못하고, 내가 누리는 풍요의 다채로운 색깔에 감동할 줄 몰랐다. 그러던 내가 한국을 떠나 가난한 남미 사람들의 행복한 웃음과 마주하면서 비로소 '내 안의 나'를 바라보게 되었다.

서른다섯, 빠르다면 빠르고 늦다면 늦은 나이에 시작한 여행. 주변 사람은 물론 나 또한 불안했지만, 오히려 세상을 어느 정도 경험한 나이에 여행을 했기에 좀더 많은 것을 보고 듣고 배울 수 있었다. 아마 사소한 일조차 참지 못하고 늘 조급했던 20대에 이런 여행을 했다면, 흥청망청 시간 가는 줄 모르고 놀았거나 시간이 지나면서 일상이 되어가는 장기여행을 버티지 못했을 것이다. 서른다섯에라도 이런 결심을 하고 실천한 나 자신이 대견하기만 하다.

무엇보다 기억에 남는 것은 남미의 눈부신 아름다움. 내 두 다리로 걷고 내 두 눈으로 본 이 땅은 아름다움에 대한 기준을 바꿀 정도로 매력적이었다. 햇살 속에 파랗던 카리브해, 매일 가슴을 뛰게 하던 파타고니아의 대자연, 눈부시게 빛나던 우유니, 나를 압도하던 안데스산맥의 장엄함……. 이렇게 아름다운 세상을 보지 못하고 좁은 땅덩어리에 갇혀 살다가 죽었다면 한 번 사는 이 삶이 얼마나 억울했을까. 이제는 천상병 시인의 시에 나오는 구절처럼 이 세상 삶을 마치고 떠날 때 진심으로 "아름다웠더라고." 말할 수 있을 것 같다.

　남미를 떠나는 이 순간, 벌써부터 남미가 못 견디게 그리워진다. 언제쯤 이 땅에 돌아올 수 있을까? 1년 뒤, 5년 뒤, 혹은 10년 뒤? 언제쯤 다시 툴룸의 눈부신 해변을 거닐고, 아티틀란 호수 위를 날고, 바뇨스의 아름다운 자연 속에서 자전거를 타고, 장엄한 토레스 델 파이네를 바라보며 잠들고, 파타고니아의 미친 듯한 바람을 온몸으로 느낄 수 있을까?

　이 사랑스런 대륙을 당분간 못 볼 거라고 생각하니 마음 한편이 아릿해진다. 여행이 뭔지 좀더 잘 알았더라면, 좀더 너그럽고 여유가 있었더라면, 남미에 대해 좀더 많은 것을 배우고 왔더라면……. 버겁고 애틋하고 그리운 내 마음을 아는지 모르는지 비행기는 하늘 높이 날아오르고 남미는 멀어져만 간다.

| 에필로그 |

오늘도 나는 꿈을 꾼다

"박 매니저, 이번 프로모션 기획안 가져와봐요."

오늘도 변함없는 직장인의 일상. 아침에 일어나 졸린 눈을 비비며 출근해 보고서를 쓰고 정신없이 회의를 하다가 저녁이면 피곤한 몸을 이끌고 퇴근한다. '박 대리'가 '박 매니저'로 바뀌었고, '월화수목금금' 이 '월화수목금'으로 바뀌었고, 매일같이 이어지던 야근과 회식이 사라졌지만, 예전처럼 반복되는 일상 속에 하루하루를 보내다보면 문득 여행을 하던 나날들이 떠오른다.

남미를 떠난 뒤에도 내 여행은 4개월 넘게 지속되었다. 스페인, 모로코, 이집트, 요르단, 시리아, 터키, 그리스, 이탈리아, 태국, 라오스, 캄보디아……. 하지만 그 4개월 동안 내 마음속에는 항상 남미에 대한 그리움이 가득했다. 남미를 떠난 후 만난 그 어떤 곳도 남미에서 내가 느꼈던 벅찬 감동을 안겨주지 못했고 남미 사람들에게 느꼈던 따뜻함을 선사하지 못했다. 이집트의 피라미드를 보면 멕시코 테오티우아칸의 태양의 피라미드가 그리웠고, 동남아의 바다를 보면 눈부시게 파란 카리브해가 그리웠고, 유럽의 미술관을 보면 보테로와 과야사민 미술관이 그리웠다. 사실상 내 여행은 남미를 떠나면서 끝이 났던 것이다.

일년 만에 돌아온 한국. 세상은 내가 없는 동안에도 여전히 바쁘게 돌아가고 나도 어쩔 수 없이 다시 그 세상 속의 톱니바퀴가 되어야 했다. 남미와 관련된 일을 하고 싶어 무던히도 애를 썼지만 서른여섯이란 나이에 해외에서 일해본 경험이 없는 나를 선뜻 남미로 보내줄 곳은 없었다. 결국 원래 하던 석유 마케팅 분야로 돌아와 여행 전과 비슷한 나날을 보내게 되었다.

"갑상선암이 맞네요. 종양이 너무 커서 바로 수술해야 합니다."

어느날 찾아온 갑작스런 갑상선암 선고. 항상 누구보다 열심히 운동하고 건강하게 살아왔다고 자부한 내 목에 크기가 3센티미터나 되는 암덩어리가 있었다는 사실은 큰 충격이었다. 내 삶이 내 의지와 상관없이 이렇게 한순간에 달라질 수 있다니……. 종양 제거수술 후 몇 달 간의 요양과 방사선 치료를 끝내고 다시 복귀한 회사. 아침마다 갑상선 호르몬제를 먹고 예전보다 쉽게 피로가 몰려오는 것을 제외하면, 내 생활은 여전히 지루하게 반복되고 20년 넘게 아직도 혼자 살고 있다. 이제 마흔을 바라보는 나이가 되었지만 여전히 삶은 내 마음과는 다른 방향으로 흘러가고 내 꿈은 무엇인지, 앞으로 어떻게 살아야 하는지 의문 또한 여전하다.

오늘도 피곤한 하루를 마치고 집으로 돌아온다. 기다려주는 사람 없는 불 꺼진 방에 들어와 홀로 멍하니 앉아 있으면 광활한 남미대륙을 헤매던 그 시절이 못 견디게 그리워진다. 긴 여행에 힘들고 배고프고 지치기도 했지만, 마음만은 그 어느 때보다 자유롭고 행복하던 그 시절……. 다른 세상에서 다른 삶을 사는 가슴 따뜻한 사람들과 만나던 나날들.

이젠 다시 쳇바퀴 도는 일상을 떠나 영혼이 자유롭던 그 시절로 돌아갈 때가 된 것 같다. 그립고 그리운 남미를 다시 여행할까, 아니면 파타고니아에서 정착을 할까. 내가 어떤 길을 선택할지, 아직은 나 자신도 알지 못한다. 사는 게 늘 그랬듯이 어떤 선택을 할지는 그 순간이 되어봐야 알 수 있을 테니까.

다시 저 넓은 세상으로 돌아가 길 위에서 잠들, 몸과 영혼이 다시 바람 속을 떠돌게 될 그날을 기다리며……. 나는 오늘도 이곳의 꿈 속에서 내 영혼이 머물러 있는 땅, 남미를 만난다.

남미, 나를 만나기 위해 너에게로 갔다

첫판 1쇄 펴낸날 2012년 6월 7일
첫판 2쇄 펴낸날 2013년 1월 22일

지은이 | 박재영
펴낸이 | 지평님
기획·마케팅 | 김재균
기획·편집 | 홍보람
본문 조판 | 성인기획 (070)8747-9616
필름 출력 | 스크린출력센터 (02)322-4467
종이 공급 | 화인페이퍼 (031)955-0135
인쇄 | 중앙P&L (031)904-3600
제본 | 서정바인텍 (031)942-6006

펴낸곳 | 황소자리 출판사
출판등록 | 2003년 7월 4일 제2003-123호
주소 | 서울시 종로구 통인동 135-2번지 2층(110-043)
대표전화 | (02)720-7542 팩시밀리 | (02)723-5467
E-mail : candide1968@hanmail.net

ⓒ 박재영, 2012

ISBN 978-89-91508-92-7 13800